수성獸性의 옹호

수성獸性의 옹호
복거일의 문학 에세이

제1판 제1쇄_2010년 7월 9일

지은이_복거일
펴낸이_홍정선 김수영
펴낸곳_㈜문학과지성사
등록_1993년 12월 16일 등록 제10-918호
주소_121-840 서울 마포구 서교동 395-2
전화_02)338-7224
팩스_02)323-4180(편집)   02)338-7221(영업)
전자우편_moonji@moonji.com
홈페이지_www.moonji.com

ⓒ 복거일, 2010. Printed in Seoul, Korea.
ISBN 978-89-320-2068-6

수성獸性의 옹호

복거일의 문학 에세이

문학과지성사
2010

가두는 데 벽이 필요 없는 죄수는 노예다.

A prisoner who requires no walls to keep in check is a slave.

——니콜라스 편 Nicholas Fearn, 『철학 *Philosophy*』에서

제 1 부

문학에 관한 성찰

이야기는 영원하다

1

근년에 문학의 앞날에 대한 관심이 부쩍 높아졌다. 그래서 가까운 또는 먼 미래에 문학이 할 모습과 맡을 역할에 관해서 논의들이 활발하다. 생각해보면, 이것은 적잖이 이상한 일이다. 문학을 포함해서, 예술은 본질적으로 과거 지향적이다. 동서고금을 가릴 것 없이, 이야기들은 으레 "옛날 옛적에……Once upon a time……"로 시작했다. 19세기에 뒤늦게 나와서 아직도 서얼 대접을 받는 과학소설을 빼놓으면, 예술이 미래에 관심을 가진 적은 거의 없었다. 그런데 왜 문학에 종사하는 사람들이 갑자기 문학의 미래에 대해 큰 관심을 갖게 되었나?

그런 관심의 밑엔 문학의 앞날에 대한 불안감이 자리 잡고 있다. 그런 불안감은 뿌리가 깊어서 보기보다 묵직하다. 근년에 문학의 환경에 갑작스럽게 여러 가지 변화들이 일어났고, 그런 변화들은 문학에 부정적 영향을 미치는 것으로 인식되었기 때문이다. 그런 변화들 가운데 중요한 것들은 장삿속으로 씌어진 문학작품들의 득세, 출판사들의 공격적 판매 관행, 새로운 예술적 틈새artistic niche로 나타난 사이버스페이스가 준 충격, 새로운 매체들을 통한 신인들의 작품 출간이 활발해지면서 갑자기 약화된 '저자'의 권위, 출판 시장의 자유화, 영상 매체의 빠른 발전과 문학의 상대적 정체 같은 것들이었다. 문학의 앞날을 전망하는 데는, 따라서 그런 불안감의 요인들을 살피고 그것들이 실제로 문학의 앞날에 그늘을 드리우는가를 따져보는 것이 좋을 것이다.

2

이 문제와 관련하여 늘 거론되고 가장 거센 비판을 받는 것은 드러내놓고 장삿속으로 씌어진 문학작품들의 범람이다. '상업주의 문학'은 이제 문학의 주류가 되었다. 그러나 그것은 어제 오늘의 일도 아니고 우리 사회에서만 나온 문제도 아니다. 실은 문학이 원래 그렇게 장삿속으로 시작되었고 예술적 가치의 추구는 문학이 원숙해져서 스스로를 의식하게 되면서 비로소 나왔다는 주장이 설만도 하다. 끼니와 잠자리를 청중들의 호의적 반응에 의존해야 했던 중세 서양의 음유시인들이 자신들이 낭송하는 전래 설화의 문학적 가치에 대해 마음을 쓸 여유가 과연 얼마나 있었을까? 우리는 어느 사회에서나 대부분의 문학작품들이 장삿속으로 씌어진다는 사실을 담담하게 받아들여야 할 것이다.

문제는 물론 장삿속으로 씌어진 작품들이 많다는 사실 자체가 아니라 그것들 가운데 좋은 작품들이 드물다는 사실이다. 그러나 이 점에 대해서도 우리는 좀 대범해질 필요가 있으니, '뛰어남'이란 특질은 어떤 일에서나 드물고 예술작품에선 특히 그렇다. 이 점과 관련하여, 나는 미국 과학소설 작가 시어도어 스터전Theodore Sturgeon의 얘기를 즐

겨 인용한다: "과학소설의 90퍼센트는 쓰레기다. 그렇지만 모든 것들의 90퍼센트는 쓰레기다Ninety percent of science fiction is crud. Then ninety percent of everything is crud."

게다가 그런 "쓰레기"들은 문학에 대체로 좋은 영향을 미친다. 그것들은 출판사들의 수익을 늘려서, 출판사들이 좋은 작품들을 내는 모험을 감행할 수 있게 하고 많은 작가들을 부양한다. 90퍼센트의 쓰레기가 없다면, 10퍼센트의 좋은 작품들이 싼값에 공급되기는 어려울 터이다. 쓰레기들이 좋은 작품들을 덮어버리거나 밀어낼 가능성도 있지만, 그것이 걱정할 만큼 크다고 보기는 어렵다.

어느 사이엔가 당연한 것처럼 여겨지게 된 출판사들의 공격적 판매 관행은, 특히 광고에 대한 의존은, 출판 시장의 성숙에 따라 나온 현상이다. 그런 뜻에서, 그것은 반길 일이지 걱정할 일은 아니다. 모든 재화들의 목적은 소비다. 문학작품들도 예외가 아니다. 작가들과 출판사들이 적극적으로 고객들을 찾아 나서는 것은 모두에게 이롭다. 출판사들이 광고에 부쩍 많이 기대게 된 것은, 한편으로는 자신들이 찾는 책들이 어떤 것들인지 또렷이 아는 지식인 대중이 우리 사회에 출현했다는 사정을 반영하고, 다른 한편으로는 우리 사회가 보다 시장 지향적이고 경쟁적이 됐다는 사정을 반영한다. 따라서 출판사들이나 작가들이나 이 문제에 관해선 선택의 여지가 없다.

개인 컴퓨터와 인터넷의 보급은 글을 발표하는 일에서 혁명을 일으켰다. 단 한 세대 전만 하더라도, 글을 발표하는 일은 대단히 어렵고 더딘 일이었지만, 사이버스페이스가 나타난 지금은 누구라도 많은 잠재적 독자들을 상대로 글을 발표할 수 있게 되었다. "구텐베르크는 모든 사람들을 독자로 만들었다. 제록스 복사기는 모든 사람들을 출판업자로 만들고 있다 Gutenberg made everybody a reader. Xerox makes everybody a publisher"는 마셜 매클루언 Marshall McLuhan의 지적에 이제는 "인터넷은 모든 사람들을 저자로 만들었다"는 구절이 더해진 것이다. 아주 적은 비용으로 많은 사람들에게 전언을 보낼 수 있으므로, 인터넷은 자기주장을 널리 펴려는 사람들에게 좋은 기회를 제공한다. 그래서 사이버스페이스는 아주 짧은 시간에 큰 가능성을 지닌 예술적 틈새로 자리 잡았다. 이런 사정은 글쓰기와 출판에 큰 충격을 주었고 크고 작은 변화들을 강요한다. 아직 자신 있게 판단을 내릴 수는 없지만, 사이버스페이스가 예술적 틈새로 나타난 일이 문학에 부정적 영향을 미칠 것 같지는 않다. 오히려 문학에 새로운 기회를 제공하고 문학의 영역을 넓혀서, 문학에 활력을 불어넣을 것으로 기대된다.

누구나 글을 쉽게 발표할 수 있다는 사정은 필연적으로 '저자'의 권위를 크게 약화시켰다. 이제 책을 몇 권 펴냈다는 사실은 대단한 일로 여겨지지 않는다. 이런 현상은 물론 글을 쓰는 사람들에겐 달갑지 않다. 좋은 글을 쓰기는 여전히 어려운데, 힘들게 얻은 저자라는 자산은 갑자기 값어치가 크게 깎였으니, 속이 쓰릴 수밖에 없다. 그러나 저자의 권위가 약화된 것이 문학에 해롭거나 위협적인 것은 아니다. 그것은 실은 지식인 대중의 출현에 따라 사회의 모든 부면들에서 권위가 점점 약화되는 현상의 한 부분이다.

출판 시장의 자유화는 많은 출판사들과 작가들에게 두렵게 다가올 것이다. 그러나 자유화는 궁극적으로 큰 혜택을 준다. 문학 시장도 예외가 아니니, 출판 시장의 자유화는 보호무역의 장벽을 걷어내서 독자들만이 아니라 작가들과 출판사들에도 혜택을 줄 것이다. 외국 작가들이나 출판사들과 경쟁하게 되면, 우리 작가들과 출판사들은 능력이 단숨에 크게 높아질 것이다. 물론 그런 과정은 인위적으로 보호된 문학 시장에서 독점적 이익을 누려온 이들에게 당장 큰 어려움을 줄 터이지만, 그런 어려움은 우리 사회가 궁극적으로 얻을 혜택에 비기면 아주 작을 것이다.

영상 매체의 급작스러운 득세는 문학의 상대적 정체를 돋보이게 해서 문학의 앞날에 대한 불안을 키웠다. 영화와 텔레비전의 위력은 하도 커서, 이전엔 책상 앞에 앉아 문장 수업을 했을 젊은이들이 이제는 캠코더를 들고 거리로 나가고, 이전엔 문학의 중심부로 쏠렸을 재능과 자원이 이제는 영상 매체와 가까운 문학의 변두리로 끌린다. 따라서 영상 매체의 득세는 분명히 문학을 압박한다. 반면에, 그것은 장삿속으로 씌어진 작품들의 경우처럼, 문학에 좋은 영향들도 미친다. 예컨대, 문학 작품들이 영화나 텔레비전 연속극으로 만들어지면, 문학 시장에 큰 자금이 유입되고 그것은 많은 작가들을 부양한다. 그리고 영화나 연속극이 성공하면, 그것의 대본인 문학작품들도 따라서 많이 팔린다.

찬찬히 살펴보면, 첫인상과는 달리, 문학 시장은 영상 매체의 득세로 위축되거나 달리 손상을 입지 않았음이 드러난다. 근본적으로, 언어를 이용하는 예술 형식들은 현재의 상황에선 다른 예술 형식들의 확장에 맞서 자신들의 터전을 지킬 수 있다. 언어를 쓰는 것은 사람의 본질적 특질이며, 언어는 다른 것으로 대체될 수 없는 도구다. 그래서 언어를 정교하게 다루는 문학은 심리의 묘사, 철학적 주제의 탐구, 또는 성찰적 상상과 같은 일들에서 비교 우위를 누리며, 가까운 미래에도 그러할 것이다.

3

언급된 적은 드물지만, 지금 우리 사회에서 글쓰기에 크게 부정적 영향을 미치는 것은 우리말이 제대로 자리 잡지 못한 채 흔들리고 있다는 사실이다. 매체인 언어가 흔들릴 때, 뛰어난 문학작품들이 나오기 어려운 것은 자명하다.

우리말이 흔들리는 까닭은 크게 보아 둘이다. 하나는 조선어가 좋은 환경에서 자연스럽게 진화하지 못한 데서 나온 한계들이다. 우리 사회는 일찍부터 말과 글이 상응하지 못했으니, 우리말과 구조가 근본적으로 다른 중국어에 바탕을 둔 한문을 공식 언어로 삼았다. 따라서 조선어는 지적 작업에서 많이 소외됐고, 자연히 섬세한 생각을 또렷이 표현하는 정교한 도구로 다듬어지지 못했다. 개항 뒤, 새로운 환경에 적응하면서, 조선어는 빠르게 바뀌었다. 그러나 환경의 변화가 밖으로부터 강요되었고 그 폭과 속도가 너무 커서, 조선어는 건강한 언어로 진화하지 못했다. 특히 일본의 혹독한 식민 통치는 거의 치명적이었으니, 반세기 동안 조선어는 자연스럽게 진화할 기회를 잃고 일본어에 깊이 침윤됐다. 해방 뒤, 조선어는 기력을 회복했고 한글이 보편적으로 쓰이면서 말과 글이 함께 진화할 수 있었지만, 조선어가 지닌 한계들은 거의 그대로 남았다.

우리 사회가 발전하자, 그런 한계들은 점점 도드라졌다. 현대 문명은 섬세한 생각을 또렷이 표현할 것을 요구하지만, 그런 일을 맡아본 적이 없는 조선어는 새로 맡겨진 임무들이 버거울 수밖에 없었다. 당연히, 조선어의 그런 부족함을 채우려는 노력이 나왔다. 우리의 지적 활동이 서양 문명의 압도적 영향 속에서 이루어졌고 서양의 언어들로 씌어진 글들을 번역할 때 그런 부족함이 특히 잘 드러나므로, 조선어의 부족함을 메우려는 노력은 서양 언어들을 전범으로 삼아 이루어졌다.

그런 과정에서 조선어는 빠르게 서양 언어들에, 특히 국제어로 자리 잡은 영어에 침윤되었다. 그리고 그런 현상은 점점 깊어지고 있다. 지식이 혁명적으로 늘어나면서, 새로운 말들은 점점 많이 나온다. 서양 문명과 다른 문명들 사이에 있는 지식의 물매gradient of knowledge가 워낙 싸므로, 새로운 말들은 모두 서양에서 만들어진다. 그런 말들을 번역해서 쓰는 것은 성에 차지 않으면서도 힘은 무척 많이 든다. 자연히, 영어 낱말들이 우리말 속으로 점점 깊이 스며들게 된다.

우리말이 흔들리는 또 하나의 까닭은 영어가 국제어로 자리 잡았다는 사실이다. 국제어의 사용에서 나오는 혜택이 워낙 크므로, 영어는 점점 많은 사람들에 의해 사용되고, 이제는 거침없이 조선어 속으로 들어오고 있다. 실은 이것은 우리 사회에서만 나온 현상이 아니다. 지금 모든 사회들에서 민족어는 영어의 위세 앞에서 크게 흔들리고 있다.

앞으로 우리 작가들은 영어에 점점 깊이 침윤되어 크게 흔들리는 조선어로 글을 쓰게 될 것이다. 그런 사정은 그들의 작업에 짙은 그늘을 드리우고 위대한 작품들이 나오는 것을 가로막는 장벽이 될 것이다. 자연히, 모국어인 조선어로 글을 쓰는 작가들의 처지는 점점 어려워질 것이다. 차츰 시들어가는 모국어와 아직 새 모국어가 되지 않은 국제어 사이에서 방황하고 고뇌하면서 글을 쓰는 운명은 얼마나 힘든 일일까?

그러나 여기에도 밝은 면은 있다. 영어가 우리 사회에 점점 깊이 들어온다는 사정은 우리 사회를 둘러싼 언어의 장벽을 낮추고 성기게 한다. 그래서 우리 작가들로 하여금 울타리 너머를 바라보게 만들고 밖에는 국내 시장과는 비교가 되지 않을 만큼 큰 문학 시장이 있다는 사실을 깨닫게 만들 것이다. 이런 깨달음은 물론 우리 작가들과 문학에 큰 도움이 될 것이다.

4

이렇게 보면, 가까운 미래에 문학을 크게 위협할 만한 현상은 없다는 것이 드러난다. 영상 매체들은 이미 뚜렷한 우위를 계속 다질 것이고, 문학의 상대적 중요성은 점점 줄어들겠지만 문학 시장은 꾸준히 커질 것이다. 문학의 앞날은, 적어도 우리의 눈길이 미치는 곳까지는, 언뜻 보기보다 밝다.

그러면 보다 먼 미래에 대해선 어떤가? 그런 낙관적 전망이 먼 미래의 문학에 대해서도 가능한가?

먼 미래에 대한 예측은 물론 힘들고 위험하다. 이 일엔 고려해야 할 사항 둘이 있다. 하나는 문학만이 아니라 예술의 모든 분야들을 논의의 대상으로 삼아야 한다는 것이다. 긴 시간대에서 진정한 뜻을 지닌 변화들은 예술의 성격에 영향을 미치는 변화들이므로, 지금 우리에게 익숙한 예술의 하위 장르들의 구분은 뜻을 많이 잃을 것이다. 다른 하나는 이 문제를 단순한 변화가 아니라 진화의 관점에서 보아야 한다는 것이다. 따라서 여기서 뜻있는 물음들은 "먼 미래에 예술은 어떻게 진화할 것인가?"와 "먼 미래에 문학은 어떤 모습을 하고 무슨 역할을 맡을 것인가?"이다.

5

다행스럽게도, 이 일과 관련해선 좋은 단서가 될 만한 현상이 하나 있다. 지금 예술의 한 분야에서 성공한 작품은 이내 다시 포장되어서 다른 분야들로 진출한다. 성공적 작품의 대본text은 소설, 만화 및 그림 소설, 영화, 텔레비전 연속극, 전자 놀이electronic game 그리고 오페라와 같은 여러 분야들에 쓰인다.

이런 사정은 예술에서, 특히 문학에서, 이야기가 지닌 중요성을 새삼 부각시킨다. 근년에 문학에서 기교와 형식이 중시되면서, 이야기는 중요성을 적잖이 잃었다. 이제 그런 사정이 바뀌기 시작한 것이다. 생각해보면, 그것은 자연스러운 일이다. 궁극적으로 문학은 이야기를 하는 방식들 가운데 하나다. 이야기가 먼저 있었지, 서사시나 소설이라는 형식이 먼저 나타난 것은 아니다.

하긴 모든 예술이 그렇다. 그림이나 노래나 춤도 그것들을 낳은 예술가들이 감상자들에게 이야기를 하는 방식들이다. 그리고 이야기라는 말의 뜻을 충분히 넓힌다면, 종교적 지식이나 학문적 지식에 대해서도 같은 주장을 할 수 있다.

실은 이야기는 훨씬 근본적 수준에서 중요하다. 인지과학의 성과는 사람의 정보처리에서 이야기가 중심적 자리를 차지한다는 것을 밝혀냈다.

우리가 정보를 처리하는 주된 방식이 귀납이기 때문에 이야기들은 우리에게 긴요하다. 귀납은 본질적으로 패턴 인식에 의한 추론이다. 그것은 증거의 우세로부터 결론을 끌어내는 것이다. 예컨대, 아무도 집사가 그것을 하는 것을 보지 못했지만, 집사의 지문이 칼에 있었고, 집사가 현장에서 떠나다가 들켰고, 집사에게는 동기가 있었다; 따라서 집사가 그것을 했다. 집사가 그것을 했다고 논리적으로 증명할 수는 없다; 논리적으로는 다른 누가 그것을 했을 수 있다. 따지고 보면, 아무도 집사가 그것을 하는 것을 보지 않았다. 그러나 증거의 패턴은 우리로 하여금 집사가 그것을 했다고 귀납적으로 결론을 짓도록 이끈다.

이야기들이 우리의 귀납적 사고 기계에 재료를 공급하고 패턴들을 찾을 자료들을 우리에게 주기 때문에, 우리는 이야기들을 좋아한다— 이야기들은 우리가 배우는 길이다. 예컨대, 셰익스피어를 읽음으로써, 우리는 사랑과 가족 관계 들에 관해서 온갖 종류의 쓸모 있는 교훈들을 배울 수 있다. (만일 당신 아버지가 갑자기 죽고 당신 어머니가 당신의 숙부와 결혼하면, 의심하라 따위.) 가장 잘 팔리는 사업 서적들은 흔히 성공한 개인들이나 회사들의 이야기이다; 성공의 패턴들을 줍고자 바라면서, 누구나 잭 웰치나 빌 게이츠가 '그것을 이루어낸' 길에 관한 이야기들을 읽고 싶어 한다.

— 에릭 바인호커Eric D. Beinhocker, 『부의 기원*The Origin of Wealth*』[1]

사람들은 귀납적 패턴 인식의 두 측면들에서 특히 뛰어나다. 하나는 비유와 유추를 통해 새로운 경험들을 오래된 패턴들과 관련시키는 것이다. 다른 하나는 완전하지 못한 정보들에서 패턴을 찾아내는 것이다. 이런 패턴 인식에서 이야기하기는 본질적 역할을 한다.

패턴 인식과 이야기하기는 우리의 인지에 그렇게도 필수적이므로 우리는 심지어 완전히 무작위적인 자료에서도 패턴들을 찾아내고 이야기들을 만들어낸다. 운동경기 해설자들과 팬들은 어떤 선수가 갑자기 성적이 좋아져서 많이 득점하거나 홈런을 많이 치는 까닭에 대해 자세한 이야기들을 내놓는 것을 즐긴다. 널리 알려진 분석에서, 토머스 길로비치, 로버트 발론, 그리고 아모스 트버스키는 이 현상을 살폈고 운동에서의 이들, 이른바 '땀난 손'은 무작위적 우연으로 완전히 설명된다는 것을 보여주었다── 만일 경기에 충분히 많은 경기자들이 있으면, 누군가는 때로 성적이 갑자기 좋아질 수 있다. 본질적으로, 사람들은 그들이 패턴이라고 여기는 것을 설명하기 위해 이야기들을 만들어내는 것이다.

── 같은 책.[2]

이처럼 이야기하기는 사람의 삶에서 본질적 현상이다. 이야기하기를 좁게 정의해서, 논의를 문학에 국한시키더라도, 이야기하기는 인류가 나온 뒤로 줄곧 진화해왔다는 사실이 있다.

이야기하기는 물론 언어를 전제로 한다. 언어는 인류가 발명한 기술들 가운데 가장 중요하다. 인류가 다른 종들과 변별되는 핵심적 특질이 바로 언어라는 정교한 기술의 사용이다. 실은 언어 자체가 이야기다.

우리가 쓰는 기초적 문장들은 어떤 화제를 도입하고(문장의 주어) 이어 그 화제에 관해서 어떤 논평을 하거나 어떤 정보를 제공한다(문장의 술어). 그래서 우리가 "기린이 얼룩말을 물었다"라고 말하면, 우리는 기린을 화제로 도입하고, 이어 기린에 관해서 그것이 얼룩말을 물었다고 진술하거나 단언한다. 따라서 문장의 뜻들은 흔히 진술들이라 불린다: 기린이 얼룩말을 물었다고 말하는 것은 기린에 관해서 그것이 얼룩말을 물었다고 진술하는 것이다. 결과적으로, 진술은 동사가 행동이고 명사들은 각기 다른 언어적 역할을 연기하는 연기자들인 소형 연극을 기술한다.

── 라일러 글라이트먼Lila Gleitman, 「언어Language」,
헨리 글라이트먼Henry Gleitman 외, 『심리학Psychology』[3]

우리가 일상적으로 쓰는 문장 하나하나가 "소형 연극miniature drama"이라는 사실은 이야기가 얼마나 근본적 현상인지를 우리에게 일깨워준다.

처음 나온 언어는 신호 언어sign language였으니, 그것의 기원은 적어도 200만 년 이전으로 거슬러 올라간다. 이야기의 진화에 결정적 영향을 미친 것은 물론 음성 언어spoken language의 출현이었다. 음성 언어가 발명되기 전의 상태를 우리는 윌리엄 골딩William Golding의 『상속자들The Inheritors』에서 엿볼 수 있다. 음성 언어가 나오면서, 이야기는 훨씬 정교해지고 복잡해지고 길어질 수 있었다.

다음에 나온 중요한 기술인 문자 언어written language도 물론 혁명적 영향을 미쳤다. 이제 이야기하기는 사람의 기억의 한계를 벗어났고, 갖가지 형식들이 시도될 수 있었다. 그래서 기억에 도움을 주는 운율과 각운을 지닌 정형시의 독점적 지위가 무너지고, 산문이 융성하기 시작했다. 문자가 널리 보급되지 않은 상태에서 역사상 첫 소설인 무라사키 시키부紫式部의 『겐지 이야기源氏物語』가 나오는 일을 상상하기는 어렵다.

이어 인쇄술이 보급되면서, 소설은 황금기를 맞았다. 책값이 보통 사람들도 살 수 있을 만큼 싸지자, 글을 읽을 수 있는 사람들이 늘어났고, 그렇게 늘어난 독자들은 책에 대한 수요를 늘려서, 선순환이 나왔다.

그러나 19세기 후반에 사진술과 영화가 발명되자, 사정이 크게 바뀌었다. 사람은 바깥세상에 관한 정보를 주로 시각을 통해서 얻는다. 다른 네 가지 감각들은 보조적 역할을 할 따름이다. 자연히, 사람의 뇌는 시각 정보들을 잘 처리하도록 만들어졌다. 그래서 그림으로 이야기를 하는 사진이나 영화가 문자라는 추상적 매체로 이야기를 하는 소설보다 정보 전달에서 훨씬 낫다. 영화나 텔레비전 연속극의 장면 하나에서도 우리는 이내 얼마나 많은 정보들을 얻을 수 있는가.

이런 사정은 이야기 시장의 판도를 근본적으로 바꾸어놓았다. 이제 그림으로 하기 좋은 이야기들은 영화나 텔레비전 방송극으로 구체화된다. 컴퓨터의 발명과 보급은 이런 과정을 더욱 가속시키고 심화했고, 근년엔 전자 놀이 산업을 낳아서 새로운 변화의 씨앗을 뿌렸다. 앞으로 영화, 텔레비전 연속극, 그리고 전자 놀이가 이야기 시장에서 차지하는 몫은 점점 늘어날 것이고 소설이 차지하는 몫은 크게 줄어들 것이다.

이런 현상이 심화되면, 작가는 궁극적으로 다중지각 예술 형식들 multisensory art forms의 한 단위를 맡게 될 것이다. 근년에 나온 예술 형식에서의 혁신들은 거의 모두 지각 입력을 늘리는 방향으로 작용했다. 그리고 미래의 주류 예술 형태는 사람의 모든 지각들을 자극하는 형식이 될 것이다. 그런 상황에서 작가는 지금 영화나 방송극에서 대본 작가가 맡은 것과 비슷한 역할을 맡을 것이다.

6

이야기가 예술의 핵심이라는 사실은 늘 강조되어야 한다. 이 점은 예술을 넘어 문화 전체에 관해 깊은 뜻을 지닌다. 문화의 진화에서 기본적 단위는 '밈meme'이라 불린다.

문화적 진화에서 보존되고 전달되는 것은 '정보' —— 매체 중립적이고 언어 중립적인 뜻에서 —— 다. 그래서 밈은 주로 '의미적' 분류지 '뇌 언어'나 자연적 언어에서 직접 관찰될 만한 '구문적' 분류가 아니다.

—— 대니얼 데닛Daniel C. Dennett, 『다윈의 위험한 생각Darwin's Dangerous Idea』[4]

예술작품에서, 특히 문학작품에서, 밈으로 여겨질 만한 것들은 대체로 이야기들이다.

문화적 진화의 가장 인상적인 특질들 가운데 하나는 바탕이 된 매체들의 큰 차이들에도 불구하고 우리가 공통성들을 찾아내는 일에서의 쉬움, 신뢰성 그리고 자신감이다. 『로미오와 줄리엣』과 (예컨대, 영화) 「웨스트사이드 이야기」는 무엇을 공통으로 지녔는가? 영국인 등장인물들의 명단도 아니고, (영어에 의한 또는 프랑스어나 독일어 등의 번역에 의한) 진술들의 연속도 아니다. 공통된 것은, 물론 구문적 성격이나 성격들의 체계가 아니라 의미적 성격이나 성격들의 체계다: 대본이 아니라 이야기, 등장인물들의 이름들이나 발언들이 아니라 그들과 그들의 성품들이다. 우리가 두 경우들에서 같은 것으로 그리도 이내 찾아내는 것은 윌리엄 셰익스피어와 (「웨스트사이드 이야기」의 책을 쓴) 아서 로렌츠 둘 다 우리가 생각해보기를 바란 곤혹스러운 처지다.

—같은 책.[5]

이처럼 이야기는 문학작품의 밈이다. 그것은 작품의 핵심적 요소며 그것이 담긴 매체에 얽매이지 않고 널리 퍼질 수 있다. 따지고 보면, 문학작품을 읽은 독자들의 머리에 밈으로 새겨진 것들은 거의 다 이야기다.

7

그러면 우리가 아는 문학은 어떤 상태에 놓일까? 특히 문학의 중심적 형식인 소설은 어떤 모습을 할까? 그렇게 다중지각 예술 형식들이 융성하는 먼 미래에선 소설은 아마도 '박물관 예술museum art'이 될 것이다. 소수의 애호가들이 즐기고 연구하지만, 대중들은 별다른 관심을 보이지 않고, 자연히 필요한 시장을 확보하거나 뛰어난 재능들을 끌어올 만한 활력을 지니지 못한 예술 형식이 되었으리란 얘기다. 바로 지금 우리 사회에서 '판소리'라는 예술 형식이 하고 있는 모습이다. 그것은 '클래시컬classical'이라 불리는 고급 음악이 곧 맞을 운명이기도 하니, 이미 대중은 현대의 고급 음악 작곡가들의 작품들을 들으려 하지 않는다. 대중은 20세기 초엽 이전의 작곡가들이 지은 고전들을 즐기고, 음악가들은 그런 고전들의 재현과 관련한 음악 활동을 자조적으로 '박물관 음악museum music'이라 부른다.

　이런 전망은 문학에 종사하는 이들과 문학을 아끼는 이들을 적잖이 서글프게 만들 것이다. 그러나 중요한 것은 예술 자체이지 우리에게 익숙한 예술의 모습이 아니다. 분명한 것은 이제 막 시작된 3천 년기 millennium에도 예술은 융성하리라는 점이다. 새로운 기술들과 사회환경이 나타나면서, 묵은 예술 형식들은 쇠퇴하고 새로운 예술 형식들이 끊임없이 나올 것이다. 그래도 예술이 궁극적으로 이야기하기라는 사실은 그대로 남을 것이다. 이야기는 영원하다.

아름다운 글을 찾아서

―― 젊은이들을 위한 글쓰기 강좌

서언

사람은 다른 사람들이 말하는 것을 들으며 말을 배우고 다른 사람들의 글을 읽으며 글을 배운다. 그래서 글쓰기의 '왕도'는 좋은 글들을 열심히 읽고 본받아 쓰는 것이다. 좋은 작품들을 쓰는 비결에 관해서, 영국 과학소설 작가 아서 클라크Arthur C. Clarke는 "나는 열심히 쓴다. 글이 씌어지지 않을 때는 열심히 읽는다"고 했다.

어떤 학생이 라이너스 폴링Linus Pauling에게 좋은 아이디어를 얻는 비결에 대해서 물었다. 노벨상을 두 번이나 받은 이 위대한 과학자는 대꾸했다: "많은 아이디어들이 있을 때 나쁜 것들을 버린다You have a lot of ideas and you throw away the bad ones."

DNA의 분자적 구조의 공발견자인 프랜시스 크릭Francis Crick은 말했다: "생물학 이론가들은 첫 시도에서 좋은 이론을 낳을 가능성은 낮다는 것을 깨달아야 한다. 결코 버릴 수 없는 하나의 크고 멋진 아이디어를 가진 사람들은 아마추어들이다. 프로들은 잭팟을 터뜨리기까지는 이론들을 거듭 만들어내야 한다는 것을 안다."[6]

그렇다, 작가는 많이 읽고 많이 써야 한다.

불행하게도, 이 '왕도'를 실제로 가는 것은 쉽지 않다. 남의 글을 읽는 것은 힘들고, 스스로 글을 쓰는 것은 더 힘들다. 그래서 가장 빠른 '왕도'보다 더 빠른 지름길이 없나 살피게 된다.

지름길이 이내 눈에 띄지는 않지만, 글을 쓰는 데 도움이 되는 요령들은 물론 있다. 실은 그런 요령들에 대한 기대가 클 것이다. 그러나 그것들을 가르치는 책들과 강좌들은 많이 있으므로, 이 자리에서는 보다 철학적인 주제를 다루고자 한다.

언어에 관하여

1

글을 잘 쓰려면, 언어에 대한 성찰이 필요하다. 글이 언어로 씌어지므로, 이것은 뻔한 얘기로 들릴 것이다. 그러나 직업적으로 글을 쓰는 사람들도 언어에 대해 깊이 성찰하는 경우는 흔하지 않고, 그런 사정은 알게 모르게 글을 제약한다.

언어는 대체로 사람들 사이의 의사소통을 가리킨다. 그러나 그런 언어는 이 세상에서 언어라고 불려야 할 것들의 작은 부분이다.

생명 현상은 본질적으로 정보처리다. 유전자들에 담긴 정보들이 처리되어서 생명체들이 만들어지고 생존한다. 생명체들은 생식을 통해서 살아남는데, 생식은 한 세대에서 다음 세대로의 정보 전달에 다름 아니다. 그런 정보는 DNA라는 화학적 언어로 씌어졌다. 여기에 언어의 근본적 중요성이 있다.

유전자-문화 공진화gene-culture coevolution 이론이 가리키는 것처럼, 문화를 가진 종種들의 경우, 한 세대에서 다음 세대로 정보가 전달되는 경로는 종래의 유전자 복제에다 문화 확산이 더해졌다. 문화는 그래서 "비非유전적 수단에 의한 정보의 전달transmission of information by non-genetic means"이라 정의된다. 그리고 문화의 큰 부분은 우리가 언어라고 부르는 도구를 통해서 이루어진다.

이렇게 보면, 이 세상에서 근본적 중요성을 지닌 것은 유전적 언어 genetic language라는 것이 드러난다. 그것 없이는 이 세상에 생명체들이 존재할 수 없다. 문화를 가진 종들에선, 유전자와 문화가 서로 영향을 미치면서 그런 종들을 다듬어낸다. 사람의 경우, 문화가 워낙 빠르게 발전해서, 이제 문화의 영향력은 유전자의 영향을 넘본다. 그래도 우리 유전자들에 담긴 정보들이 근본적 중요성을 지녔다는 점은 분명하다.

2

유전자 언어는 cytosine(C), thymine(T), adenine(A) 그리고 guanine(G)이라는 네 개의 nucleotide 글자들로 이루어진 알파벳을 지녔다. Nucleotide 글자 셋이 모인 것은 'codon'이라 불리는데, codon은 특정 아미노산을 뜻하거나 단백질 합성의 종료를 뜻한다. 이 아미노산들이 모여 단백질을 이루므로, 아미노산들은 생명체의 조립 블록들이라 할 수 있다. 그래서 유전적 언어의 어휘는 64($4 \times 4 \times 4$)개의 낱말들로 이루어졌다.

생명 현상들은 모두 화학 법칙들의 지배를 받으므로, 유전적 언어의 문법은 화학 법칙들이다. 문법에 어긋나는 글이 뜻을 제대로 담을 수 없듯, 화학 법칙에 어긋나게 유전적 언어를 쓰면, 목적을 제대로 이룰 수 없다.

우리는 다른 모든 생명체들과 유전적 언어를 공유한다. 모든 생명체들은, 세균에서 고래에 이르기까지, 공통의 조상으로부터 물려받은 언어를 통해서 태어나고 살다가 자식들을 남긴다. 네 글자로 이루어진 알파벳을 가졌고 64개의 낱말들이 어휘인 언어가 이 세상의 모든 생명체들을 만들어냈고, 온 우주에서 가장 복잡한 현상인 사람의 마음까지도 정밀하게 떠받치며, 생명체들이 진화해온 40억 년이 넘는 세월에도 조금도 바뀌지 않았다는 사실은 말할 수 없이 경이롭다.

유전적 언어가 우리를 만들어냈고 살아가도록 하므로, 이 언어의 이해는 당연히 중요하다. 건강하게 살려는 노력들은 궁극적으로 유전적 언어의 이해에 바탕을 둔다. 모든 지적 노력들도 유전적 언어의 이해 없이는 멀리 나아갈 수 없다.

유전적 언어의 이해는 글쓰기에 당장 직접적으로 도움을 주지는 않을 것이다. 그러나 글쓰기가 무엇을 전달하는 행위이므로, 유전적 언어의 이해는 글에 담긴 내용을 충실하게 한다는 차원에서 글쓰기에 영향을 미친다. 사람이 지적으로 원숙해지면서, 유전적 언어에 대한 성찰은 그가 세상을 바라보고 이해하는 관점에 영향을 미치게 되고, 그의 글쓰기에도 당연히 좋은 영향을 미칠 것이다.

3

사람의 언어에 관해서, 먼저 강조되어야 할 것은 사람의 첫 언어는 신호 언어sign language였다는 사실이다. 신호 언어는 현생 인류Homo sapiens sapiens의 조상들에 의해 오래전부터 쓰였다. 직립원인Homo erectus이 신호 언어를 썼다는 것은 거의 확실하므로, 신호 언어는 적어도 200만 년 전에 나온 셈이다. 음성 언어spoken language는 현생 인류가 처음 썼던 것으로 보이고, 완전한 음성 언어가 나온 것은 10만 년 전이라는 추론도 있다. 인류는 언어를 사용한 기간의 대부분을 신호 언어를 쓰며 살았던 것이다.

따라서 신호 언어는 인류의 진화와 문명의 발전에서 아주 중요한 역할을 했다. 놀랍지 않게도, 신호 언어는 지금도 상당히 중요한 기능을 맡는다. 신호 언어는 음성 언어가 단순화되거나 왜곡된 것이 아닌 나름으로 완전한 체계다. 그래서 말을 못 하는 장애인들이 한데 모여 사는 곳에서는 으레 새로운 신호 언어가 자연스럽게 나온다.

이 사실은 우리의 언어생활에 아직도 심대한 영향을 미치고 있다. 자연히, 글을 쓰려는 사람들은, 특히 언어를 매체로 삼는 예술을 하려는 사람들은, 이 사실을 늘 심각하게 살펴야 한다. 글을 쓰고 읽는 것이 그리도 힘든 까닭들 가운데 하나는 사람들이 일상적으로 신호 언어에 많이 의존한다는 사실이다. 영상 매체의 시대에 이 사실은 글을 매체로 삼는 모든 행위들에 거의 치명적임이 드러났다.

4

거의 언제나 그냥 '언어'라고 불리는 음성 언어를 살필 때, 우리는 그것의 다양함에 먼저 눈길이 끌린다. 그러나 그렇게 다양한 언어들은 모두 동질적이다. 모든 증거들은 현존하거나 사라진 수많은 언어들이 모두 한 뿌리에서 나왔음을 가리킨다.

지금까지 발견된 인류 사회들은 모두 언어를 지녔다. 그리고 그 언어들은 모두 복잡한 문법을 지녔다. 언어들은 어휘의 크기에서 상당히 다르지만, 문법의 복잡성에서는 편차가 그리 크지 않다. 모든 언어들 사이에는 근본적 동질성이 있으며 그 사실은 보편적 문법이 있음을 가리킨다고 언어학자들은 말한다. 게다가 사람의 언어능력은 대부분 타고나는 것이며 후천적인 언어능력은 그런 선천적 능력을 특수 언어에 적용하는 데서 나온다. 이런 사정은 모든 생명체들이 최초의 생명체에서 진화해서 나뉘었고 유전적 언어를 공유한다는 사정과 본질적으로 같다.

인류는 아프리카에서 살았던 침팬지와 인류의 공통 조상으로부터 진화했다. 침팬지와 인류가 갈린 시기는 대략 500만 년 전으로 추산된다. 고고학적 및 유전학적 증거들은 인류가 침팬지와 인류의 공통 조상의 주류에서 지리적으로 분리된 작은 집단에서 나왔음을 가리킨다. 지리적 분포에서도 인류의 조상은 침팬지의 조상보다 좁고, 유전적 편차에서도 인류는 침팬지보다 훨씬 작다. 즉 공통 조상의 주류는 현생 침팬지로 진화했고, 공통 조상의 지류가 인류로 진화했다.

따라서 음성 언어가 처음 나타났을 때, 인류는 비교적 작은 지역에서 살았고 인종적 분화도 비교적 작았을 것이다. 그래서 처음 나타난 음성 언어는 수가 하나였거나 그리 많지 않았을 것이다.

설령 처음부터 많은 언어들이 있었거나 많은 방언들이 나왔다 하더라도, 언어에는 표준화가 나오도록 하는 힘이 끊임없이 작용하여 궁극적으로는 한 공동체에 하나의 표준 언어가 존재하게 된다. 이런 현상은 언어가 망network을 이루고, 망에는 경제학자들이 '망 경제network economy'라고 부르는 힘이 작용하는 데서 나온다. 전자 통신 체계, 송

전 체계, 컴퓨터 클러스터, 수도관, 송유관, 도로와 같은 물리적 연결 physical linkages을 바탕으로 한 전통적 망이든, 언어나 컴퓨터 소프트웨어처럼 같거나 호환되는 체계들을 쓸 때 나오는 간접적 망indirect networks이든, 망은 사용자의 수가 늘어나면 가치도 따라서 커진다. 게다가 가치의 증가는 사용자의 증가보다 훨씬 빠르게 커진다. 마이크로소프트의 운영 체계들인 'DOS'나 'Windows'는 이런 사정을 잘 보여준다. 이것이 망 경제다.

언어에서도 망 경제는 끊임없이 활발하게 작용한다. 어떤 언어가 다른 언어들보다 널리 쓰이면, 그것의 효용은 훨씬 크고, 그래서 사람들이 그것을 선호하게 되고, 덕분에 그것의 효용은 더욱 커진다. 이런 양되먹임positive feedback 과정을 통해서, 한 번 우위를 점한 언어는 다른 언어들을 압도하게 된다. 20세기에 영어가 놀랄 만큼 빠르게 세계의 표준 언어가 된 과정에서 망 경제의 힘이 잘 드러난다.

언어의 역사는 언어의 생성, 전파 그리고 쇠퇴에 일반적 패턴이 있음을 보여준다. 사회가 확장되면, 초기에 우위를 지닌 언어가 망 경제 덕분에 다른 언어들을 누르고 표준의 자리를 차지한다. 사회가 쇠퇴해서 응집력이 줄어들면, 표준 언어의 방언들이 독립된 언어의 지위에 올라서서 언어가 다양해진다. 라틴어의 운명은 전형적이다. 로마 제국이 흥기하면서, 라틴어는 지중해 연안의 표준어가 되었고 다른 언어들은 많이 쇠멸했다. 로마 제국이 쇠퇴하고 서로마 제국이 멸망하자, 라틴어의 방언들에 바탕을 둔 로망스어들이 나타났다.

보다 중요한 예는 '노스트라틱Nostratic' 사람들의 언어들의 역사다.

의심할 바 없이 이 세 어족——인도 유럽, 알타이, 그리고 우랄——사이에는 친족 관계가 있다. 그것들은 1만 5천 년 전에 파생된 언어들에서 공통된 낱말들로 판단해보면, 아마도 늑대(개)를 빼놓고는 아직 동물들을 길들이지 않았던 사냥꾼-채취자 사람들에 의해 유라시아 대륙에 걸쳐서 쓰인 단일 언어에서 파생되었다. 〔……〕 주목할 만한 일로 비치겠지만, 포르투갈과 한국에서 쓰이는 언어들은 거의 확실하게 같은 단일 언어에서 나왔다.

— 맷 리들리Matt Ridley, 『유전체Genome』[7]

현생 인류는 대략 20만 년 전에 나온 것으로 보이고 발전된 음성 언어는 10만 년 전에 나타났다고 여겨진다. 그리고 인류가 아프리카에서 나와 다른 대륙으로 퍼진 것은 약 5만 년 전으로 보인다. 앞에서 든 여러 요인들을 고려하면, 현존하는 언어들이 하나의 뿌리에서 나왔다는 것은 거의 확실하다.

5

유전자 언어가 이 세상의 기본적 언어이며, 인류 언어는 최근에 나온 특수한 언어고, 언어의 역사의 태반에서 신호 언어가 쓰였다는 사실은 우리가 언어라고 부르는 음성 언어가 차지하는 자리를 잘 표시해준다. 이런 결론은 우리에게 깊이 생각할 화두들을 내놓는다.

먼저, 모든 언어들은 궁극적으로 같은 뿌리에서 나왔다. 그래서 언어들 사이에는 근본적 동질성이 있다. 언어들이 서로 다른 것은 그것들이 쓰는 사람들의 환경에 맞게 다듬어졌다는 사실을 반영한다.

다음엔, 인류의 언어는 진화해왔고 앞으로도 진화할 것이다. 현대 언어들은 인류의 진화라는 맥락에서 보면 아주 최근에 나왔다. 따라서 언어가 제대로 진화하도록 하는 것은 중요하다. 바뀌는 환경에 맞게 진화하지 못한 언어는 경쟁에서 져서 쇠멸하게 된다.

셋째, 언어의 진화는 사람들의 삶 속에서 이루어진다. 사람들이 언어를 자유롭게 쓰도록 해서, 언어가 자연스럽게 다듬어지도록 하는 것은 크게 바람직하다.

넷째, 사람들이 자기들의 모국어를 제대로 알려면, 다른 언어들을 살피는 것이 필요하다. 모국어의 먼 친척들인 외국어들을 살펴야, 같은 점들과 다른 점들을 통해서 모국어를 보다 잘 이해하고, 외국어들의 좋은 점들을 받아들일 수 있다.

6

이런 성찰은 우리에게 언어에 관한 민족주의적 견해가 천박하고, 민족주의적 언어 정책은 그것이 숭배하고 보호하려는 민족어에 궁극적으로 해롭다는 것을 일깨워준다. 이 점은 늘 강조되어야 한다.

민족주의의 핵심적 상징은 민족어다. 민족주의자들은 자신들의 민족어를 숭배의 대상으로 삼고 그것이 다른 언어들보다 우수하다고 강조한다. 그들은 모든 언어들이 공유한 부분들을 무시하고 언어들 사이의 표면적이고 작은 차이들에 압도적 중요성을 부여한다. 원래 민족주의의 철학적 바탕은 보편성 대신 특수성을 높이는 것이다. 당연히, 그들은 글쓰기에서도 보편적인 특질들보다는 민족어의 특수성에서 나온 특질들을 높인다. 어느 사회에서나 민족주의는 강력하므로, 글쓰기도 필연적으로 그런 민족주의적 태도에 큰 영향을 받는다.

우리 사회에서 민족주의는 유난히 힘이 크고 모든 부면들에서 압도적 영향을 미친다. 글쓰기에서는 그런 영향이 특히 크다. 민족주의자들은 우리가 우리 조상들의 언어를 본받아 그대로 쓰는 것이 옳다고 주장한다. 그들은 언어가 진화하며 앞으로는 점점 빨리 진화할 수밖에 없다는 사실을 고려하지 않는다. 그들은 한국이 하나로 통합되는 세계 문명의 주변부이므로 한국어도 어쩔 수 없이 문명 중심부에서 쓰이는 언어들의 영향을 크게 받는다는 점을 받아들이려 하지 않는다. 우리가 물려받은 한국어는 이미 크게 바뀌었고, 우리는 이제 우리말을 점점 빨리 바뀌는 환경에 맞추어 다듬어가야 한다는 사실을 인정하지 않는다.

이런 태도는 분명히 그르고 어리석다.

먼저, 그런 태도는 앞에서 살핀 언어의 성격과 진화에 대한 무지에 바탕을 두었다. 당연히, 언어 문제에 관한 합리적 진단도 처방도 내놓을 수 없다.

다음엔, 민족들을 구별하는 일도 민족들이 누리는 문화들을 구별하는 일도 부질없다. 그것은 사실적으로 뜻이 없고 실제적으로 가망 없는 일이다. 민족은 생물학적으로 너무 느슨한 단위이고 문화는 국경을 존중하지 않는다. 근년에 진화생물학의 발전에서 나온 '밈meme' 이론이 뚜렷이 보여주는 것처럼, 문화는 빠르게 널리 퍼지는 밈들로 이루어졌다. 중요한 것은 어떤 밈이 누구 뇌에서 처음 나왔느냐를 따지는 것이 아니라 그것을 이용하고 발전시키는 것이다. 어차피 한 사회에서 유통되는 밈들은, 아주 큰 사회의 경우라도, 대부분은 다른 곳에서 나왔다. 민족주의자들이 '풍속의 감시자'가 되어 사회에서 자생한 밈들로만 지적 활동을 하도록 강요한다면, 그 사회는 그날로 지적 활동을 멈출 것이다. 민족주의라는 이념 자체가 19세기 유럽 문명이 낳은 밈 복합체meme-complex라는 사실은 이런 사정에 반어적 빛깔을 입힌다.

셋째, 언어는 다른 언어들과 같은 조상을 지녔을 뿐 아니라 다른 언어들과의 교류를 통해서 자라났다. 그래서 다른 언어들과 자유롭게 교류할 수 있어야, 풍성해질 수 있다. 주변부의 언어들은 중심부의 언어들과 교류하는 것이 특히 중요하다. 그런 교류를 통해서 중심부에서 나온 개념들과 언어적 관행들이 도입될 수 있다.

7

이처럼 민족주의자들이 강요하는 관행은 무지에 바탕을 둔 비합리적 처방이다. 그런 처방은 필연적으로 한국어를 빈약하게 만들고 한국어로 글을 쓰는 일을 비효율적으로 만든다. 따라서 민족주의자들의 처방이 우리 마음에 씌운 굴레를 제대로 인식하고 그것을 벗어버리는 일은 일반적으로 인식된 것보다 훨씬 중요하다.

물론 그것은 쉬운 일이 아니다. 우리의 역사적 정황이 그러했으므로, 우리 사회에서 민족주의적 감정과 이념은 다른 모든 감정들과 이념들을 압도한다.

그래도 민족주의적 처방이 강요하는 제약에서 벗어나, 글쓰기의 논리를 따라 글을 쓰는 일은 중요하다. 새로운 지식들과 통찰들이 나오면, 그것들을 담아낼 새로운 말들과 보다 섬세하고 탄력적인 글쓰기가 필요하다. 어느 사회도 지식을 자급자족할 수 없으므로, 어떤 언어든지 다른 언어들과의 교류가 불가피하고 그런 교류를 통해 충실해지고 섬세해진다. 그렇게 하려면, 글의 논리를 따라 글을 쓰는 태도를 지녀야 한다. 글의 논리를 따라야, 생각을 또렷하고 유창하게 담아내는 글을 쓸 수 있다. 그리고 그 과정에서 우리말을 보다 유연하고 정교한 언어로 만들 수 있다.

따지고 보면, 사람은 누구나 민족주의자다. 누구나 궁극적으로는 이기주의자인 것과 마찬가지다. 민족주의는 "확대된 이기주의self-interest writ large"다. 그러나 드러내놓고 이기적 행동을 하는 것은 자신에게 가장 해로운 길이다. 상호적 이타주의reciprocal altruism가 가리키는 것처럼, 자신의 이익을 극대화하는 길은 다른 개체들과 협력하는 것이다. 사회의 수준에서도 그러하니, 드러내놓고 공격적인 민족주의를 추구하는 것은 누구에게도 도움이 되지 않는다.

글쓰기에서도 사정은 같다. 우리 언어는 다른 언어들과 기본적인 것들을 거의 다 공유하고 그 바탕 위에서 나름의 특수성을 지녔다. 그런 특수성을 이룬 요소들 가운데는 다른 언어들의 그것들보다 나은 것들도 있고 그저 독특한 것들도 있고 못한 것들도 있을 터이다. 우리 언어의 특수성을 이룬 요소들이 모두 뛰어나며, 따라서 바꾸어서는 안 될 것들이라는 주장은 분명히 그른 진단이고 어리석은 처방이다.

아쉽게도, 우리말과 글은 현대의 발달된 문명을 다루기에는 부족한 점들이 있다. 우리 사회에선 전통적으로 지적 활동이 거의 다 한문을 통해서 이루어졌다. 자연히, 지적 활동을 감당하기에는 섬세함과 탄력성에서 부족한 면이 우리 언어에 있다. 어휘의 빈곤함도 점점 큰 문제가 되어왔다. 외국어로 씌어진 글을 번역하게 되면, 누구나 그렇게 딱한 사정을 절감하게 된다. 따라서 점점 빠르게 발전하는 문명의 요구들을 어렵지 않게 채워줄 수 있는 수준으로 우리말을 향상시키는 일은 더할 나위 없이 중요하다.

8

오직 글의 논리만을 따라 씌어진 글은 아름다움을 지니게 된다. 글의 목적이 내용을 전달하는 것이므로, 글의 논리는 본질적으로 내용을 전달하는 기능을 한껏 높이는 것이다. 그런 기능이 극대화되어서, 독자들이 이내 또렷이 글의 내용을 알게 되면, 그 글은 제 임무를 다했을 뿐 아니라, 아름다움도 지니게 된다. 그런 아름다움은 일부러 꾸민 아름다움이 아니다. 그것은 모든 낱말들이 논리적으로 배치되어 제 기능을 한껏 하는 데서 나온다. 그것은 목적에 맞게 설계되어 모든 부분들이 제 기능을 한껏 하게 된 기계가 지니는 아름다움이다. 그런 기계는 장식이 없어도 아름답듯이, 논리를 따른 글은 일부러 꾸미지 않아도 아름답다.

아름다움의 바탕이 논리라는 점은 생명체들의 몸을 살피면, 잘 드러난다. 우리에게 아름답게 다가오는 생명체의 모습들은 모두 환경에 잘 적응된 것들이다. 적응을 통한 생존의 논리가 그런 아름다움을 만들어낸 것이다. 물속에 사는 생명체들의 몸은 모두 유선형이다. 그래서 아름답다. 생각해보면, 유선형은 물속이라는 환경에 생명체들이 적응한 결과다. 이처럼 아름다움은 어떤 것이 논리를 충실히 따라서 더 나은 형태가 나올 수 없을 때 우리가 느끼는 무엇이다. 아름다움은 자의적이지 않다.

지금 우리 사회에선 철학적 사유나 과학적 지식을 명징하고 섬세하게 드러낸 문장 대신 수식어들을 치렁치렁 단 문장이 흔히 멋진 글로 여겨진다. 그러나 그것은 우리 언어가 지적 활동을 감당하는 데 힘에 부친다는 사정을 반영한 것일 따름이다. 우리 언어가 잘 진화해서 잘 다듬어진다면, 철학적 사유와 과학적 발견을 담은 우리글도 아름다워질 것이다.

이런 글쓰기에서 가장 큰 장애는, 앞에서 거듭 지적했듯이, '풍속의 감시자'로 나선 민족주의자들이 강요하는 비합리적 규범들이다. 우리 마음에 '검열관'으로 군림하는 이 장애를 넘는 길은 글의 논리를 과감하게 따르는 것이다. 그렇게 한 뒤에야 우리는 볼 수 있을 것이다, 우리가 써놓은 말들이 창발적으로 지니게 된 아름다움을. 영국 문필가 시릴 코널리Cyril Connolly가 말한 것처럼, "작가는 그의 언어가 요구받은 것을 수줍음 없이 수행할 때 좋은 스타일에 이른다An author arrives at a good style when his language performs what is required of it without shyness."

아름다움에 관하여

1

아름다움은 중요하다. 그것은 흔히 인식되는 것보다 훨씬 중요하다. 우리는 아름다움이 우리의 일상적 판단들을 인도한다는 것을 자주 깨닫는다. 그러나 그것은 또한 우리가 내리는 가장 근본적인 결정들에서, 특히 모든 생명체들에게 근본적 중요성을 지닌 배우자의 선택에서, 결정적 원리로 작용한다. 아름다움은 사람의 삶을 가장 근본적 수준에서 다듬어내는 힘이다. 따지고 보면, 우리의 몸 자체도 아름다움이 다듬어낸 것이다.

아름다움의 중요성은 키츠의 자주 인용되는 시구에 잘 표현되었다.

'아름다움은 진리고, 진리는 아름다움이다.' —그것은
그대가 이 세상에서 아는 전부고 그대가 알아야 할 전부다.
'Beauty is truth, truth beauty,' — that is all
Ye know on earth, and all ye need to know.

이것은 위대한 시인만이 이를 수 있는 통찰이다. 아름다움은 우리에게 근본적 중요성을 지닌다. 아름다움이란 무엇인가?

2

아름다움beauty이란 말은 여러 뜻을 지닌다. '웹스터 영어 사전'에 따르면, 그것의 핵심적이고 아마도 가장 오래된 뜻은 "극도의 육체적 매력과 사랑스러움extreme physical attractiveness and loveliness"이다. 미국 철학자 조지 산타야나George Santayana는 아름다움이 "객관화된 즐거움의 느낌the feeling of pleasure objectified"이라고 말했다.

이런 정의들이 또렷이 드러내는 것처럼, 아름다움은 육체적 바탕을 지녔다. 일반적으로, 느낌들이나 감정들은 행동을 유발하거나 순조롭게 하는 기능을 지녔다. 아름다움은 본질적으로 육체적 매력을 지닌 대상에 대해 사람들이 품는 느낌이고 그런 대상들에 보다 가까이 다가가도록 하는 기능을 지녔다.

유성 생식을 하는 생명체들에겐 같은 종의 생명체들을 식별하는 일이 필요하다. 생식은 모든 생명체들의 궁극적 목표이므로, 같은 종의 잠재적 배우자들을 식별하는 것은 결정적 중요성을 지닌다. 〔그래서 미국 생물학자 린 마굴리스Lynn Margulis는 그런 필요가 사람이 다른 종들과 본질적으로 다르다는 굳은 믿음의 원천이라고 여긴다. 사람에겐 사람과 다른 종들 사이의 차이가 아주 뚜렷해서, 사람이 다른 생명체들과 같은 뿌리에서 나왔고 그래서 많은 특질들을 공유한다는 사실이 잘 인식되지 않는다.〕

아름다움은 사람이 보다 나은 배우자를 고르도록 인도한다. 아름다운 사람들이 우리에게 매력적인 것은 바로 이런 사정 때문이다. 이것은 실은 다른 유성 생식을 하는 동물들에게도 그대로 적용되는 얘기다.

〔아름다운 사람들은〕 다른 사람들이 아름다운 사람들을 매력적으로 보도록 만드는 유전자들을 가졌기 때문에 매력적이다. 사람들은 아름다움의 기준들을 사용한 사람들이 그것을 사용하지 않은 사람들보다 많은 후손들을 남겼기 때문에 그런 유전자들을 가졌다. 아름다움은 자의적이지 않다. 진화생물학자들의 통찰들은 성적 매력에 관한 우리의 견해를 바꾸고 있으니, 그들은 우리가 어떤 특질들을 아름답게 여기고 다른 특질들을 추하게 여기는가를 마침내 설명하기 시작했다.

—맷 리들리, 『붉은 여왕The Red Queen』[8]

이렇게 보면, 아름다움은 생식의 목적을 위해서 생긴, 본질적으로 생물적인 현상임이 드러난다. 달리 말하면, 아름다움은 본질적으로 성적 매력이다. 예술작품들의 생산이나 감상과 같은 아름다움의 추상적 측면들도 그런 생물적 성격의 연장이라 할 수 있다.

3

아름다움이 본질적으로 성적 매력이라는 점을 맨 먼저 뚜렷이 인식한 사람은 다윈이었다. 그는 아름다움이 유성 생식을 하는 종들의 진화에 영향을 미치는 과정을 잘 드러냈다.

이해하기가 보다 어려운 다윈의 생각들 가운데 하나는, 동물들이 늘 특정 유형들을 선택하고 그래서 종족을 바꿈으로써, 말 사육자들처럼 행동할 수 있다는 것이었다. 성 선택이라 알려진 이 이론은 다윈이 죽은 뒤 오래 무시되었다가 겨우 근년에야 다시 유행을 탔다. 그것의 주요한 통찰은 동물의 목표는 그저 살아남는 것이 아니라 번식하는 것이라는 점이었다. 실제로, 번식과 생존이 충돌하는 경우, 연어가 번식하는 동안 굶어죽는다는 예처럼, 우선적인 것은 번식이다. 그리고 유성 종들에게서 번식은 적절한 배우자를 찾아내서 그것이 유전자들의 꾸러미를 내놓도록 설득하는 것으로 이루어진다. 이 목표는 삶에서 워낙 중심적이므로 그것은 몸의 설계만이 아니라 심리의 설계에도 영향을 미쳐왔다. 간단하게 말하면, 생식적 성공을 늘리는 것은 무엇이든 그렇게 하지 않는 것들 대신 널리 퍼진다——그것이 생존을 위협하는 경우까지도.

— 같은 책.[9]

성 선택이 작용하는 모습들 가운데 두드러진 것은 여러 종들의 수컷들이 찬란한 빛깔을 띠거나 비정상적으로 큰 특정 부위를 지닌 현상이다. 공작 수컷의 크고 화려한 꼬리는 우리가 잘 아는 예다. 문제는 그렇게 두드러진 수컷의 몸은 생존에 부정적이라는 사실이다. 왜 암컷들은 생존에 부정적인 특질을 지닌 수컷들을 선호하는가? 이 문제에 대한 해답은 다윈 자신도 찾지 못했다. 그 해답은 진화생물학이 활기를 얻은 1930년대에 비로소 얻어졌다.

로널드 피셔 경은 (1930년에) 암컷들은 긴 꼬리를 선호하는 데서 다른 암컷들도 또한 긴 꼬리를 선호한다는 것보다 더 나은 이유를 필요로 하지 않는다는 가정을 내놓았다. 처음에는 그런 논리가 의심스럽게 순환적으로 들리지만, 바로 그것이 멋진 점이다. 한 번 암컷들 대부분이 다른 수컷들 대신 어떤 수컷들과 짝을 짓기로 선택하고 꼬리의 길이를 기준으로 삼으면, 그런 추세를 거슬러 꼬리가 짧은 수컷을 고르는 암컷은 꼬리가 짧은 아들들을 낳을 것이다. (이것은 아들들이 아버지의 짧은 꼬리를 물려받는다고 상정한 것이다.) 모든 다른 암컷들은 꼬리 긴 수컷들을 찾으므로, 그 꼬리 짧은 아들들은 성공하기 어렵다. 이 시점에서, 꼬리가 긴 수컷들을 고르는 것은 자의적 유행보다 나은 이유일 필요가 없다; 그것은 그래도 전제적이다. 모든 암컷들은 같은 물레바퀴를 밟고 있지만, 자신의 아들들에게 독신의 운명을 부여할까 두려워서 감히 뛰어내리지 못한다. 그 결과 암컷들의 자의적 선호들은 그 종의 수컷들에게 점점 더 괴상한 부담들을 지우게 된다. 그 부담들 자체가 수컷의 목숨을 위협하는 경우에도, 그 과정은 계속될 수 있다─그의 목숨에 대한 위협이 그의 번식적 성공의 증가보다 작은 한.

— 같은 책.[10]

유행을 거스르기가 그리도 힘든 까닭이 바로 여기 있다. 유행의 뿌리엔 성 선택이 있다. 우리는 모두 같은 성의 다른 개인들이 하는 것을 본받았기 때문에 자손들을 널리 퍼뜨린 사람들의 자손들이다. 그래서 유행을 따르는 것은 우리의 천성이다.

4

아름다움이 본질적으로 성적 매력이라는 사실은 여러 가지 중요한 함의들을 지녔다. 가장 중요한 것은 아름다움이 인종적 또는 문화적 차이를 뛰어넘는 보편적 기준들을 지녔으리라는 추론이다. 인류가 나온 지 그리 오래되지 않았고 여러 인종들로 분화된 것은 최근의 일이므로, 사람의 유전자들에선 변이가 그리 많지 않았고, 자연히 유전자들의 인종적 차이는 아주 작다. 성이 실질적으로 몇십억 년 전 생명의 발생 바로 뒤에 발명되었고 동물들의 유성 생식도 아주 오래되었으므로 (동물은 적어도 6억 년 전에 나타났다), 사람이 아득한 시절의 조상들로부터 물려받은 아름다움의 기준들은 오래되었고 모든 사람들이 공유할 터이다.

실증적 연구들은 아름다움의 기준들이 보편적임을 밝혀냈다. 잘 알려진 예는 여성의 허리와 엉덩이 사이의 비율이다. 인도 심리학자 데브 싱Dev Singh은 여성의 몸이, 남성의 몸과는 달리, 사춘기와 중년 사이에 두 차례 큰 변화를 겪는다는 사실에 주목했다. 열 살 난 계집아이의 몸매는 그녀가 마흔 살에 지닐 몸매와 다르지 않다. 그러다가 갑자기 그녀의 몸매에 변화가 일어나서, 허리는 잘록해지고 가슴과 엉덩이는 커진다. 그래서 허리와 엉덩이 사이의 비율은 크게 낮아진다. 반대로, 삼십이 넘으면, 허리가 굵어지면서, 그 비율이 오르기 시작한다.

허리는 잘록하고 가슴과 엉덩이는 풍만한 '모래시계형 몸매'는, 동서고금을 가릴 것 없이, 늘 매력적인 몸매로 여겨져 왔다. 그래서 의상의 유행은 늘 그런 몸매를 강조했다. 서양의 경우, 옛적부터 보디스, 코르셋, 후프(버팀살대), 버슬(허리받이), 크리놀린 같은 옷과 기구들이 날씬한 허리를 강조했고, 현대엔 브라와 유방삽입물이 가슴을 커 보이게 한다.

싱은 『플레이보이』에 나오는 여인들의 몸매에서 바뀌지 않는 것이 바로 허리와 엉덩이 사이의 비율임을 관찰했다. 마른 몸매가 강조되어 거기 나오는 여인들의 체중이 점점 줄어도, 그 비율은 그대로였다. 그는 실험을 통해서 그런 관찰이 뜻을 지녔음을 확인했다. 허리와 엉덩이의 비율이 낮을수록, 실험에 참여한 남자들은 사진으로 본 여자들이 매력적이라고 느꼈다. 이런 성향은 인종과 문화를 뛰어넘는 보편적 현상이다.

지금까지 모인 증거들은 사람들이 지닌 아름다움의 기준들이 아주 보편적임을 가리킨다. 한 인종과 문명에서 매력적인 얼굴과 몸매는 다른 모든 인종들과 문명들에서도 매력적이다.

5

그러면 아름다움의 기준은 무엇인가?

앞에서 설명한 데브 싱의 관찰은 아름다움의 기준에 대한 단서를 내민다. 풍만한 젖가슴과 엉덩이는 아이들을 잘 낳아 기를 수 있다는 것을 말해준다. 따라서 남자들이 풍만한 젖가슴과 엉덩이를 지닌 여자들에게 매력을 느끼는 것은 자연스럽다. 잘록한 허리에 남자들이 끌리는 것은 설명하기가 좀 어렵다. 물론 잘록한 허리는 젖가슴과 엉덩이가 풍만하다는 것을 강조해준다. 그러나 그것만으로는 설명이 충분치 못하다.

가장 그럴듯한 설명은 '모래시계형 몸매'가 젊음을 가리키는 가장 확실한 징표이기 때문에 남자들에게 매력적이라는 주장이다. 여자의 나이를 알기는 쉽지 않다. 그러나 잘록한 허리와 풍만한 가슴과 엉덩이는 그녀가 가임기의 여성이라는 것을 분명하게 드러낸다. 그리고 일부러 몸매를 그렇게 꾸미기는 불가능하다.

사람들이 젊음을 선호하는 것은 자연스럽다. 젊을 때만 생식이 가능하기 때문이다. 자연히, 젊음은 아름다움의 가장 중요한 기준이다.

여기서 주목할 것은 사람이 유난히 젊음에 집착한다는 점이다. 특히 남자는 그렇다.

　　젊음에 대한 남자의 집착은 사람의 특징이다. 연구된 다른 동물들 가운데 이런 집착을 사람처럼 강하게 보이는 동물은 없다. 침팬지 수컷들은 중년의 암컷들을, 발정한 동안에는, 젊은 암컷들과 거의 같게 매력적으로 여긴다. 분명히 이것은 평생 결혼과 길고 느린 자식 양육 기간이라는 사람들의 습관들이 또한 사람에게 독특하기 때문일 것이다. 만일 남자가 자신의 평생을 한 아내에게 바치게 된다면, 그는 그녀가 잠재적으로 긴 생식 기간을 앞에 두었다는 것을 알아야 한다. 만일 그가 평생 동안 때때로 짧은 기간 동안 이어지는 짝짓기들을 이룬다면, 그의 배우자들이 얼마나 젊으냐 하는 것이 문제가 되지 않을 것이다. 달리 말하면, 우리는 젊은 여자들을 배우자들로 골랐고, 그래서 다른 남자들보다 많은 자녀들을 이 세상에 남긴 남자들로부터 나왔다.

—— 같은 책.[11]

　　맷 리들리의 설명은 설득력이 있다. 그러나 사람들이 젊음에 유난히 집착하는 현상에는 그가 제시한 것보다 근본적인 요인이 작용하는지도 모른다. 사람이 뚜렷이 보이는 유태성숙neoteny이, 즉 진화적 유아화 evolutionary infantilization가, 바로 그것이다.

　　멕시코의 한 호수에 사는 양서류인 액솔로틀은 꼭 샐러맨더의 유충처럼 생겼지만, 그것은 생식할 수 있어서, 생명 주기에서 성체인 샐러맨더 단계를 잘라냈다. 그것은 성적으로 성숙한 올챙이다. 그런 유태성숙은 어떤 계통이 단숨에 전혀 새로운 방향으로 진화를 시작할 수 있는 길이라는 생각이 제시되었다. 유인원들은 올챙이나 애벌레와 같은 구분된 유생기를 갖지 않았지만, 인류의 진화에선 보다 점진적 유형의 유태성숙을 알아볼 수 있다. 어른 침팬지들보다 청소년기의 침팬지들이 사람들을 훨씬 많이 닮았다. 인류의 진화는 유아화로 볼 수 있다. 우리는 형태적으로는 아직 소년인 시기에 성적으로 성숙하게 된 유인원들이다.

　　　　　— 리처드 도킨스Richard Dawkins, 『악마의 사제*A Devil's Chaplain*』[12]

　사람이 침팬지와 갈라진 것은 400만 년 전에서 500만 년 전 사이로 추정된다. 그 뒤 사람은 줄곧 유태성숙을 향해 진화했다. 이런 사정이 젊음에 유난히 큰 가치를 두는 남자들의 성향과 무슨 관련이 있으리라고 보는 것은 비합리적이 아니다.

　물론 여자라고 젊음에 무심한 것은 아니다. 그러나 여자는 남자의 육체적 매력에 상대적으로 작은 무게를 두고 다른 요인들을, 특히 남자의 사회적 지위와 부를, 무척 중요하게 여긴다. 이것도 또한 인종과 문화를 뛰어넘는 보편적 특질이다.

　단 하나의 예외는 키다. 여자들이 키가 큰 남자들을 키가 작은 남자들보다 매력적이라 여기는 현상은 보편적이다. 그래서 데이트와 결혼을 알선하는 회사들 사이에선 여자보다 남자가 키가 커야 한다는 원칙이 "데이트 상대 고르기의 중심적 원칙the cardinal principle of date selection"이라 불린다.

　사람이 그렇게 젊음에 집착하므로, 아름다움의 핵심은 젊은 몸의 특질들이다. 그리고 유행은 늘 젊음을 강조하는 데 맞춰졌다. 유행은 줄곧 빠르게 바뀌었지만, 늙음을 강조한 유행은 지금까지 나온 적이 없었다.

6

몸매와 젊음이 아름다움의 중요한 기준들이라는 것은 앞에서 살폈다. 또 하나 중요한 기준은 얼굴이다. 사람의 얼굴엔 많은 정보들이 담겨 있다. 그래서 우리는 얼굴들을 보고서 사람들을 식별한다. 몸매만 보고서는 누구인지 전혀 식별할 수 없다는 사실을 떠올리면, 얼굴에 얼마나 많은 정보들이 담겼는지 깨닫게 된다. 얼굴이 그렇게 중요하므로, 사람들의 아름다움을 판단하는 데서 얼굴은 절대적 중요성을 지닌다. 맷 리들리의 표현을 빌리면, "아름다움은 젊음, 몸매, 그리고 얼굴로 이루어진 삼위일체다Beauty is a trinity of youth, figure, and face."

얼굴의 아름다움에서, 특히 대칭이 중요하다는 사실은 널리 알려졌다. 좌우의 대칭이 완전에 가까울수록, 사람들은 얼굴을 아름답다고 느낀다. 대칭적 얼굴은 그 얼굴의 임자가 좋은 유전자들을 지녔고 자라날 때 좋은 환경을 누렸다는 것을 가리키므로, 사람들이 대칭적 얼굴을 아름답게 느끼는 까닭은 쉽게 설명된다.

얼굴의 아름다움에 관한 연구는 아름다움에 관해서 중요한 사실 하나를 밝혀냈다. 평균적 얼굴이 극단적 특질을 지닌 얼굴보다 아름답다는 사실이다.

1883년에 〔우생학의 창시자인 영국 생물학자〕 프랜시스 골턴은 여러 여자 얼굴들의 사진들을 합쳐 만든 합성 얼굴은 그것을 만드는 데 들어간 개별 얼굴들의 어느 것보다도 더 예쁘게 보인다는 것을 발견했다. 그 실험은 근년에 여자 대학생들의 컴퓨터 합성 사진들로 되풀이되었다: 이미지를 만드는 데 들어간 얼굴들이 많을수록, 그 여인의 얼굴은 더 아름답게 보인다. 실제로, 모델들의 얼굴들은 유난히 잊어버리기 쉽다. 날마다 그들을 잡지의 겉장들에서 보지만, 우리는 개별적으로 그들을 알아보는 경우가 드물다.

— 맷 리들리, 『붉은 여왕』[13]

그러나 골턴이 시작한 실험은 충분한 실험이 아니었음이 최근에 밝혀졌다. 그리고 그 과정에서 사람이 느끼는 아름다움의 정체에 보다 가까이 다가갈 수 있는 단서가 얻어졌다.

1994년에 새로운 연구들은 애초에 매력적이라 여겨진 개별 얼굴들을 섞어서 만든 얼굴은 사전 선택 없이 모든 얼굴들을 섞어서 만든 얼굴보다 높이 평가된다는 것을 밝혔다. 달리 말하면, 평균적 얼굴은 매력적이지만 최적적으로 매력적인 것은 아니다. 얼굴의 어떤 크기들은 분명히 평가에서 다른 것들보다 더 큰 무게를 차지한다. 이어 분석들은 정말로 놀라운 결과를 낳았다. 결정적 크기들이 확인되어 인위적으로 수정된 합성 얼굴들에서 과장되자, 매력은 더욱 올라갔다. 코카서스인과 일본인 여자들의 얼굴들은 젊은 영국인 및 일본인 남녀 시민들에게 이런 효과를 지녔었다. 가장 매력적이라 생각된 특질들은 비교적 높은 광대뼈, 갸름한 턱, 얼굴 크기에 비해 상대적으로 큰 눈, 그리고 입과 아래턱 사이와 코와 아래턱 사이의 거리가 멀기보다는 약간 가까운 것이었다.

— 에드워드 윌슨Edward O. Wilson, 『통섭 Consilience』[14]

이런 발견은 설명하기 쉽지 않다. 얼굴이 아름다운 여자들은 덜 아름다운 여자들보다 자식들을 많이 낳을 터이므로, 시간이 지나면서,

가장 아름다운 얼굴은 평균에 아주 가깝게 될 터이다. 어떤 얼굴이 어떤 특질에서 어떤 방향으로든지 최적의 크기에서 벗어나면, 그 얼굴은 그만큼 덜 선호되어, 최적의 크기는 진화적 시간대에서 표준으로 보존될 것이다.

이런 현상을 설명하는 데 동원된 것이 '초정상 자극supernormal stimulus'이다. 많은 생명체들은 의사소통communication에서 표준보다 과장된 신호들을 선호한다. 그런 과장된 신호들이 자연에서 발견되는 경우가 아주 드물 경우에도 그렇다.

교육적인 예는 서유럽에서 일본에 이르는 지역의 숲 공터들에서 발견되는 은빛 무늬가 있는 주황색 나비인 은빛 표범나비의 여성적 매력이다. 번식 기간에 수컷들은 자신들의 종의 암컷들을 그것들의 독특한 빛깔과 비행 동작들에 따라 본능적으로 인식한다. 수컷들은 암컷들을 쫓아가지만, 그 암컷들은 수컷들이 정말로 선호하는 것이 아니다. 연구자들은 기계적으로 날개를 퍼덕일 수 있는 합성수지 모형들로 표범나비 수컷들을 유인할 수 있다는 것을 발견했다. 놀랍게도, 그들은 수컷들이 진정한 암컷들에게서 돌아서서 가장 크고 가장 빛깔이 밝고 가장 빠르게 움직이는 모형들로 날아간다는 것을 아울러 배웠다. 그렇게 뛰어난 표범나비 암컷은 그 종의 자연적 환경에서는 존재하지 않는다.

— 같은 책.[15]

나비의 수컷들은 어떤 종류의 자극들에 관해서, 즉 날개의 크기와 날갯짓의 빠르기에 관해서, 상한선이 없이 가장 큰 것을 선호하도록 진화한 듯하다. 이런 현상은 동물들에게서 자주 발견된다. 생물학자들이 실험에 쓴 기구들과 같은 초정상 자극들은 현실에선 아주 드물므로, 그것을 쫓는 행태는 적절하다. 나비의 경우, 큰 날개와 빠른 날갯짓은 튼튼하고 젊은 암컷을 가리키고 그런 자극들의 크기에 비례해서 반응하는 것은 합리적이다.

7

여성의 아름다움에 관한 초정상 자극은, 이미 앞에서 살핀 것처럼, 사람에게서도 뚜렷이 나온다. 날로 번창하는 미용 산업은 이 사실을 우리에게 늘 일깨워준다.

미용 산업 전체가 초정상 자극의 제조라고 해석될 수 있다. 아이섀도와 마스카라는 눈을 크게 하고, 립스틱은 입술을 풍만하고 밝게 만들고, 연지는 볼에 영구적 홍조를 띄우고, 트윈케이크는 얼굴을 내재적 이상에 가깝도록 고르게 만들고 다시 다듬고, 손톱칠은 손의 혈액순환을 강조하며, 파마와 염색은 머리를 부풀리고 젊게 만든다. 이 모든 손질들은 젊음과 다산의 자연적인 육체적 징후들을 모방하는 것 이상을 한다. 그것들은 평균적 정상을 넘어선다.

— 같은 책.[16]

이 얘기는 물론 미용 산업에만 국한되는 것은 아니다. 이것은 남녀의 모든 치장들에 그대로 적용된다.

옷과 상징들은 활력을 투사하고 사회적 지위를 광고한다. 미술가들이 유럽의 동굴 벽들에 동물들과 의상을 입은 샤먼들을 그리기 수천 년 전에, 사람들은 옷에 구슬들을 매달고 허리띠와 머리띠를 육식 동물들의 이빨들로 뚫고 있었다. 그런 증거들은 영상 예술들의 원래의 화폭이 사람의 몸 자체였음을 가리킨다.

미국 미학 역사학자 엘렌 디사나야케는 예술의 일차적 역할은 줄곧 사람들, 동물들, 그리고 비생명의 환경에서 특정한 특질들을 '특별하게 만드는' 것이었다고 주장한다. 여성적 아름다움으로 예시되는 그런 특질들은 사람의 관심이 이미 생물학적으로 기울어질 소지가 있는 것들이다.

— 같은 책.[17]

이처럼 아름다움은 자의적이지 않다. 그것은 엄격한 생물적 바탕을 지녔다. 바로 이런 사정 때문에 미용과 복식의 유행이 그리도 강력한 힘을 지니는 것이다. 그것은 아울러 '왜 유행에서 어떤 요소들은 변하지 않고 어떤 요소들은 끊임없이 바뀌는가?' 하는 어려운 문제에 대해 설득력 있는 설명을 제공한다.

8

사람들의 아름다움이 자의적이지 않다는 사실은 우리로 하여금 물리학과 수학이 지닌 엄격한 아름다움을 떠올리게 한다.

우리가 물리학 이론들에서 발견하는 종류의 아름다움은 매우 제한된 종류다. 내가 말로써 그것을 나타낼 수 있는 한에서, 그것은 단순함과 필연성의 아름다움이다 — 완벽한 구조의 아름다움, 모든 것들이 서로 들어맞는, 아무것도 바뀔 수 없는, 논리적 경직성의 아름다움. 그것은 군더더기가 없는 고전적 아름다움으로 우리가 그리스의 비극들에서 발견하는 종류의 아름다움이다.

— 스티븐 와인버그Steven Weinberg, 『궁극적 이론의 꿈들Dreams of a Final Theory』[18]

물리학 이론들이 지닌 이런 아름다움은 언뜻 생각하기보다 훨씬 근본적인 무엇이다.

    기묘하게도, 물리학 이론들의 아름다움은 간단한 기저 원리들에 바탕을 둔 경직된 수학적 구조들로 구체화되지만, 이런 종류의 아름다움을 지닌 구조들은 기저 원리들이 그르다는 것이 판명된 뒤에도 살아남는 경향이 있다. 좋은 예는 디랙의 전자 이론이다. 디랙은 1928년에 입자파들을 통한 양자역학의 슈뢰딩거 버전을 특수 상대성 이론과 맞도록 다시 세우려 애쓰고 있었다. 이 노력은 디랙을 전자가 어떤 일정한 스핀을 가진 것이 틀림없으며 우주는 음 에너지를 가진 관측할 수 없는 전자들로 가득한데, 특정 점에서의 그런 전자의 '부재'는 실험실에서 반대 부하를 가진 전자의, 즉 전자의 반입자의, 존재로 보이리라는 결론으로 이끌었다. 그의 이론은 1932년에 우주선에서 바로 그런 전자의 반입자가, 즉 지금 양전자로 불리는 입자가, 발견되면서 엄청난 위신을 얻었다. 디랙의 이론은 1930년대와 1940년대에 개발되어 크게 성공적으로 적용된 양자전기역학의 버전에서 핵심적 요소였다. 그러나 오늘날 우리는 안다, 디랙의 관점은 대체로 틀렸음을. 양자역학과 특수 상대성 이론을 조화시키는 적절한 맥락은 디랙이 찾았던 종류의 슈뢰딩거의 파동역학의 상대성 이론적 버전이 아니라 1929년에 하이젠베르크와 파울리에 의해 제시된 양자장 이론이라 알려진 보다 일반적인 형식체다. 양자장 이론에서는, 광자가 한 장의, 즉 전자기장의, 에너지의 꾸러미일 뿐 아니라,

전자와 양전자 또한 전자장의 에너지의 꾸러미들이며, 모든 다른 소립자들도 여러 다른 장들의 에너지의 꾸러미들이다. 거의 우연히, 디랙의 전자 이론은 전자, 양전자 및/또는 광자를 포함하는 과정들에서 양자장 이론과 같은 결과를 내놓았다. 그러나 양자장 이론은 보다 일반적이다 — 그것은 디랙의 이론의 논지로는 이해될 수 없는 핵 베타 붕괴와 같은 과정들을 설명할 수 있다. 양자장 이론에는 입자들이 어떤 특정한 스핀을 갖도록 요구하는 무엇이 없다. 전자는 디랙의 이론이 요구한 스핀을 가졌지만, 다른 스핀들을 가진 다른 입자들이 있고, 그런 다른 입자들은 반입자들을 가졌지만, 이것은 디랙이 추측한 음 에너지와는 아무런 관련이 없다. 그래도 디랙의 이론의 '수학'은 양자장 이론의 본질적 부분으로 살아남았다; 그것은 모든 대학원 고등 양자역학 과정에서 가르쳐져야 한다. 이렇게 해서 디랙의 이론의 형식적 구조는 디랙이 그의 이론에 이르는 과정에서 따랐던 상대성 이론적 파동역학의 원리들이 죽은 뒤에도 살아남았다.

— 같은 책.[19]

이처럼 물리학의 원리들이 죽어도 그것들이 지닌 아름다움은 때로 살아남는다. 그래서 미적 판단은 물리학과 수학에서 근본적이고도 실제적인 중요성을 지닌다.

미적 판단들의 유효성이 가장 놀라운 것은 바로 순수 수학의 물리학에의 적용에서다. 수학자들이 그들의 작업에서 개념적으로 아름다운 형식체들을 구축하기를 바라는 마음에 의해 움직인다는 것은 흔한 얘기가 되었다. 영국 수학자 고드프리 해럴드 하디는 '수학적 패턴들은 화가들이

나 시인들의 그것들과 마찬가지로 아름다워야 한다. 생각들은 빛깔들이나 낱말들과 마찬가지로 조화로운 방식으로 서로 맞아야 한다. 아름다움은 첫 시험이다. 못생긴 수학엔 영구적 자리가 없다'고 설명했다. 그래도 수학자들이 자신들이 일종의 아름다움을 추구하기 때문에 개발했다고 고백한 수학적 구조들은 흔히 뒤에 물리학자들에 의해 아주 가치가 있음이 발견되곤 했다. 〔……〕

수학자들이 그들의 수학적 아름다움의 감각에 의해 인도되어, 수학자들이 의도하지 않은 곳에서도, 물리학자들이 오직 뒷날에야 유용함을 발견하는 형식적 구조들을 개발한다는 것은 매우 이상하다. 물리학자 유진 위그너의 잘 알려진 논문은 이 현상을 '수학의 비상식적인 유효성'이라 부른다. 물리학자들은 일반적으로 물리학자들의 이론들에 필요한 수학을 미리 개발해내는 수학자들의 능력을 예사가 아니라고 본다. 그것은 1969년에 닐 암스트롱이 처음 달 표면에 발을 디뎠을 때 그가 달 먼지에서 쥘 베른의 발자국들을 발견한 것과 같다.

— 같은 책.[20]

실재하는 세계를 설명하는 물리학 이론들을 발견하고 그것들의 타당성을 판단하는 데 그렇게 큰 도움을 주는 미적 감각을 물리학자들은 어떻게 해서 갖추게 되었을까? 그리고 몇십 년이나 몇백 년 뒤에 물리학자들이 요긴하게 쓸 수학적 구조들을 미리 발견하는 데 큰 도움을 주는 미적 감각을 수학자들은 어떻게 해서 갖추게 되었을까? 와인버그는 세 가지 설명들을 내놓았는데, 그것들 가운데 가장 큰 설득력을 지닌 것은 진화적 관점에서 미적 감각을 살핀 것이다.

첫 설명은 우주 자체가 우리에게 무작위적이고 비효율적이지만, 장기적으로는 효과적인 교육 기계로 작용한다는 것이다. 우연적 사건들의 무한한 연속을 통해서 탄소와 질소와 산소와 수소의 원자들이 결합해서 뒤에 원생동물들과 어류와 사람들로 진화한 원시적 형태의 생명을 이루었듯이, 똑같은 방식으로 우리가 우주를 바라보는 길은 생각들의 자연선택을 통해서 점차 진화해왔다. 헤아릴 수 없이 많은 틀린 시도들을 통해서, 자연이 어떤 길이라는 것이 우리에게 새겨졌고, 우리는 자연의 그러한 길을 아름답게 보도록 되었다.

— 같은 책.[21]

9

아름다움은 우리 천성의 가장 깊은 곳에 뿌리를 두었다. 그것은 생명체로서 우리가 지닌 궁극적 목적인 생식을 돕기 위해서 나타난 성적 매력이다. 자연히, 아름다움에 관한 지식은 우리에게 큰 도움을 준다. 우리 자신들의 성격과 행동의 이해처럼 근본적인 과제부터 글쓰기와 같은 실용적인 과제에 이르기까지. 놀랍게도, 이 우주의 질서를 탐구하는 수학자들과 물리학자들이 자신들의 이론이 옳은가 그른가를 판단하는 데서 미적 감각은 궁극적 기준이 된다.

아름다움과 진리가 같다는 키츠의 시구에서, 그래서 우리는 경이감을 맛본다. 그러나 그는 다윈의 진화론이 나오기 전에 살았고, 따라서 자신의 시구에 자신이 상상할 수 없는 또 하나의 차원이 있다는 것을 아마도 몰랐을 것이다. 이제 우리는 그 차원이 무엇인지 안다. 그리고 그런 지식은 우리가 보다 합리적 행동을 하는 데 도움이 된다. 프랜시스 베이컨의 말대로, "지식 자체가 힘이기" 때문이다.

결언

아름다움은 본질적으로 논리의 경직성에서 나온다. 이 세상에 논리보다 경직된 것을 우리는 상상하기 힘들다. 경직되지 않았다면, 논리는 논리가 되지 못했을 것이다.

아름다운 글을 쓰려면, 글의 논리를 충실히 따라야 한다. 이 사실은 21세기 한국 사회에서 살아가는 우리에게 어려운 과제를 내놓는다. 지적 작업에 활발하게 쓰인 지 얼마 되지 않은 언어이므로, 한국어는 아직 덜 다듬어졌고 점점 복잡해지고 섬세해지는 지적 작업의 요구들을 때로 감당하지 못한다. 한국어로 글을 쓰는 우리는 그래서 한국어를 새로운 목적들과 용도들에 맞게 다듬어가면서 글을 쓸 수밖에 없다.

그 일은 당연히 힘들다. 한국어의 진화를 가로막는 민족주의적 태도는 그 일을 더욱 힘들게 한다. 그래도 자신의 모국어를 섬세하고 탄력 있는 말로 다듬어내면서 글을 쓰는 일은 개인적으로나 사회적으로나 보람이 크다.

한 작가의 눈에 비친 민족문학 논쟁

'민족문학 논쟁'을 좀 떨어진 자리에서 바라보며 새삼스럽게 깨달은 것은 거기에 참여한 논자들이 아주 비슷한 시각으로 세상을 본다는 사실이었다. 그들의 주장들 사이에서 차이를 찾기 어려웠다거나 마음속으로 편을 들지 않았다는 얘기는 아니다. 시야를 조금만 넓혀도, 그들이 우리 사회의 그리 좁지 않은 지적 운동장의 한쪽에 몰려 있다는 것이 이내 눈에 들어온다는 얘기다. 그래서 이번 논쟁에서 마르크스주의의 영향을 크게 받은 1980년대 우리 문학계의 냄새가 물씬 난다.

여러모로 관심을 끈 이번 논쟁에서 돋보인 것은 문학 논의에 문학 밖의 고려사항들을, 특히 사회과학의 성과들을, 적극적으로 도입하려는 논자들의 노력이었다. 아쉽게 느껴진 것은 그런 노력이 한 유파의 성과에 치우쳤다는 점이었다.

그래서 논자들의 주장을 따라가다가 논리적으로 약하다고 느껴지는 대목을 만났을 때, 가만히 살펴보면, 그것들은 대부분 그들이 도입한 사회과학 유파의 이론이 지닌 약점들에서 나왔음이 드러나곤 했다. 먼저 눈에 띈 것은 사물을 정태적으로 살피는 경향이다. 그리고 그런 경향은 대부분의 논자들이 말을 대하는 태도에서 두드러지게 나타난다. 말은 그대로 있는데 그것이 가리키는 사물은 끊임없이 바뀐다는 곤혹스러운 사실에 그들은 별다른 주의를 기울이지 않았다.

논쟁의 핵심이 된 노동이라는 말이 바로 그런 예다. 대부분의 논자들은 19세기 사람들이 본 노동과 20세기 사람들이 보는 그것이 상당히 다를 수도 있다는 점에 주의하지 않았으며, 리카도와 마르크스가 글을 쓴 뒤에 있었던 노동이란 현상을 설명하는 지식과 기술의 발달에 관심을 보이지 않았다. 그래서 노동을 육체노동과 지적 노동으로 나누는 것이 가능하며 상당한 뜻이 있다고 여긴다. 그러나 경제적으로는 둘 사이에 아무런 차이가 없다. (실은 생리적으로도 그렇다. 대뇌도 육체의 한 부분이다.) 그리고 모든 노동에는 근육의 힘을 이용하는 측면과 지적 능력을 이용하는 측면이 아울러 있다. 따라서 그렇게 둘로 나누는 것은 본질적으로 경제적인 현상을 경제적으로 뜻이 없는 기준으로 재려는 시도다.

더구나 근육의 힘을 크게 필요로 하는 일에 종사하는 사람들은 점점 줄어들고 있다. 공업화가 진전된 대부분의 사회들에서는 그런 사람들이 20퍼센트가 못 되며 우리 사회에서도 그런 상태는 곧 올 것으로 보인다. 따라서 직업이 있는 한 노동과 노동자는 있겠지만, 그것들을 육체노동과 육체노동자로 해석하기는 점점 어려워질 것이다.

말과 그것이 가리키는 사물 사이에 어쩔 수 없이 생기는 이런 틈에 대한 성찰이 부족한 것은 아마도 논자들이 구조적으로 정태적 분석에 의존해온 이론에 바탕을 둔 데서 나왔을 것이다. 누구도 자신이 세상을 보는 틀로 삼은 이론에 내재하는 약점에서 자유로울 수는 없고, 그런 약점을 찾아 보완하려는 노력은 언제나 필요하다. 논쟁에 참가한 사람들이 자신들의 이론에 들어 있는 정태적 분석의 위험에 좀더 관심을 가진다면, 이번 논쟁이 보다 튼실한 열매를 맺을 것이다. 논의의 목표가 우리 문학이 가야 할 방향을 찾는 일이라면, 그것은 미래를 예측하는 어려운 작업을 포함하며, 그런 작업을 할 때 피하기 어려운 덫은 정태적 분석을 통해 현재의 추세를 미래로 외삽外揷하는 것이다. (자본주의는 멸망한다는 마르크스의 예언이나 자원이 곧 고갈되리라는 '로마 클럽'의 예언은 그런 덫을 피하는 것이 얼마나 어려운지를 보여준다.)

이번 논쟁은 높은 수준의 논의로 그것을 지켜본 사람들에게 큰 지적 즐거움을 — 그리고 그리 지적이 아닌 즐거움을(이 세상에 싸움 구경보다 재미있는 것이 있을까?) — 주었고 여러 가지 적지 않은 성과들을 얻었다. 특히 훌륭한 논문들이 나왔으며, 몇몇은 논문으로서의 우수성에 재미라는 논문에서는 보기 드문 미덕을 갖춰서, 문단사에 논지만 요약되어 남는 논문들의 일반적 운명을 피해, 오래 읽힐 것 같다.

그러나 이번 논쟁이 갖는 중요성은 그것의 내용 때문만은 아니다. 이번 논쟁은 1980년대 우리 사회의 지적 풍토를 잘 드러냈다는 점에서 그 자체가 중요한 현상이며, 하나의 현상으로서 그것은 어려운 물음을 제기했다: 우리 사회를 구성하고 움직이는 원리들과는 거리가 먼 이론 체계를 대부분의 문학 이론가들이 세상을 보는 틀로 삼는 사실은 무엇을 뜻하는가? 이것은 누구도 가벼운 마음으로 대할 수 없는 물음이다.

그것이 지닌 여러 심각한 함의들로 해서 그 물음은 적지 않은 사람들에게 이번 논쟁이 해답을 찾으려 한 물음들보다도 훨씬 큰 물음으로 다가올 것이다. 과연 무엇을 뜻하는가, 한 사회의 구성 원리와는 다른 원리를 그 사회의 영향력 있는 지식들의 대다수가 옳다고 또는 낫다고 믿는다는 사실은?

지식으로서의 문학

1. 서언

편집자가 제시한 주제는 "1990년대 우리 사회에서 바람직한 문학의 모습은 무엇인가?"였다. 이 물음은 이내 마음을 불편하게 하는 몇 가지 생각들을 불러온다. 흔히 그러하듯, 그 물음이 제기된 방식은 그것의 내용에 대해 많은 것들을 시사해준다.

먼저 떠오르는 것은 '그것이 과연 얼마만큼 실제적 뜻을 지녔을까?'라는 생각이다. "90년대 우리 사회에서 바람직한 과학의 모습"에 관한 물음은, 적대적 반응을 얻거나 (적잖은 사람들이 그런 물음에서 1930년대와 1940년대의 러시아나 독일을 연상하게 될 것이다) 동어반복에 가까운 답변을 듣지 않는다면, 아마도 곧바로 과학철학의 문제들로 바뀔 것이다. 어째서 문학에 대해서는 그런 물음을 던져야 하는가?

다음엔, 그런 주제에 대해 뜻있는 얘기를 하려면, 적어도 앞으로 10년 동안에 나올 우리 사회의 모습에 대해 상당한 지식을 지녀야 한다. 좁은 분야에서 뛰어난 전문가들은 가까운 장래에 그 분야에서 일어날 일들을 상당히 정확하게 예측할 수 있을 것이다. 그러나 사회 전체를 그렇게 조감할 수 있는 사람이 있을까?[22] 설령 그런 사람이 있다 하더라도, 그의 얘기가 옳은지 그른지 판단할 기준이 있는가?[23]

셋째, "바람직한 문학"에 대한 논의는 문학이라는 현상에 대한 기술적記述的 모형을 전제로 한다. 지금 그런 목적에 쓰일 만한 문학의 모형이 있는가?

2. 사회와 문학 사이의 관계

그러나 정말로 마음을 불편하게 하는 것은 그 물음이 품은 사회와 문학 사이의 관계에 대한 가정이다. 그것은 문학의 바람직한 모습이 대체로 자율적으로 규정되지 못하고, 사회 현실을 따로 고려해야, 제대로 규정될 수 있다는 가정을 품었다.[24]

개인들의 행위들은 대부분 바깥 사회와 별다른 관련이 없이 나타난다. 관련이 깊어서 의식적으로 사회를 고려하는 경우들에서도, 다른 사람들의 자유에 제약을 주지 않느냐, 특히 도덕이나 법과 같은 규범들에서 벗어나지 않느냐, 판단하는 수준에 머문다. 그런 '소극적 자유negative freedom'가 사회의 기본적 원칙이며 문명화된 사회일수록 그 사실이 강조된다. 특히 지적 활동들은 다른 활동들보다 사회로부터 비교적 큰 독립성을 지닌다.

그리고 어떤 분야에서나 문학의 바람직한 모습은 실제로는 그것의 논리에 따라 대체로 자율적으로 결정된다. 따로 상정한 사회의 모습에 맞추는 부분은 그리 크지 않다. 따라서 앞의 가정은 별다른 논리적 근거를 지니지 못한다.

훨씬 자연스러운 가정은, 마르크스의 통찰대로, 어떤 사회에서 나온 문학에는 그 사회의 현실이 이미 반영되었다는 것일 터이다. 우리 문학은 우리 사회의 현실을 독특하게 편향된 방식으로 반영한 '편향된 이념'이다.

따라서 앞으로 나올 문학의 바람직한 모습을 따질 때, 일부러 사회 현실을 집어넣어야 할 까닭은 없다. 문학은 적어도 그만한 자율성은 지녔다. 일부러 집어넣으면, 가외로 넣는 셈이 되어, 오히려 문제가 생긴다.[25]

3. 사회에 대한 봉사

사회와의 관련 속에서 문학을 살펴야 한다는 생각은 흔히 "문학에 종사하는 사람들은 자신들의 활동을 통해 사회에 봉사해야 한다"라는 주장으로 발전한다. 그래서 "작가들이 그렇게 의식적으로 자신들의 활동을 사회 지향적으로 만들어 사회에 봉사하려는 충동은 건전한가?"라는 물음이 나온다.

갖가지 경제활동들에 종사하는 사람들은 거의 모두 사회에 대한 봉사라는 기준으로 자신들의 행동을 재지 않는다. 그들은 주어진 조건들 속에서 합리적으로, 즉 자신들의 이익을 극대화하는 방향으로, 행동할 따름이다. 그런 개인적 행동들은 '보이지 않는 손'에 의해 효과적인 사회적 선택들로 변환되며 부족한 부분은 정부의 개입으로 보완된다는 것이 우리 사회의 구성 원리다. 따라서 도덕이나 법률과 같은 규범들에서 벗어나지 않는 한, 누구도 자신의 행동을 정당화하도록 요구되지 않는다. 스스로 정당화할 필요를 느끼는 사람들도 드물다.

작가들은, 즉 문학작품들을 생산하는 사람들이나 그것들에 관한 지식들을 생산하는 사람들은, 경제적으로는 다른 사람들과 같은 종류의 활동에 종사하며 같은 조건들의 지배를 받는다. 소비자들은 그것들을, 평론집의 모습을 하든 방송극의 모습을 하든, 다른 소비재들과 똑같이 여긴다. 소비자들은, 흔히 재미를 찾는 자신들의 욕구를 당장 채워주는 것을 떠나서, 따로 사회적 가치를 늘리라고 작가들에게 요구하지도 않는다. 실제로는 김수영이 "불온한" 작품이라고 부른 사회적 가치를 작가들이 만들어내면, 대부분의 소비자들은 거들떠보지도 않는다.

따라서 천체 물리학자들이나 대중 예술가들이 그러하듯이, 스스로 고른 일들을 잘하는 것으로 작가들이 만족하지 못할 까닭은 없다. 아니, 만족하는 것이 자연스럽다.

4. 작가들의 실존적 불안

일반적으로, 작가들은 그렇게 만족하지 못한다. 작가들은 자신들이 하는 일의 가치에 대해 늘 불안해하며 작품 속에 사회적 가치로 여겨지는 것을 되도록 많이 넣으려고 애쓴다. 그래서 "90년대의 문학은 어떤 모습일까?"라는 자연스러운 호기심을 따라가는 대신, "바람직한"이라는 줄로 자신을 묶고, 그래도 안심이 되지 않아, 다시 "우리 사회에서"

라는 말뚝에 그 줄을 맨다.

어떤 뜻에서 그것은 모든 작가들의 운명이다. 진리라는 기준과 과학적 방법론이라는 평가 방법을 가진 과학자들과는 달리, 작가들은 자신들이 이루어놓은 일들의 가치에 대해 확신을 지닐 수 없다. 키츠와 조지 오웰이 자신들의 작품들에 대해서 그런 실존적 불안을 품었다면, 다른 작가들이야 말할 것도 없다. 그래서 작가들은 흔히 여린 자신감과 오만한 자부심이 뒤섞인 묘한 태도를 보인다.

작가들의 실존적 불안은 요즈음 우리 사회에서는 사회에 봉사하려는 자연스러운 충동과 결합하여 독특한 모습들로 나타난다.

① 그것은 먼저 지식과 지식인에 대한 까닭 없는 반감으로 나타난다.

② 다음엔, 그것은 육체노동자들에 대한 자기 비하적 태도로 나타난다. "노동계급에 복무한다"는 얘기까지 나온다.

③ 문학에 관한 논의에서 사회과학에, 그것도 '대체 사회'를 주장하는 사회과학의 주변적 분파들에게, 지나치게 큰 자리를 마련해주고 있다.

④ 문학을 사회 개혁의 직접적 수단으로 삼으려는 움직임이 활발하다.

5. 실존적 불안에서 나온 태도들의 검토

앞에서 든 태도는 과연 객관적 근거를 가졌는가? 그런 태도가 근년에 우리 문학에 미친 압도적 영향을 고려하면, 이 물음은 더할 나위 없이 중요하다. 다행히, 답은 상당히 또렷하다.

① 지식의 한 형태인 문학에 종사하는 지식인들인 작가들이 지식과 지식인에 대해 보이는 반감은 설명하기가 쉽지 않다. 가장 중요한 원인은 현대 문명이 너무 크고 복잡하며 이해하기 어려워서 많은 사람들이 두려움과 거부감을 품게 된다는 사정인 듯하다. 현대 문명의 어떤 모습들에 대한 두려움과 거부감은 그것을 낳은 지식과 기술에 대한 반감으로 자연스럽게 이어진다. 이런 현상은 우리 사회에서만 나오는 것이 아니다. 실제로 1960년대 서양의 '신좌파New Left'가 보여준 행태는 거의 그대로 우리 사회에서 재현되고 있다. 그래서 '신좌파'의 주장들에 대한 준엄한 비판들은 그대로 우리 사회의 반지성주의적 태도에 적용될 것이다.

② 작가들이 '진정한' 사회적 가치를 생산하는 것으로 여겨지는 육체 노동자들에게 보이는 자기 비하적 태도는 분명히 근거가 없다. 모든 가치는 사회적 효용으로 나타나며 사회적 효용의 기준은 그것에 대한 수요다. 시민들이 옷과 시집을 살 때, 두 상품 사이에 존재하는 효용의 차이는 양적 차이일 따름이고, 그런 차이는 시민들이 치르는 값에 그대로 반영된다.[26]

③ 사회과학이 문학을 인도하기를 바라는 태도도 튼실한 근거를 지닌 것은 아니다. 문학은 과학과는 상당히 다른 지식 체계다. 지식이므로, 그것은 과학처럼 정보처리 체계며, 현실을 반영하는 한도에서, 과학처럼 현실의 모형을 만드는 일이다. 그러나 그렇게 하는 방법은 다르다. 사회과학은 총량들로 모형을 만들지만, 문학은 개인의 움직임으로 모형을 만든다.[27] 따라서 문학을 사회과학과 아주 비슷한 것으로 만들려는 충동은 건전하지 못하다.

6. 문학의 도구화

그러나 가장 큰 문제가 되는 것은 문학을 정치적 목적의 직접적 도구로 삼으려는 움직임이다. 문학이 "사회 개혁"의 수단이 되어야 한다는 주장은 전형적이다.

먼저 지적되어야 할 것은 과학적 성과의 대중화나 응용과 같은 일들이, 비록 과학적 지식의 생산과 밀접한 관련을 지녔고 아주 중요하지만 그것과는 다른 일이듯, 문학적 성과의 대중화나 정치적·사회적 목표에의 응용과 같은 일들은, 엄밀히 따지면 문학 밖에 있다는 사실이다.[28]

자신이 속한 사회를 전반적으로 그리고 근본적으로 개혁하려는 충동은 자연스럽고 흔히 고귀한 품성에서 나온다. 그러나 그것은 문학 활동을 인도하기에는 너무 위험한 충동이다.

① 앞에서 살핀 바처럼, 사회 전체를 충분히 아는 개인들은 존재하지 않는다. 개혁의 주도 세력은, 아무리 많은 사람들을 포함하더라도, 어떤 사회에 존재하는 지식의 아주 작은 부분밖에 지니지 못한다. 따라서 사회를 전반적으로 그리고 근본적으로 개혁하려는 시도는 지나치게 위험할 뿐 아니라, 불완전한 현실을 상상된 이상과 비교하는 위험까지 안는다. 게다가 다수의 지식을 배제한다는 점에서 본질적으로 권위주의적이며 끊임없이 이어질 자유로운 실험들의 성과를 미리 배제한다는 점에서 현실적으로 퇴행적이다.[29]

② 그런 권위주의적 개혁의 바탕이 되는 지식은 '드러난 지식explicit knowledge'이다. 그러나 사회가 움직이는 데 필요한 지식은 그것만은 아

니다. 흔히 본능, 욕망, 관습과 같은 이름들로 불리는 방대한 '드러나지 않은 지식implicit knowledge'이 드러난 지식을 떠받치고 있다.[30] 어떤 사회에서나 그런 지식은 거의 알려지지 않았거나 아예 알 수 없으므로, 권위주의적 개혁은 그것을 제대로 고려하지 않게 마련이다. 실제로는 적대적이다.[31] 이상향을 만들려는 거의 모든 시도들이 목표를 이루지 못했거나 더 나은 사회를 만든다는 목적을 이루는 데 실패한 까닭들 가운데 가장 큰 것은 바로 그런 사정이다.

③ 작가들은 그나마 드러난 지식을 갖추는 데 불리하다. 사회과학과 달리, 문학이 사회를 총량적으로 분석하지 않으므로, 작가들은 사회 개혁에 직접 쓰일 수 있는 지식을 갖추는 데 상대적으로 불리하다. 그래서 그런 지식을 제대로 평가하기 어렵고 흔히 당시에 유행하는 이론들의 울림통 노릇을 하게 된다.

④ 자연히, 문학은 드러난 지식에 바탕을 둔 사회 개혁의 도구가 되기 어렵다. 그렇게 권위주의적 방식으로 세상을 바꾸려는 사람들은 좀더 직접적 수단을 찾아야 하고, 정말로 급격하게, 그래서 전체주의적인 방식으로 바꾸려는 사람들은, 마오쩌둥의 충고를 따라, 총을 잡아야 한다. 그런 개혁에 문학이 꼭 참여하려면, 먼저 스스로 바뀌어 구호가 되어야 한다.[32]

7. 문학이 할 수 있는 일들

역설적으로, 개혁의 시도에 직접 도움이 될 만한 드러난 지식을 담아서 전파하려고 너무 애쓰지 않을 때, 문학은 사회 개혁에서 뜻밖으로 큰 몫을 할 수 있다. 드러난 지식의 한계와 드러나지 않은 지식의 중요성을 일깨워준다는 사실로 해서, 문학은 그런 권위주의적 개혁의 시도가 지닌 위험들을 줄일 수 있다. 에이햅 선장이 나타나서 "나의 모든 수단들은 합리적이다"라고 외칠 때, 문학이 아니면 무엇이 "그러나 그의 동기와 목적은 미쳤다"라고 지적하겠는가? 어떤 사회과학 이론이 『한낮의 어둠』이나 『동물 농장』보다 전체주의의 본질을 더 잘 드러냈는가?

문학이 할 수 있는 일들은 여럿이다. 그러나 사회적으로 가장 중요한 것은 드러난 지식만을, 그것도 아주 작은 부분만을 믿고서 낭떠러지로 사람들을 끌고 가는 '얼룩 옷을 입은 피리 부는 사람'이 나타날 때마다, 문득 일어나서 방향감각을 잃은 그들을 안전한 곳으로 이끄는 '호밀밭의 파수꾼' 노릇이다. 문학이나 작가들이 자신들에게서 더 무엇을 바라겠는가? 그리고 사회가 그들에게 더 무엇을 요구할 수 있겠는가?[33]

8. 문제에 대한 처방

주어진 물음 "1990년대 우리 사회에서 바람직한 문학의 모습은 무엇인가?"에 답하는 것은 이처럼 어렵다. 그렇게 어려운 사정을 살피는 과정에서 그것에 대해 간접적으로 얘기하려는 것이, 특히 '1990년대 문학'이 아니라 '1990년대 우리 사회에서 바람직한 문학'이라는 물음이 나왔다는 사실이 시사적임을 드러내는 것이 이 글의 의도였다.

이제 그렇게 간접적으로 얘기된 것들에서 나올 수 있는 구체적 '처방'들을 정리한다면, 다음과 같다.

① 가장 중요한 것은 문학의 모든 분야들에서 혁신자들이 맘껏 일하도록 하는 것이다. 혁신의 성격상, 특히 드러나지 않은 지식을 다루는 문학의 성격까지 겹쳐서, 무엇이 '바람직한' 문학적 혁신인지 아무도 모른다. 로버트 하인라인Robert Heinlein이 말한 대로, "다수는 옳은 적이 없다." 그래서 혁신자들이 하는 일들이 아무리 어리석고 한가롭게 보여도, 그들을 비웃거나 비난하는 것은 정당화되기 어렵다.

② 문학과 깊고 유기적인 관계를 가졌지만, 엄밀히 따지면 문학에 속하지 않는 일들을 가려내어 문학의 영역을 보다 확실하게 하는 것이 바람직하다. 비록 어렵지만, 그렇게 하면 혼란을 상당히 줄일 수 있고 적절한 방법론을 세우는 데도 도움이 될 것이다.

③ 비평가들이 하는 일들이 제대로 분화되어야 할 것이다. 적어도 철학적 측면, 사회학적 측면, 규범적 측면의 셋으로 나뉘는 것이 바람직하다.

④ 앞의 세 측면들은 물론 서로 긴밀히 연결되었다. 그러나 지금 상대적으로 뒤졌고, 자연히, 빨리 뻗어나갈 수 있는 것은 사회학적 측면으로, 즉 지금 문학사회학으로 불리는 영역으로 보인다. 문학사회학은 궁극적으로 문학 현상의 모형을 만드는 작업이다. 앞으로 모형을 만드는 일에 좀더 많은 노력이 들어가야 할 것이다.[34]

제 2 부

작 가 에 대 한 성 찰

전체주의 사회에 예술이 존재할 수 있는가?

1. 서언

얼마 전에 남북한 작가들이 금강산에 모여 양쪽 작가들이 참여한 단체를 만들었다. 민족적 정체성과 문화적 전통을, 특히 언어를, 공유하는 작가들이 만나서 어울리고 협력하는 것은 자연스럽다. 그리고 대부분의 남한 작가들은 그런 활동이 크게 바람직하다고 진심으로 믿었고 그런 믿음에 따라 행동했을 것이다.

그래도 북한이 유난히 극단적인 전체주의 이념 아래 가장 무도한 정권에 의해 다스려지는 사회라는 사실은 그대로 남는다. 그런 사회와의 교류는 결코 간단하지도 깔끔하지도 않다. 특히 문제가 되는 것은 북한의 작가들이 진정한 작가들이 아니라 선동선전agitprop 요원들이라는 사실이다.

따라서 남북한 작가들의 교류는 당사자들과 소수의 관심을 가진 사람들에게만 뜻을 지닌 일이 아니라 우리 사회 전체에 대해 심각한 사회적·정치적 함의들을 지닌 실질적 문제다. 실제로, 그 단체의 명칭에 들어간 '6·15'라는 말이 그 사실을 가리킨다.

그런 사정에서 우리의 마음을 뿌리부터 어지럽히는 물음이 나온다: "전체주의 사회에도 진정한 작가가, 그리고 나아가서, 예술가가 존재할 수 있는가?"

2. 자유주의

자유주의liberalism는 정의하기가 무척 힘들다. 무엇보다도, 쓰는 사람에 따라, 그 말의 뜻이 상당히 달라지기 때문이다. 그래서 먼저 자유주의자liberal를 정의하고 그가 추구하는 이념을 묘사하는 것이 오히려 실제적이다.

영국 경제학자 새뮤얼 브리턴Samuel Brittan은 자유주의자의 모습을 잘 그렸다.

자유주의자는 개인적 자유에 특별한 가치를 두는 사람이다. 그는 실제적 또는 잠재적 선택의 행사에 대한 인위적 장애들의 수를 줄이기를 바란다.

여기 게재된 '자유'의 개념은 아이자이어 벌린 경이 '소극적 자유'라고 부른 것이다. 한 사람은 다른 사람이 그의 행위에 간섭하지 않는 범위까지 자유롭다고 할 수 있다. 자유는 평등, 자치, 번영, 안정 또는 어떤 다른 바람직한 상태와 같은 것이 아니다.

— 새뮤얼 브리턴, 『경제적 자유주의의 재천명*A Restatement of Economic Liberalism*』[35]

벌린이 언급한 자유는, 엄격히 말하면 사회적 자유social freedom다. 자유는 물론 다른 여러 가지 기술적 및 평가적 용도들로 쓰인다. 사회적 자유는 "개인들이나 집단들 사이의 상호 작용의 관계relationships of interaction between persons or groups"를 가리키는데, 사회적 논의에서 나오는 자유의 개념은 대부분 이런 사회적 자유를 가리킨다.

벌린의 경우처럼, '소극적 자유'를 자유의 핵심으로 삼는 태도는 대체로 무난한 것처럼 보인다. 그러나 자유를 그렇게 보는 일엔 여러 철학적 문제들이 따른다는 사실도 유념해야 할 것이다. 아마도 당장 문제가 되는 것은 자유를 정의하는 데 필수적인 '제약constraint'이라는 개념의 뜻이 명확하지 않다는 점일 것이다. 그래서 조엘 파인버그Joel Feinberg의 조심스러운 동의는 음미할 만하다: "나는 적극적 자유와 소극적 자유를 구별하는 것을 가리키는 이런 방식은, 제약이라는 개념이 인위적으로 제한되는 경우에만, 그럴듯하게 보인다고 생각한다I think this way of indicating the distinction between positive and negative freedom will seem plausible only if the idea of a constraint is artificially limited."

그런 조건 아래서, 자유주의는 "사회적 강제를 되도록 줄여서 개인들의 자유를 한껏 보장하는 것이 옳다"라는 이념이라 할 수 있다. 자유주의자들은 사회의 움직임에서 사회적 선택들을 되도록 줄이고 개인적 선택들을 한껏 늘려야 한다고 주장한다. 개인적 선택들은 흔히 '시장'이라 불리므로, 그들은 사회적 선택들을 수행하는 정부의 몫을 되도록 줄이고 시장의 몫을 한껏 늘려야 한다고 늘 외친다.

그러나 통념과는 달리, 자유주의자들이 개인적 자유만을 앞세우는 것은 아니다.

모든 공공 정책들을 어떤 하나의 중심적 목표에서 이끌어낼 필요는 없다. 자유주의자들을 포함한 우리들의 다수가 만족시키려 하는 다수의 목표들이 있다. 이 목표들은 때로 보완적일 수 있고 때로는 서로 경쟁적이기도 하다. 자유주의자는 다른 목표들에 비해서 자유에 특별히 큰 중요성을 두지만, 그가 그것에 전적으로 우선순위를 주고 다른 목표들을 무시할 필요는 없다. 한 사람의 자유는 그것이 다른 사람의 자유에 간섭하는 한 제약되어야 하고 자유의 다른 유형들 가운데서 선택이 이루어져야만 할 수도 있으므로, 절대적 자유는 가능한 목표조차 아니다.

— 같은 책.[36]

3. 전체주의

개인들의 자유를 한껏 높인다는 점에서, 자유주의는 개인주의individualism와 실질적으로 동의어다. 개인주의에 대척적인 이념은 집단주의collectivism다. 개인들보다 집단을 보다 기본적이고 중요한 단위로 본다는 점에서, 집단주의는 전체주의totalitarianism와 실질적으로 동의어다.

모든 집단주의적 체계들의 공통된 특질들은, 모든 분파들의 사회주의자들에게 늘 소중한 구절을 쓰면, 확정된 사회적 목표를 위한 사회의 노동의 의도적 조직이라고 기술될 수 있다. 〔……〕 갖가지 종류의 집단주의, 공산주의, 파시즘 등은 사회의 노력들을 몰아가고자 하는 목적의 성격에서 서로 다르다. 그러나 그것들은 모두 사회 전체와 그것의 모든 자

원들을 이 단일 목표를 위해 조직하려 한다는 점에서, 그리고 개인들의
목표들이 가장 중요한 자율적 분야들을 인정하기를 거부한다는 점에서,
자유주의 및 개인주의와 다르다.

— 하이에크Friedrich A. Hayek, 『예종에의 길 *The Road to Serfdom*』[37]

공산주의든 민족사회주의든 다른 사회주의의 분파들이든, 전체주의
는 다른 이념이나 세력과 공존하는 것을 거부한다. 애초에 파시즘이 전
체주의라 불리게 된 것도 바로 모든 권력을 장악하려는 그런 특질 때문
이었다. 전체주의라는 말은 무솔리니에게 저항했던 이탈리아 의회 지도
자들 가운데 한 사람인 조반니 아멘돌라Giovanni Amendola가 처음 썼다.
그는 1923년 5월에 발표한 글에서 자기 세력으로 공직들을 모조리 채
우려는 무솔리니의 인사 정책을 형용사형인 'totalitaria'라고 표현했다.
다른 무솔리니 비판자들이 그 말을 확장해서 사회 전체를 통제하려는
파시즘의 의도를 가리키는 용어로 만들었는데, 무솔리니는 그 말을 오
히려 자랑스럽게 여겨서 자신의 이념과 체제를 그 말로 표현했다. 전체
주의는 사회에서 다른 세력과 공존을 거부하고 사회의 완전한 통제를
추구하는 한편, 밖으로는 확장주의적 정책을 추구한다.

허버트 스피로Herbert J. Spiro에 따르면, 전체주의 체제들의 중요한
특질들은 다음과 같다.

① 산업화, 인종적 지배 또는 무산계급의 통합과 같은 단일의 적극적으
로 공식화된 실질적 목표의 공약과 그것에 따르는 절차적 안정성의 유지
에 대한 공약의 부재commitment to a single positively formulated substantive

goal—such as industrialization, racial mastery, or proletarian unity—and a concomitant lack of commitment to maintenance of procedural stability;

② 어제의 영웅이 오늘의 반역자가 되고 오늘의 충성스러운 행동이 내일의 전복적 활동이 되는, 절차적 동요의 상태에서 연유하는 예측 불가능성과 불확실성unpredictability and uncertainty, resulting from the condition of procedural flux, under which yesterday's hero is today's traitor and today's loyal behavior becomes tomorrow's subversion;

③ 군사 및 준군사 조직과 제복 입은 경찰 및 비밀경찰에 의한 조직적 폭력의 대규모적 사용the large-scale use of organized violence by military and paramilitary forces and uniformed and secret police;

④ 정권의 실체적 목표에 맞춰지지 않은 조직들과 단체들을 길들이거나 억압하기 위한 노력들efforts to bring into line or suppress organizations and associations not geared to the substantive aim of the regime;

⑤ 단일 목표에 헌신하는 공공 조직들에 대한 전반적 참여를 강요하기 위한 노력들efforts to enforce universal participation in public organizations dedicated to the single goal;

⑥ 전체주의 체계 자체의 심상에 맞추어 전 인류를 다시 만들려는 목표의 보편화universalization of the goal toward the remaking of all mankind in the image of the totalitarian system itself.

4. 전체주의와 민족주의

자유주의와 전체주의는 뚜렷이 대조적이다. 두 이념들의 가장 두드러지고 본질적인 차이는 개인들의 자유에 대한 태도에서 나온다. 하나는 개인들의 자유가 무엇보다도 우선하는 가치를 지녔다고 여기고, 다른 하나는 그것이 집단적 목표에 봉사해야 한다고 여긴다.

전체주의가 떠받드는 사회적 집단은 전체주의 분파마다 다르다. 그들에게 공통된 점은 인종, 민족, 국가, 종교 또는 계급과 같은 기준들에 따라 특정 집단을 높이고 다른 집단들에 대해 적대적이라는 사실이다. 그들은 결코 인류 전체를 기본적인 사회적 단위로 보지 않는다. 이런 특수주의particularism가 보편주의universalism를 추구한 종래의 이념들과 전체주의를 나누는 본질적 특질이다.

반면에, 자유주의는 보편주의를 따른다. 그래서 늘 인류를 시야에서 놓치지 않고 인류를 구성한 개인들 사이의 차이를 차별의 근거로 삼지 않는다. 성, 인종, 민족, 국가, 종교 또는 계급과 같은 것들은 개인들을 차별하는 근거가 될 수 없다고 여기는 것이다.

현대에서 사람들의 마음을 사로잡은 사회적 단위는 민족이다. 그래서 민족주의는 가장 강렬한 이념이 되었다. 자연히, 민족은 전체주의가 떠받드는 사회적 단위가 되는 경향이 있다. 드러내놓고 민족을 높인 민족사회주의national socialism 말고도 정통적 공산주의도 해가 갈수록 민족이나 민족국가를 높이는 경향을 보였다. 2차 세계대전 이후 공산주의 국가 러시아가 보인 모습에서 이 점이 잘 드러난다.

집단주의적 정책이 민족주의적으로 되는 보편적 경향을 전적으로 머뭇거리지 않는 지지를 확보할 필요 때문이라고 여기는 것은 또 하나의 그리고 결코 덜 중요하지 않은 요인을 무시하는 것이 될 터이다. 실은 제한적 집단에 봉사하는 것이 아닌 집단주의적 프로그램을 누가 현실적으로 꾸며낼 수 있을까, 민족주의든 인종주의든 또는 계급주의든, 어떤 종류의 특수주의의 형태와 다른 어떤 형태로 집단주의가 존재할 수 있을까, 하는 물음을 던질 수 있다.

— 같은 책.[38]

보편주의는 궁극적으로 인류라는 종種의 차원에서 개인들과 사회들을 바라보게 한다. 그리고 그렇게 보편적인 관점은 본질적으로 개인들에게 주목하게 되어 끝내는 자유주의로 귀착될 것이다.

특수주의라는 사실 때문에, 민족주의는 아주 위험하다. 그런 위험들 가운데 가장 큰 것은 그것이 너무 쉽게 그리고 자주 전체주의와 결합한다는 점이다. 둘 다 개인보다는 집단에 가치를 두기 때문이다. 민족주의와 전체주의가 결합해서 민족사회주의가 나오면, 개인들의 억압과 사회적 정체는 필연적이다.

민족주의는 늘 민족들을 창조해내는 원리의 방향과 반대되는 방향으로 향하는 노력이다. 전자는 경향에서 배제적이고, 후자는 포함적이다. 통합의 시기들에는, 민족주의는 적극적 가치를 지니고, 고귀한 기준이다. 그러나 유럽에선 모든 것들이 통합의 수준을 넘어섰고, 민족주의는 열광에, 새로운 무엇이나 어떤 큰 사업을 발명해야 할 필요를 회피하는 구실에, 지나지 않는다. 그것의 원시적인 행동 방식과 그것이 떠받드는 종류의 사람들은 그것이 역사적 창조와는 반대임을 충분히 보여준다.

— 오르테가 이 가세트Ortega y Gasset, 『대중의 반역La rebelion de las masas』,
'Unwin Books'의 역자 비공개 영역본.[39]

5. 예술의 본질

전체주의와 민족주의가 필연적으로 부르는 개인들의 억압과 사회적 정체는 예술에서 가장 두드러진다. 예술이 늘 자유와 보편성을 지향하는 노력이므로, 그런 현상은 당연하다.

예술가는 본질적으로 개인들을 다룬다. 예술가는 작품을 통해서 개인들의 혼란스러운 경험들에 질서를 부여한다. 예술가는 자신의 작품의 진정한 대상이 개인들이지, 어떤 사회적 단위라고 여기지 않는다.

예술가들의 이런 태도는 19세기 프랑스 역사가 르낭Joseph Ernest Renan 의 얘기에 잘 요약되었다: "사람은 그의 언어에도 그의 민족에도 속하지 않는다. 그는 오직 자신에게만 속한다, 왜냐하면 그는 자유로운 존재, 즉 도덕적 존재이기 때문이다."

바로 이것이 모든 진정한 예술작품들이 궁극적으로 도덕적 선언인 까닭이다. 진정한 작가는 도덕적 존재일 수밖에 없다.

이런 사정은 문학, 음악, 미술과 같은 전통적 예술 장르들이 일반적으로 개인들의 노력이라는 사실을 잘 설명한다. 그런 장르들에서 때로 둘 이상의 예술가들이 자발적으로 협력하여 작품을 만들기도 하지만, 그런 경우들은 '규칙을 증명하는' 드문 예외들이다. 많은 예술가들이 참여하는 대중적 예술 장르인 무용, 연극, 그리고 영화에서도 창조적 활동은 대개 한 사람에 의해 수행된다. '집단적 창작'을 북돋우기 위해 전체주의 정권들이 무던히 애썼지만, 그런 시도들은 진정한 예술작품을 낳지 못했다. 우리나라에서도 1990년대 초엽에 좌파 문인들이 '집단적 창작'을 시도했었다. 공산주의의 공식 예술 이론이었던 '사회주의 리얼리즘socialist realism'에 정통한 문학 비평가들의 지도 아래 작가들이 협력하여 문학작품들을 생산하자는 주장이었다. 그러나 그런 시도는 이념으로 작가들의 상상과 표현을 억압하는 일이어서, 별다른 성과 없이 끝났다.

반면에, 전체주의자들은 자유롭고 도덕적인 개인이 있을 수 없다고 주장한다. "도덕적인 것은 자신의 민족으로부터 자유롭기를 바라지 않는 것이다"라는 프랑스 문필가 바레스Auguste Maurice Barrès의 주장은 이런 태도를 잘 보여준다. 그들에게 개인은 자신의 도덕을 가진 자유로운 존재가 아니다. 개인들의 도덕은 전체주의 국가가 그들에게 내리는 지시들을 따르는 것이다. 전체주의는 본질적으로 도덕의 우위를 부정하고 그런 점에서 가장 깊은 수준에서 부도덕하다.

마키아벨리가 군주에게 마키아벨리적 행동 계획을 수행하라고 조언할 때, 그는 그 행동들에 어떤 종류의 도덕성이나 아름다움을 부여하지 않는다. 그에게 도덕성은 다른 모든 사람들에게 뜻하는 것이며, 그것이 정치와 양립하지 않는다는 것을 그가 (안타까움이 없지 않게) 지적한다고 달라지지 않는다. '군주는 늘 선을 실천할 마음이 있어야 하지만, 그는 어쩔 수 없는 경우엔 악 속으로 들어갈 수 있어야 한다'라고 마키아벨리는 말한다. 그렇게 말함으로써 그는, 비록 정치를 돕는 경우에라도, 악은 그대로 악으로 남는다는 것을 보여준다. 현대의 현실주의자들은 현실주의의 도덕론자들이다. 그들에게, 국가를 강하게 만드는 행위는 그렇게 한다는 사실에 의해 도덕적 성격이 부여되고, 그 행위가 무엇이든 그렇다. 정치에 봉사하는 악은 악이기를 그치고 선이 된다.

— 쥘리앵 방다Julien Benda, 『지적 성직자들의 배반La Trahison des Clercs』,

리처드 올딩턴Richard Aldington 영역.[40]

6. 전체주의 사회에서의 예술

예술은 가장 근본적 수준에서 도덕적이다. 도덕을 부정하므로, 전체주의는 예술을 병들게 한다. 자연히, 전체주의 사회엔 올바른 뜻에서의 예술가가 존재할 수 없다.

다음엔, 전체주의를 따르는 예술가들은 예외 없이 자신들의 정치적 감정을 작품들에 불어넣는다. 그런 정치적 감정은 필연적으로 작품들을 인도하고 왜곡한다. 방다는 폴 클로델Paul Louis-Charles-Claudel이나 단눈치오Gabriele D'Annunzio의 시들이 표현한 정치적 감정이 "단순함을 아예 다 잃고, 그것의 적에 대한 차가운 경멸이 담긴, 의식적이고 조직화된 감정a conscious and organized passion lacking all simplicity, coldly scornful of its adversary"이라고 말했다. 방다는 전체주의를 추종한 소설가들과 극작가들에 대해 "그들의 주인공들이 인성의 진정한 관찰과 맞게 느끼고 행동하는 대신, 그들은 작가들의 감정이 요구하는 대로 주인공들이 느끼고 행동하도록 만들었다instead of making their heroes feel and act in conformity with a true observation of human nature, they make them do so as the passion of the authors requires"라고 평했다. 그런 사람들은 진정한 예술가들이 아니다. 그들은 예술로 하여금 자신들이 따르는 이념에 봉사하도록 하는 정치가들이다. 그런 선택에 대해 그들이 치르는 값은 보편성을 잃은 작품들이다. 이것이 전체주의 사회에서 진정한 예술과 예술가들이 존재하기 어려운 둘째 이유다.

셋째, 전체주의 정권은 모든 사회적 자원을 하나의 집단적 목표에 바치고 개인들이 그런 목표를 위해 봉사할 것을 강요한다. 전체주의 사회에서 예술은 선동선전의 수단이 되어 집단적 목표에 봉사하도록 강요된다. 예술에 대한 이런 강요는 전체주의가 본질적으로 대중의 정치적 동원에 바탕을 두고 선동선전이 그런 동원의 중심적 수단이라는 사정에서 비롯한다. 오르테가 이 가세트가 통찰한 것처럼, 현대사회에서 "대중의 완전한 사회적 권력의 장악"은 결정적 중요성을 지닌 변화였다.

여기서 주목할 것은 전체주의가 예술을 궁극적으로 경멸한다는 점이다. 전체주의는 예술이 선동선전의 수단이 되는 한도까지만 예술을 존중하고 허용한다. 역사상 전체주의보다 예술과 예술가들을 더 경멸한 이념은 없었다.

선동선전의 수단이 되면, 아무리 그럴듯하더라도, 예술은 이미 예술일 수 없다. 전체주의 사회에서 진정한 예술과 예술가들이 존재하기 어려운 셋째 이유가 거기 있다.

전체주의 사회에서 예술이 번창하지 못하는 넷째 이유는 전체주의 사회 자체가 정체한다는 사실이다. 예술작품들은 새로운 질서를 찾는 예술가들의 노력에서 나온다. 예술가들은 새로운 사람들의 경험들에서 새로운 질서를 찾으려 애쓴다. 그런 예술적 욕구는 늘 새롭게 나온다. 그러나 전체주의 사회는 이미 가장 나은 질서를 이루었고 그런 질서는 최고 지도자에게서 완벽하게 구현된다. 따라서 예술가들이 새로운 질서를 찾는 것은 전체주의 이념과 체제에 어긋난다. 예술은 이미 자신의 임무가 자세하게 규정되었으며 새로운 질서를 찾아 나설 필요가 없다고 늘 자신에게 일러야 한다. 이것은 예술엔 치명적 상태다.

　　진정한 생명적 일체성은 충족, 얻음, 도착에 있는 것이 아니다. 세르반테스가 오래전에 얘기했듯이, '길은 언제나 주막보다 낫다.' 어떤 시기가 그것의 욕망들을, 그것의 이상을 충족했을 때, 이것은 그 시기가 더 이상 무엇을 바라지 않는다는 것을, 욕망의 우물이 말라버렸다는 것을 뜻한다. 말하자면, 우리의 유명한 풍요는 실은 끝남이다. 행복한 수벌이 혼인 비행 뒤에 죽듯이, 자신들의 욕망들을 새롭게 할 길을 알지 못해서 자기만족으로 죽는 세기들도 있다.

　　　　　　　　　　　　　　　　　　——오르테가 이 가세트, 『대중의 반역』[41]

　　앞에서 살핀 것처럼, 전체주의는 본질적으로 예술에 적대적이다. 실제 상황은 더욱 나쁘다. 전체주의의 경제적 질서는 '노동의 지도direction of labor'를 포함한다. 즉 전체주의 사회에선 개인들이 직업을 자유롭게 선택하는 것이 아니다. 그들은 중앙의 계획 기구가 배정한 일들에 종사한다. 자연히, 어떤 개인이 자유롭게 작가가 될 수도 없고 자유롭게 그만둘 수도 없다. 계획 기구에 의해 선택된 개인들이 작가들과 예술가들이 될 수 있고 그들이 하는 일들은 본질적으로 체제에 봉사하는 것들에 국한된다. 달리 말하면, 그들은 선동선전 요원들이 되어야 하며, 달리 선택할 여지가 전혀 없다.

　　예술이 선동선전의 수단이 되고 예술가들이 노동의 지도를 통해서 작업을 배정받으므로, 전체주의 사회들에서 예술작품들은 필연적으로 엄격한 검열을 받게 된다. 검열이야 모든 사회들에서 있었지만, 전체주의 사회들에선 그것은 예술을 근본적으로 규정하는 요소가 된다.

검열은 독일의 민족사회주의자들과 러시아의 공산주의자들의 두 전제 정치 아래서 치명적 심각성을 지닌 문제가 되었다. '진정한 독일 예술' 을 옹호하면서, 독일 민족사회주의자들은 1937년에 뮌헨에서 '퇴폐적 예술' 전람회를 열어 '퇴폐적 볼셰비키와 유대인 예술'을 비웃었다.

작품들이 추방된 예술가들은 조지 그로스, 바실리 칸딘스키, 마르크 샤갈, 그리고 에른스트 루트비히 키르히너를 포함했다. 스탈린의 검열 관들도 똑같이 야만적이었다. 그들이 선호한 스타일은 '사회주의 리얼리즘' ──근로자들이 접근할 수 있는 조형적 작품들──이었고 소련 예술가들은 자신을 '검열과 자아비판'에 맡기도록, '그 자신의 국가 검열관'이 되도록, 요구되었다. 선동적 문학은, 특히 성경과 다른 종교적 저작들은, 소련 공산주의자들에겐 저주받은 것들이었다.

천안문 광장 사태 이후 중국의 예술적 표현에 대한 탄압은 스탈린주의의 가장 나쁜 관행들을 떠올리게 한다. 중국의 가장 뛰어난 영화감독들은 존재하지 않는 사람들이 되었다. 그들의 작품들은 홍콩의 1992년 국제 영화제에 아예 나오지 않았다.

──「역사에서의 검열Censorship through the Ages」,
『이코노미스트*The Economist*』, 1993년 12월 26일자.[42]

전체주의 국가는 필연적으로 권력을 지닌 소수의 전제적 정치가 되고, 이어 개인숭배가 나오므로, 예술가들은 궁극적으로 권력을 칭송하는 일만 하게 된다. 그렇게 해야, 살아남을 수 있다. 해방 뒤 월북한 작가들의 운명은 이 점을 비극적으로 보여준다. 그들은 모두 숙청되었고, 동료들의 숙청을 도운 자들만이 살아남아서 '위대한 지도자'의 송가들을 썼다.

사정이 그러하므로, 전체주의 사회에선 진정한 예술가가 존재할 수 없다. 예술가로 불리는 사람들은 모두 실제로는 선동선전 일꾼들이며 그들의 노력들은 근본적으로 진정한 작가들이 이루려고 애쓰는 것들에 대척적이다. 만일 진정한 예술가가 존재한다면, 소련의 만델쉬탐Osip Mandel'shtam, 파스테르나크Boris Pasternak, 솔제니친Aleksandr Solzhenitsyn 처럼, 그는 공식적으로는 예술가로 인정받지 못할 것이다.

"당신의 직업은 무엇인가?" 재판관이 물었다.
"저는 시인입니다."
"누가 당신에게 자신을 시인으로 부를 권위를 부여했는가?"
"아무도 부여하지 않았습니다. 누가 인류에 속할 권리를 제게 주었습니까?"
"당신은 시인이 되기 위한 공부를 했는가?"
"저는 시가 배움의 문제라고 생각하지 않았습니다."
"그러면 그것은 무엇인가?"
"저는 그것이 재능이라고 생각합니다……"

앞의 대화는 1964년 소련에서 스물네 살 난 청년 시인이 재판관의 신문을 받는 모습이다. "사회의 기생충"이라는 죄목으로 기소된 이 젊은 유대인 시인은 뒤에 미국으로 망명하여 1987년에 노벨문학상을 받은 조지프 브로드스키Joseph Brodsky다.

스탈린이 죽고 10년 넘은 세월에도, 소련에선 '작가 동맹'에 속하지 않은 작가는 여전히 불온한 존재였다. 스탈린 치하의 소련보다 훨씬 엄격하게 통제된 현재의 북한 사회엔 브로드스키나 솔제니친과 같은 숨은 작가조차 존재할 수 없다.

7. 예술가들의 선택

따라서 남북한 작가들이 단체를 만든 것은 문학과는 아무런 관련이 없는 정치적 행위라는 결론이 나온다. 그것은 자유로운 작가들 사이의 자발적이고 자연스러운 현상이 아니다. 그것은 전체주의 정권이 정치적 목적을 위해 조율한 행사다.

그렇다면, 북한의 현실이 바로 문제가 된다. 근본적 중요성을 지닌 북한 주민들의 인권과 북한의 핵무기 개발에 대해 아무런 언급도 하지 않은 채 그저 양쪽 작가들의 단체를 결성함으로써, 남한 측 작가들은 북한의 현재 상황을 그대로 두는 것에 암묵적으로 동의한 셈이다.

이 두 문제들을 언급하지 않음으로써, 그들은 함정들을 잘 피해서 어려운 과업을 잘 해냈다고 생각할 수도 있을 것이다. 그러나 이 세상엔, 삶이나 도덕적 선택에 가장 깊은 수준에서 관련되었기 때문에, 누구도 피할 수 없는 일들도 있다. 그런 일들을 외면하거나 무시하는 것은 '선택하지 않는 것'이 아니라 아주 나쁜 행동을 선택하는 것이다. 그것은 사악한 일에 대해 암묵적으로 찬성하는 것이다. 바로 그것이 이 세상의 모든 사악한 정권이 원하는 것이다.

그런 선택을 하는 사람들은 아마도 자신들이 남는 장사를 한다고 여길 것이다. 그러나 그들은 큰 값을 치르게 마련이다. 전체주의 사회의 실상을 누구보다도 잘 알았을 브로드스키는 바로 그 점을 지적했다: "그른 도덕적 선택의 궁극적 결과는 천박함이다. 악은 천박하다The net result of wrong moral choice is vulgarity. Evil is vulgar." 예술가에게 "천박하다"라는 평가보다 더 치욕적이고 치명적인 것이 있을까?

자신이 도덕적 선택을 피할 수 있다고 믿는 순간, 그 예술가는 예술가가 되기를 멈춘 것이다. 예술은 궁극적으로 도덕적 자세다.

혼돈과 질서 사이에서

1

작가들의 가장 두드러진 특질은 자신들이 하는 일의 가치를 확신하지 못한다는 사실이다. 그래서 작가들은 늘 불안하고, 그런 불안은 자신들이 하는 일의 성격과 가치에 대한 근본적 물음들로 이어진다: "문학은 무엇인가?" "문학은 무엇을 할 수 있는가?" 또는 "문학은 무엇을 해야 하는가?" 철학이 아닌 지적 작업에 종사하면서, 작가들이 그런 철학적 성찰에 큰 투자를 한다는 것은 주목할 만하다.

그런 불안은 문학 평론이 번창한다는 사정에 잘 반영되었다. 평론은 물론 예술의 모든 분야들에서 활발하지만, 문학만큼 평론이 활발하고 중요한 분야는 없다. 어느 사회에서나 평론이 어엿한 산업이 된 분야는 문학뿐이고 평론가들이 '현자' 대접을 받는 분야도 문학뿐이다.

2

이런 사정은 과학에서의 현실과 뚜렷이 대조된다. 과학은 문학과는 비교가 되지 않게 크지만, 과학에 관한 철학적 성찰에 종사해서 '과학 평론가'라고 불리는 사람은 없다. 과학의 철학적 문제들은 주로 과학철학자들에 의해 다루어진다. 과학철학자들은 미학자들과 마찬가지로, 철학자들이다. 정작 과학자들은 그런 철학적 측면에 대체로 무심하고 무지하다.

미국 물리학자 스티븐 와인버그는 이 점을 직설적으로 말했다.

> 우리 과학자들이 우리가 과학적 설명들을 찾으면서 하는 일이 무엇인지 철학자들이 찬동하는 방식으로 진술하는 길을 모른다는 사실이, 우리가 가치 있는 무엇을 하지 않는다는 것을 뜻하지는 않는다. 우리가 하는 것이 무엇인지 이해하는 데서 우리는 직업적 철학자들의 도움을 이용할 수 있지만, 그들의 도움이 있거나 없거나 우리는 그것을 계속할 것이다.
> — 스티븐 와인버그, 『궁극적 이론의 꿈들』[43]

와인버그처럼 위대한 과학자가 과학철학에 대해 무지할 리는 없다. 그러나 그는 현재의 과학철학은 과학에 별 도움이 되지 않는다고 단언한다. 그는 어떤 과학철학자의 이론은 늘 어떤 다른 과학철학자에 의해 부정된다는 사실과 그런 논란이 끝나서 정설이 나올 기미가 보이지 않는다는 사실을 지적한다.

물리학자들의 그렇게 온전한 자신감은 생물과학이나 사회과학과 같은 '무른 과학들soft sciences'에 종사하는 과학자들에게서는 상당히 줄어든다. 물리학이나 화학과 같은 물리과학의 엄격성과 보편성을 '무른 과학들'은 얻기 어렵기 때문이다. 그러나 일단 과학에 종사하므로, 생물학자들이나 사회과학자들은 철학적 문제들에 관한 자신감을 대체로 온전하게 지닐 수 있다.

3

작가들은 과학자들의 그런 태도에서 배울 것이 있다. 작가들이 언제부터 문학 이론가들에게서, 그것도 '사회주의 리얼리즘'과 같은 전체주의 문학 이론을 펴는 이론가들에게서, 글쓰기를 배웠던가? 선배들의 작품들을 읽고 마음이 움직여서 또는 자신은 더 잘할 것만 같은 생각에서 글을 썼던 것 아닌가? 실험실에서 스승이나 선배가 하는 것을 따라 하면서 연구를 해온 과학자들처럼, 작가들도 스승과 선배가 쓴 글들을 읽고 따라 하면서 솜씨를 늘려 가면 된다.

불행하게도, 작가들은 과학자들에게는 자연스럽게 생기는 자신감을 지닐 근거가 아무래도 약하고, 자연히 문학작품의 성격과 가치에 대해 늘 걱정한다. 그런 불안에서 문학의 성격과 능력에 관한 과장된 주장들이 나온다. 그리고 다른 모든 과장들과 마찬가지로, 그런 과장된 주장들은 궁극적으로 문학에 해롭다.

특히 해로운 것은 문학이 사회에 실질적 영향을 미칠 수 있고, 당연히 미쳐야 한다는 주장이다. 우리 문단에서 줄곧 큰 영향을 미쳐온 이 주장은 1980년대 이후 우리 사회의 주류 이론으로 자리 잡았다. 그것이 끼친 큰 폐해를 지금 우리는 보고 있다. 아니, 보고도 고개를 돌린다. 주류 이론에 맞추어 제작된 작품들이 큰 몫을 차지하고 다른 작품들은 드물고 야위어서, 우리 문단은 상업적으로 단일 수종만 재배된 조림지처럼 되었다. 그러다 보니, 독자들의 다양한 욕구들은 대부분

외국 작가들이 채워준다.

4

　문학이 사회에 실질적 영향을 미쳐야 한다는 주장은 본질적으로 정치적 주장이다. 그리고 그런 주장을 하는 사람들은, 스스로를 무엇이라 부르든 사회적으로 무슨 이름으로 불리든, 본질적으로 정치가들이다. 그들은 문학이 정치적 목적에 봉사해야 하고 그렇게 봉사하는 한에서 가치를 지닌다는 생각을 지녔다. 자연히, 그런 주장을 하는 사람들은 문학과 작가들을 가장 깊은 뜻에서 경멸하는 것이다.

　이제 작가들은 그런 정치가들이 놓은 덫에서 벗어나야 한다. 작가들은 문학 앞에 어떤 것을 붙여 그것을 제약하려는 시도를 거부해야 한다. 다른 지적 작업들과 마찬가지로, 문학은 보편성을 지향한다. 현실이 예술을 본받는다는 말은 거기서 나온다.

　문학 앞에 '민족'이나 '민중'이나 '노동'과 같은 말을 덧붙이는 것은 문학의 천성을 억압하고 비트는 일이며 사람의 몸과 넋을 자유롭게 하는 문학을 배반하는 일이다. 르낭의 말대로, "사람은 그의 언어에도 그의 민족에도 속하지 않는다. 그는 오직 자신에게만 속한다, 왜냐하면 그는 자유로운 존재, 즉 도덕적 존재이기 때문이다." 그러나 세상은 이미 오래전에 "도덕적인 것은 자신의 민족으로부터 자유롭기를 바라지 않는 것이다"라는 전체주의 지식인들의 주장에 파묻혔다. 보편성을 경멸하고 특수성을 내세우면, 민족이나 종種의 경계 너머로 눈길을 주지 않은 채 "우리 민족, 우리 계급, 우리 문화"를 내세우면, 결국 "우리"에 속하지 않는 다른 존재들에 대한 미움이 자라게 된다. 그런 과정의 끝은 "정치적 증오들의 지적 조직"이다. 바로 그것이 80년 전에 쥘

리앵 방다가 경고한 "지적 성직자들의 배반La Trahison des Clercs"이다.

5

"문학은 무엇을 할 수 있는가?"라는 물음에 대한 답은 "아주 작은 것"일 수밖에 없다. 문학작품을 읽고서 투표에서 선택을 바꾼 사람들은 드물고, 문학작품의 구입이 가계의 지출 항목 앞쪽에 놓이는 집안은 없다. 작가에게 문학은 더할 나위 없이 소중하지만, 오든의 탄식처럼, 현실에서 예술은 "사소한 것a small beer"이다.

그래도 사람들은 문학작품들을 찾는다. 그들이 찾는 것은 앞에 '민족'이나 '민중'과 같은 머리띠를 두른 문학이 아니다. 그들이 찾는 것은 이야기다. 재미있는 이야기다. 그리고 작가들은 이야기를 들려주면 된다. 자신의 이야기가 되도록 보편적이기를, 그래서 진실의 알맹이들을 많이 품기를, 덕분에 재미가 크기를 바라면서. 그것만이 문학이 궁극적으로 사회에 이바지하는 길이다.

다른 사람들이 어떻게 생각하든, 이름에 값하는 작가들은 안다, 이야기가 결코 사소하지 않다는 것을. 우리는 모두 지녔다, 달달 외는 '옛날 얘기'를 한 번 더 들려달라고 할머니를 조르던 기억을. 그 기억이 우리의 작지만 단단한 자산이다. 그 자산을 딛고 서서 우리는 우리가 하는 일의 가치에 대한 불안을 안고 부대껴야 한다.

6

묘하게도, 우리 작가들의 숙명인 불안은 우리의 진정한 자신이다. 불안하기 때문에 우리는 쓴다. 삶이 위험하고 불투명하고 뜻을 찾기 어렵기 때문에, 우리는 이야기를 통해서 혼돈스러운 삶에 질서를 부여하려 애쓴다. 세상과 화해한 사람은 작가가 되지 않을 것이고 들려줄 이야기도 시원치 않을 것이다.

　그래서 작가들이 선 곳은 늘 혼돈에서 질서가 태어나는 언저리다. 생물학자 스튜어트 카우프먼Stuart A. Kauffman은 혼돈과 질서 사이의 모서리에서 창조적 과정이 나온다고 주장한다. 그는 그 얘기를 생명의 진화와 관련하여 했는데, 맞든 그르든, 그것은 작가들의 작업에 멋지게 들어맞는다. 이제 우리 작가들은 불안을 자신들의 자산으로 삼아 삶의 혼돈에서 찾아낸 질서를 이야기에 담아내고 다른 것들은 무시해야 한다. 그렇게 함으로써 우리는 작가들의 숙명적 불안을 자신들의 정치적 목적에 이용하려는, 정치가들이 냉소를 흘리면서 놓은 덫을 넘어설 수 있다.

문학의 진화와 확산

1

인류가 언어를 쓰게 되어 문학이 가능해진 뒤로, 문학은 끊임없이 진화해왔다. 인류의 깊어지는 경험과 복잡해지는 문명에서 나온 문제들을 다루면서, 문학은 점점 많은 소재들을 점점 다양한 형식으로 빚어냈다. 생물적 종들이 끊임없이 진화하면서 생태적 틈새들ecological niches을 채워온 것처럼, 문학은 사회와 문명이 제공한 예술적 틈새들artistic niches을 채워온 것이다. 앞으로도 그럴 것이다.

문학의 진화를 생물의 그것에 비기는 것은 물론 너무 멀리 추구된 유추가 될 위험을 안는다. 문학작품이나 장르는 생물적 개체나 종과는 근본적 차이점들을 여럿 지닌다. 문학작품은 생물의 개체처럼 목숨이 한정된 것도 아니고 오래 잊혀졌던 작품들이 되살아나기도 한다.

그래도 문학의 진화는 생물적 진화와 근본적 수준에서 동질적이다. 둘 다 경쟁을 통해서 살아남고 그런 선택의 과정을 통해서 진화한다.

근년에 진화생물학은 문화와 유전자가 함께 사람의 진화에 영향을 미친다는 '유전자-문화 공진화' 이론을 발전시켰다. 그래서 문화의 영향도 궁극적으로 생물적 진화로 환원된다는 이론이 점차 정설로 자리 잡고 있다.

2

문학이 사회와 문명의 한 부분이므로, 그것은 사회와 문명을 빚는 힘들로부터 영향을 크게 받는다. 사회와 문명을 빚는 힘들은 물론 여럿이지만, 그것들 중 가장 중요한 것은 지식이다. 그리고 사회와 문명이 발전하면서, 지식 가운데서도 과학적 지식의 중요성은 커진다. 자연히 문학의 진화를 살피려면, 과학적 지식의 발전이 미친 영향을 살피는 것이 긴요하다.

사회와 문명의 모습은 가능한 문학의 모습을 결정한다. 그래서 과학적 지식과 그것이 구체화된 기술은 가능한 사회와 문명의 모습을 통해 문학에 근본적 영향을 미친다.

그러나 과학적 지식과 기술이 문학에 미치는 영향은 그것이 직접적인 경우에 훨씬 잘 드러난다. 특히 지식의 생산과 소비에 관한 기술들은 처음부터 문학의 진화에 결정적 영향을 미쳤다. 문자와 필기도구의 발명, 인쇄술의 발명, 대중매체의 출현, 복사 기술의 발명, 그리고 컴퓨터와 인터넷의 보급과 같은 기술혁신들은 두드러진 예들이다.

현대에서 과학과 기술의 중요성은 부쩍 커졌고 문학에 미치는 영향도 따라서 커졌다. 문학은 그런 변화에 능동적으로 반응해서 새로 나타난 예술적 틈새들을 채웠다. 특히 중요한 뜻을 지닌 것은 문학이 정색하고서 과학과 기술을 소재로 다루기 시작한 것이니, 산업혁명 뒤에 크게 발전한 과학소설science fiction은 풍요로운 성과를 거두었다.

과학소설은 대부분의 사회들에서 아직 낮게 평가되지만, 문학이 그 것을 통해서 영역을 크게 넓힌 것은 분명하다. 특히 중요한 것은 문학이 다루는 공간과 시간이 넓어진 점이다. 이제 문학은 일상적 세계에서 벗어나 지구 밖의 세상까지 다루게 되었고 지금까지 인식되지 않았던 중요한 주제들을 발견했다. 예컨대, 외계 생물의 존재와 모습에 대한 논의는 지구의 수많은 생물들이 본질적으로 하나의 종이며, 자신을 제대로 알려면, 사람은 지구 생물들과 근본이 다른 외계 생물들에 관한 지식을 갖추어야 한다는 통찰을 불러왔다. 그런 통찰에서 '외계 생물학xenobiology, exobiology'이 나왔다. 문학에서 다루어지는 시간이 늘어난 것도 중요한 변화니, 이제 문학은 과거와 현재만이 아니라 먼 미래도 다루게 되었다. 이것은 엄청난 상상력의 도약을 뜻하며 그것의 중요성은, 중세 서양의 '이상향utopia'에 관한 저작들이 모두 먼 땅의 이야기들이지 먼 훗날의 이야기들이 아니었다는 사실을 떠올려야, 제대로 인식될 수 있다.

기술의 발전이 불러온 가능성을 문학이 잘 이용한다는 사실은 근년에 예술적 틈새가 된 전산통신망이 다시 증명했다. 어느 모로 보나, 전산통신망은 '예술적' 매체는 아니다. 그러나 그것은 아마추어 문인들에게 아주 쉽고 빠르게 독자들을 만날 수 있는 기회를 제공했다. 그래서 그것은 이내 작가 지망생들에게 열린 가장 쉬운 등단 통로가 되었고 몇몇은 큰 상업적 성공을 거두었다. 인터넷은 전산통신망이 마련한 틈새를 큰 광장으로 만들었다. 이제 인터넷을 고려하지 않는 작가는 없고 앞으로 인터넷의 중요성은 빠르게 커질 것이다.

근년에 주목을 받은 변화는 현대 기술들이 새로운 예술 형태를 만들어낸 것이다. 문학은 영화, 방송극, 만화, 그림 소설graphic novel, 그리고 전자 놀이와 같은 새로운 예술 형태 속으로 녹아들어가 자신의 영향권을 넓혔다.

이런 확산은 워낙 빠르고 커서, 문학의 중심부(전통적 문학 장르들)와 변방(새로운 예술 형태들 속에 녹아든 문학적 요소들) 사이의 관계에 혁명적 변화가 나왔다. 이전엔 문학의 중심부로 쏠렸을 재능과 자원이 점점 더 새로운 예술 형태들로 쏠리며 그런 추세는 심화될 것으로 보인다. 아울러, 문학은 새로운 예술 형태로부터 점점 크게 영향을 받고 있다.

자연히, 문학의 중심부의 미래에 대한 걱정이 나온다. 차분히 살펴보면, 그러나 그런 현상은 문학의 중심부에 별다른 손상을 입히지 않았음이 드러난다. 시나리오, 방송극 대본, 만화 대본, 그리고 전자 놀이 대본과 같은 문학의 변방은 중심부를 대신하거나 위축시켰다기보다 스스로 새로운 시장을 만들어냈다고 하는 편이 사실에 훨씬 가까울 것이다. 이 점과 관련하여, 영화나 전자 놀이에 바탕을 둔 소설들이 빠르게 늘어나는 현상은 주목할 만하다. 그리고 영화나 방송극의 특질을 문학작품들에 도입하려는 시도들은 대체로 문학의 중심부에 나쁜 영향보다는 좋은 영향을 줄 것으로 보인다.

3

사회와 문명의 발전에 따른 문학의 진화와 확산은 잘 알려졌다. 특히 현대 기술들이 만들어낸 예술 형태들로의 확산은 주목을 받고 있다. 그러나 문학의 매체인 언어의 진화에 따른 문학의 진화와 확산은 주목을 덜 받아왔다.

언어는, 개별적으로나 전체적으로나, 끊임없이 진화하며 그런 진화는 필연적으로 문학에 근본적 영향을 미친다. 어떤 언어가 쇠퇴하면, 그것에 바탕을 둔 문학도 따라서 쇠퇴한다. 비록 몇몇 작품들이 보존되거나 다른 언어로 번역되기도 하지만, 그 문학은 생기를 잃게 마련이다. 그러나 대부분의 사회들에서 인구는 늘고 경제는 풍요로워지므로, 한 언어의 쇠퇴는 거의 언제나 다른 언어의 융성을 동반한다. 이런 사정은 문학에 새로운 환경을 제공한다.

여기서 중요한 뜻을 지닌 것은 국제어의 출현이다. 국제어가 나온다는 것은 많은 민족어들이 하나의 공통어로 대치된다는 것을 뜻한다. 국제어가 널리 쓰이지 않는 상태에선 많은 민족어들이 존재하므로, 언어적 경계를 넘는 교섭들엔 큰 비용이 따른다. 그런 거래 비용은 물질적 비용만이 아니라 사람들 사이의 이질감도 포함한다. 당연히, 국제어의 출현은 사회적 안정과 경제적 풍요에 큰 도움을 준다.

국제어의 출현은 문학에도 크게 이롭다. 작은 문화적·경제적 바탕을 지닌 언어들의 공존은 작은 지식 시장들의 공존을 뜻한다. 그런 시장들은 무역 장벽으로 잘게 나뉜 시장들과 성격이 같아서, 지식의 생산과 유통이 어렵고 규모의 경제가 나오기 힘들므로, 효율이 낮다. 그런 시장들에서 문학이 흥륭하기 어려우리라는 것은 자명하다. 뒤진 사회들의 문학 수준이 대체로 기대보다 낮은 까닭들 가운데 가장 중요한 점은 그런 나라들이 언어 장벽에 의해 보호된, 조그맣고 비효율적인 문학 시장을 가졌다는 사실이다. 자유로운 시장이 비교 우위에 따른 분업을 통해서 경제적 이익을 불러오듯, 언어의 장벽이 허물어져 지식이 자유롭게 유통되는 시장은 비교 우위에 따른 문학의 다양화와 전문화를 불러온다. 자연히, 문학은 양적으로나 질적으로나 큰 혜택을 보며, 그런 사정은 문학의 실질적 확산을 뜻한다.

그 점은 역사적으로 여러 차례 증명되었다. 고대 서양에서 아람어, 그리스어, 라틴어, 그리고 아랍어와 같은 국제어가 나왔을 때, 문학은 흥륭했다. 동양에선 한문이 일찍부터 문학의 발전에 공헌했다.

4

현대에는 역사상 가장 큰 뜻을 지닌 국제어가 나왔다. 19세기 이후 지구가 하나의 문명권으로 통합되면서, 국제어의 필요성은 빠르게 커졌다. 그런 요구에 맞추어, 영어가 국제어로 자리 잡았다.

영어의 득세는 국제어의 출현에 일반적으로 담긴 뜻보다 훨씬 큰 뜻을 지녔다. 먼저, 영어는 궁극적 국제어가 될 가능성이 크다. 지금까지 국제어들은 지구의 한 부분에서만 쓰여서 국제어의 특질을 제대로 갖추지 못했었다. 영어는 범지구적 국제어가 될 것으로 보인다. 이 사실은 중요한 함의들을 지녔다. 언어의 진화에 관한 함의들은 특히 중요하다.

다음엔, 영어가 국제어로 된 것은 자연적 현상이라는 점이다. 지금까지 국제어의 출현은 정복에 따른 현상이었고 흔히 강압적 정책의 지원을 받았고, 자연히 여러모로 파괴적이었다. 그러나 영어의 확산은 인류 문명의 원숙에 따라 개인들의 자발적 채택을 통해서 이루어졌다. 자연스럽고 자발적인 과정을 통해서 나왔으므로, 민족어들을 쓰는 사회들이 그런 변화에 적응할 시간을 가졌고 비용도 비교적 적을 것이다.

영어는 조만간 국제어에서 발전하여 세계어로 자리 잡을 것이다. 그때를 예측하기는 물론 어렵지만, 그때가 일반적으로 예상되는 것보다 훨씬 빨리 오리라는 것만은 확실하다. 영어의 사용은 빠르게 늘어나고 모든 사회들에서 시민들이 영어를 배우는 데 쏟는 투자도 빠르게 늘어난다. 그래서 늦어도 21세기 중엽까지는 영어가 모든 사회들에서 공용어로 쓰이고 지금 영어를 공용어로 쓰지 않는 사회들은 두 개의 공용어를 쓰는 이중 언어 사회bilingual society들이 될 것이다. 그런 과도기도 그리 오래가지 않을 것이니, 애초에 영어를 국제어로 만든 힘들이 영어의 궁극적 득세를 부를 것이다. 민족어들은 대중에게 버림받아 생기를 잃고 차츰 학자들과 작가들의 도움으로 목숨을 이어가는 '박물관 언어'들이 될 것이다. 영어가 모든 사회들에서 지배적 언어로 되는 과정은, 빠르면 다섯 세대 안에, 늦어도 22세기 말엽까지는, 끝날 것으로 보인다.

5

민족어들의 쇠퇴나 소멸은 당사자들에겐 무척 큰 충격일 터이고 영영 잃게 될 문화적 유산들도 무척 많을 것이다. 그러나 앞에서 살핀 것처럼, 그런 변화는 궁극적으로 인류에게 혜택을 줄 것이다.

그런 사정은 문학에도 이롭다. 영어가 모든 사회들에서 공용어로 쓰이게 되면, 언어의 장벽으로 보호된 조그맣고 비효율적인 문학 시장들은 하나의 커다란 범지구적 시장이 될 것이다. 그래서 지금까지 조그만 시장들에서 유통되던 문학작품들이 훨씬 큰 시장에서 훨씬 많은 독자들을 만나게 될 것이고 큰 시장의 좋은 작품들을 제대로 만나지 못하던 독자들은 좋은 작품들을 싼값에 즐길 수 있을 것이다. 자연히, 문학은 크게 확산되고 보다 효율적인 경쟁을 통해서 좋은 작품들이 나오게 될 것이다.

안타깝게도, 그런 변화는 영어가 아닌 민족어를 모국어로 가진 작가들에게 큰 문제들을 제기한다. 머지않아 쇠퇴할 언어로 글을, 그것도 문학작품을, 쓴다는 것은 딱한 노릇이다. 당장 문제가 되는 것은 그들이 영어에 점점 많이 침윤되어 혼란스러워질 언어로 글을 쓰게 되리라는 점이다. 그렇게 흔들리는 언어는 뛰어난 문학작품들의 모태가 되기 어렵다. 그들의 독자들도 점점 줄어들 것이다. 영어가 뿌리를 내리면, 그런 과정은 가속될 것이고, 마침내 그들은 '박물관 언어'들을 공부하고 연구하는 학자들과 작가들만을 독자들로 갖게 될 것이다.

〔여기서 박물관은 그것이 지닌 상징적 울림을 겨냥해서 쓰였다. 박물관은 기원전 3세기에 이집트의 프톨레마이오스 왕조가 알렉산드리아에 처음 세웠다. 그것은 학문과 예술의 여신들mousai에게 바쳐진 신전이었다. 고대 지식의 보존과 발전에 크게 이바지한 알렉산드리아의 도서관은 그것의 한 부분이었다. 알렉산드리아의 박물관은 고대 세계에서 하도 유명해서 그것의 이름(Mouseion)은 서양의 모든 언어들에서 보통명사(museum)가 되었다. 'mousai'가 '일깨우는 이들'을 뜻하며 제우스와 기억Mnemosyne 사이에서 태어났다는 사실은 '박물관 언어'가 종족의 기억을 간직하려는 학자들과 예술가들의 노력으로 연명하리라는 점을 일깨워주어 그 말에 상징적 울림을 더해준다.〕

영어로 번역된다면, 비록 만족스럽지 못하지만, 그런 작품들에도 미래는 있을 것이다. 그러나 많은 작품들이 번역될 가능성은 그리 높지 않다. 후대 사람들은 선대 작품들을 자기들이 쓰는 언어로 번역하는 일 말고도 급한 일들이 많을 것이다. (우리의 경우, 기본 사료인 『조선왕조실록』도 근년에 겨우 번역되었는데, 그나마 투자가 적어서, 번역이 만족스럽지 못하고 주석도 거의 없다.)

그런 작가들이 영어로 쓰는 길도 있지만, 실제적 대책이 되긴 어렵다. 모국어가 아닌 언어로 글을 쓰는 일은 너무 어려워서 그 길을 고를 수 있는 작가들은 아주 드물 것이다. 아마도 더 큰 어려움은 사회적·심리적 압력일 것이다. 민족어들은 영어와의 경쟁에서 순순히 패배를 인정하고 물러나지 않을 것이다. 민족어가 세계어에 대해 저항을 시도할 때, 작가들 말고 누가 후위 작전에 동원될 것인가? 위기를 맞은 모국어를 지킬 책임이 맡겨졌을 때, 어떤 작가가 그것을 마다할 수 있겠는가? 영어를 쓰지 않는 나라들에서 지금 생존한 작가들의 바로 뒤에 나올 작가들은 아마도 그런 곤혹스러운 문제들을 놓고 보이지 않는 길을 찾아 깊이 고뇌할 것이다.

6

앞으로도 문학은 환경의 변화에 적응해서 진화하고 새로 나타나는 예술적 틈새들로 영역을 넓힐 것이다. 영어가 빠르게 세계어로 자리 잡고 민족어들이 쇠퇴하는 현상은 많은 사회들에서 큰 사회적 충격과 심리적 외상을 낳겠지만, 세계어의 통용에서 나오는 혜택에 비기면, 그런 비용은 아주 적을 것이다. 과도기에 민족어들로 글을 쓰는 작가들은 큰 어려움을 겪겠지만, 하나로 통합된 문학 시장이 부를 장기적 혜택은 그런 어려움을 쉽게 덮을 만큼 클 것이다.

이처럼 문학의 앞날은 밝은 편이다. 문학의 앞날에 대해 비관적인 견해들이 근년에 부쩍 많아졌지만, 그것들을 떠받치는 지표나 추세는 좀처럼 보이지 않는다. 문학의 핵심적 일은, 곧 예술적 목적에 언어를 쓰는 일은, 계속 활력을 지닐 것이다. 언어를 쓰는 일은 사람의 본질적 특성이고 그것을 대체할 것은 없다. 세월에 바래지 않는 문학작품들이 그 점을 일깨워준다. 3천 년이 지난 지금도 『일리아드』는 큰 감동을 주고 천 년 뒤에도 『겐지 이야기』의 독자들은 그것의 현대적 특질에 감탄

한다. 세월이 그만큼 다시 지나도, 그럴 것이다.

그리고 사람들은 좋은 이야기들을 끊임없이 찾는다. 그런 욕망은 다른 것들을 빌려 자신을 정당화할 필요가 없는 궁극적 가치를 지녔지만, 그것이 실질적 효용을 아울러 지녔다는 것은 얼마나 멋진가. 제인 오스틴이 말한 대로, 소설은 사람이 다른 사람들을 아는 데 아주 좋은 길이다.

언어는 진화해야 한다

1

만주어가 곧 사라질 운명을 맞았다는 신문 보도가 나왔다. 지금 중국 만주에 남은 얼마 되지 않는 만주어 원어민 세대가 사라지면, 만주 땅에서도 만주어를 쓰는 사람들이 사라지리라는 얘기다. 청淸 초기에 중국 서부 신장성新疆省으로 이주한 만주족 후예 몇만 명이 남았지만, 그들의 자손들도 곧 중국어를 쓰게 될 것이다. 그렇게 되면, 만주어는 살아 있는 언어가 아니라 학자들이 보존하고 연구하는 '박물관 언어'가 될 것이다.

만주어는 퉁구스어의 한 갈래로, 여진女眞이라 불린 민족이 써온 언어다. 여진족은 춘추전국시대 이래 숙신肅愼, 읍루挹婁, 물길勿吉, 말갈靺鞨로 불려오다 송대宋代에 여진이라 불렸고, 청대에 만주족이라 스스로 일컬었다. 만주어는 만주문자로 표기되는데, 만주문자는 청 초기 17세기에 몽골문자를 약간 개량한 음소문자다. (만주문자와 여진문자

108

는 다르다. 여진문자는 금金 초기 12세기에 만들어진 금의 공식 문자로서 15세기까지 쓰였다.)

2

만주문자는 만주족의 건국과 중국의 정복에 큰 역량을 보탰다. 그리고 청의 공식 언어로 300년 동안 널리 쓰였다.

만주족 국가의 창건은 누르하치(1559~1626)에 의해 30년의 기간에 걸쳐 이루어졌다. 그의 통제 아래에 있던 모든 사람들은 색깔 깃발들로 구별된 (기旗라 불린) 4개 군사 단위들에 들어갔다. 궁극적으로 만주족 '기'들은 여덟 개로 늘어났고, 8개 몽골 기들과 8개 한족 기들이 또한 창설되었다. 부족적 조직에서 관료적 조직으로의 이런 전환은 (몽골 알파벳에 바탕을 둔) 만주어를 표기하는 문자의 창제에 의해 도움을 받았다. 명明의 법전과 다른 기본적인 중국 서적들의 이 문자로의 번역은 중국의 경험을 본받은 행정적 관행들의 채택을 더욱 조장했다.

— 패트리샤 버클리 에브리Patricia Buckley Ebrey,
『케임브리지 도해 중국 역사The Cambridge Illustrated History of China』[44]

그처럼 번창했던 언어가 이제 사라지는 것이다. 어떤 언어가 사라지는 것을 바라보는 마음은 어쩔 수 없이 슬프다. 사람을 사람답게 만드는, 그래서 다른 동물들과 사람을 변별하는 특질이 있다면, 그것은 언어라는 데 모든 학자들이 동의한다. 정보의 교환과 저장에 쓰이므로, 언어는 가장 중요한 기술이다. 게다가 언어는 사람들의 삶에 맞춰 진화하므로, 한 언어에는 그것을 쓴 사람들의 삶이 반영되었다.

3

　만주어의 쇠멸에서 특이한 것은 정작 당사자들인 중국 사람들이 무심하다는 점이다. 청 왕조가 중국을 300년 동안 다스렸고 만주족은 내내 중국 사회의 지배계층이었다. 따라서 지금 중국 국민들의 상당수는 만주족의 혈통을 지녔을 터이고, 선조들의 문화적 유산인 만주어에 대해 애착을 느낄 만하다. 그러나 그들은 무심하다. 만주어의 쇠멸을 보도한 것도 『뉴욕 타임스』였다.

　이 일이 우리에게 말해주는 가장 큰 교훈은 사람들이 언어를 생각보다 훨씬 가볍게 바꾼다는 사실이다. 청의 지도자들은 처음부터 만주족이 중국에 동화되는 것을 막는 데 마음을 쏟았다. 그들이 한족에 강요한 변발辮髮이 그 사실을 잘 말해준다. 그들은 물론 만주어를 지키려 애썼다. 그런 노력이 모두 허사가 된 것이다. 청 왕조의 멸망으로 만주어가 중국 공식 언어의 자리에서 물러난 것은 1912년이니, 아직 한 세기가 채 안 되었는데, 그것을 쓰는 젊은이는 이제 없다. 모두 한족의 언어인 중국어를 쓴다.

　사람들이 언어를 그렇게 가볍게 바꾸는 까닭은 간단하다. 언어들은 효용에서 매우 큰 차이를 보이고, 사람들은 효용이 큰 언어를 쓰게 된다. 그런 합리적 선택을 마다하는 사람들은 경쟁에서 지게 마련이다. 누구도 경쟁에서 지는 길을 고르지 않으므로, 언어들 사이의 경쟁은 단 몇 세대 안에 결판이 난다.

　이 점을 잘 보여주는 예는 유대인들의 역사다. 팔레스타인에 살았던 유대인들은 기원전 6세기 이후 바빌로니아와 페르시아의 지배를 받았다. 그러자 유대인들의 언어인 히브리어는 바빌로니아 제국 상인들의 국제어이자 페르시아 제국의 공용어였던 아람어Aramaic에 점점 깊이 침윤되었다. 마침내 기원전 2세기경부터 유대인들은 히브리어 대신 아람어를 쓰기 시작했다. 이어 프톨레마이오스Ptolemaios 왕조의 이집트에 복속되자, 유대인들은 아람어를 버리고 그리스어를 쓰기 시작했다. 로마의 박해를 받아 세계 곳곳으로 흩어진 뒤엔 정착한 곳의 언어를 쓰거나 그런 언어들을 바탕으로 한 혼성어들을 썼다. 이디시어Yiddish나 라디노어Ladino는 대표적인 유대인 혼성어들이다. 그동안 히브리어는 사제들과 학자들이 연구하고 보존한 '박물관 언어'였다. 1948년 이스라엘이 세워지자, 히브리어는 이스라엘의 공식 언어로 박물관에서 나와 되살아났다.

혹독한 환경 속에서도 유대인들은 자신들의 동질성과 정체성을 지켜왔다. 그러나 그들은 언어를 사회 환경에 맞도록 계속 바꾸었다. 여기서 우리는 두 가지 교훈들을 엿본다. 하나는 전통적 언어의 고수는 민족적 동질성이나 정체성의 필수적 요소가 아니라는 것이다. 다른 하나는 사회 환경에 맞는 언어를 쓰는 것이 분명히 생존에 도움이 되고, 아마도 생존에 필수적이리라는 것이다.

4

우리 민족은 오랫동안 동질성과 정체성을 유지해왔다. 특히 우리만의 민족어와 민족문자를 지녀왔다. 찬찬히 살펴보면, 그러나 우리가 실제로 써온 언어는 빠르게 바뀌었음이 드러난다.

조선조의 공식 언어는 한문이었다. 한문으로 표기되지 않은 문서는 공적 효력이 없었고, 모든 고급문화는 한문으로 이루어졌다. 조선조가 망한 뒤 우리 민족 전체의 이름으로 나온 「독립선언서」를 읽으면, 우리는 당시 선조들이 쓴 언어가 지금 우리가 쓰는 언어와 얼마나 다른가를 새삼 깨닫게 된다. "噫라, 舊來의 抑鬱을 宣暢하려 하면, 時下의 苦痛을 擺脫하려 하면, 將來의 脅威를 芟除하려 하면……"

기초 한자도 모르는 요즈음 젊은이들에게 앞의 구절은 실질적으로 상형문자들의 나열이다. 거꾸로, 20세기 전반을 살았던 우리 선조들은 지금 젊은이들과 의사소통이 실질적으로 불가능할 것이다. 지적 논의에 쓰이는 개념들 가운데 양자에 공통되는 것들은 아주 드물다. 「독립선언서」가 나온 지 채 네 세대가 지나지 않았다는 사실은 우리가 써온 '조선어'라는 민족어가 얼마나 빠르게 바뀌었나를 일깨워준다.

앞으로 우리말은 더욱 빠르게 바뀔 것이다. 세계화라 불리는 사회 환경의 급속한 변화는 우리말의 급속한 진화를 강요할 것이다. 만일 우리말이 그렇게 진화하지 못한다면, 우리말은 우리 시민들의 버림을 받게 되어 만주어가 맞은 운명을 맞을 것이다.

중요한 것은 우리 후손들이 효율적인 언어를 써서 살아남는 것이다. 사회 환경에 맞지 않는 민족어를 껴안고 경쟁에 져서 사라지는 것이 아니다. 당연히, 우리말이 효율적인 언어로 끊임없이 진화하도록 돕는 것이 우리 언어 정책의 본질이어야 한다. 바로 그것이 유대인의 역사가 우리에게 가르치는 교훈이다.

언어 시장의 자유화

1. 범지구적 관점의 필요성

영어의 습득은, 특히 어린 세대의 영어 교육은, 지금 우리 사회에서 가장 중요한 사회적 과제들 가운데 하나다. 우리에게 영어가 중요한 까닭은 그것이 세계의 표준 언어가 되었다는 사실이다. 따라서 우리는 영어와 관련된 문제들을 범지구적 관점에서 살펴야 한다. 모든 사회적 논의들이 국경에서 멈추는 우리 사회에서, 이 점은 흔히 잊혀진다.

민족국가들이 점점 유기적으로 통합되어 가는 현대에서 범지구적 표준은 긴요하고 필연적이다. 표준은 정보의 흐름을 원활하게 해서 사회를 효율적으로 만든다. 표준이 없을 경우에는 으레 큰 혼란과 비용이 따른다. 언어에서도 그렇다. 우리는 영어가 범지구적 표준 언어가 되었다는 사실을 늘 고려해야 한다. 영어는 그저 또 하나의 언어가 아니다.

이 사실은 도덕적 측면을 지녔다. 우리는 대한민국의 시민들인 것만은 아니다. 우리는 세계의 시민들이기도 하다. 우리는 범지구적 표준 언어인 영어를 익혀서 다른 사회의 사람들과 최소한의 정보교환을 할 수 있어야 한다. 그것은 현대 문명이 우리에게 부과한 책무며, 그것을 외면하는 것은, 이솝 우화에 나오는 여우와 두루미처럼, 서로 의지하고 살면서도 상대의 처지를 전혀 배려하지 않는 태도다. 영어에 관한 논의에선 실용적 측면과 함께 이런 도덕적 측면도 논의되어야 한다.

2. 영어가 세계어의 자리에서 밀려날 가능성

영어가 갑자기 득세한 다른 민족어에 눌려서 세계어의 자리에서 밀려날 가능성은 자주 거론된다. 이 얘기는 진지한 검토를 받아야 하지만, 영어가 세계어의 자리에서 밀려날 가능성은 실제로는 거의 없다. 지금 영어가 지닌 우위는 워낙 커서 어느 민족어도, 영어를 밀어내고 세계어의 자리를 차지하는 것은 그만두고라도, 자신의 영역을 지키기조차 벅찬 형편이다. 그리고 영어의 상대적 우세는 점점 커진다.

가장 자주 나오는 주장은 미국이 급속히 쇠퇴할 가능성이다. 미국이 쇠퇴하면, 영어의 세계어로서의 기반이 무너진다는 얘기다. 어느 나라도 오랫동안 지배적 국가의 자리를 지키기는 무척 어려우므로, 이런 주장은 일단 최소한의 타당성을 지녔다.

지금 영어를 민족어로 삼은 주요 국가들은 미국(3억 명), 영국(6천만 명), 캐나다(3천만 명 이상), 호주(2천만 명), 뉴질랜드(400만 명), 그리고 아일랜드(400만 명)로, 4억이 넘는 사람들이 영어를 모국어로 지녔다. 이 영어권 국가들은 모두 발전되고 안정된 사회들이다. 특히 미국은 안정과 활력을 함께 갖추었다. 이 사회들이 예측 가능한 미래에 갑자기 쇠퇴하는 일은 상상하기 어렵다.

지금 미국은 다른 나라들이 가까운 미래에 따라잡기 어려울 만큼 국력이 크고 거의 모든 부면들에서 앞섰다. 2000년에 미국 인구는 세계 인구의 4.7퍼센트였지만, 미국의 국내총생산액GDP은 세계의 31.2퍼센트를 차지했고, 방위비와 연구 개발 투자는 각기 36.3퍼센트와 40.6퍼센트를 차지했다.

다른 강대국들과 비교해보면, 미국의 압도적 지위는 더욱 뚜렷해진다. 2000년의 GDP에서, 중국은 미국의 52퍼센트, 일본은 35퍼센트, 독일은 21퍼센트, 영국과 프랑스는 각기 15퍼센트, 그리고 러시아는 13퍼센트였다. 같은 해의 방위비에서, 러시아는 미국의 20퍼센트, 일본은 15퍼센트, 중국은 14퍼센트, 프랑스는 12퍼센트, 영국은 11퍼센트, 그리고 독일은 10퍼센트였다.

미국이 누리는 우월적 지위는 현대 역사에서 없었던 현상이다. 19세기에 패권국가hegemon country로 '영국 중심의 평화Pax Britannica'를 누렸던 영국의 당시 지위와 비교해보면, 이 점이 잘 드러난다. 영국의 극성기인 1870년에, GDP에서 미국은 영국의 108퍼센트, 러시아는 90퍼센트, 프랑스는 75퍼센트, 그리고 독일은 46퍼센트였다. 1872년의 방위비에서, 러시아는 영국의 120퍼센트, 프랑스는 113퍼센트, 독일은 65퍼센트, 그리고 미국은 68퍼센트였다. 즉 영국의 국력은 러시아나 프랑스와 비슷했다. 그러고도 영국은 19세기를 넘어 1차 세계대전 때까지 패권국가의 지위를 유지했다. 지금 '미국 중심의 평화Pax Americana'라고 불리는 국제 질서는 흔히 여겨지는 것보다 훨씬 튼튼한 바탕 위에 놓인 셈이다.

가까운 미래에 미국의 우위를 위협할 나라는 아직 나타나지 않았다. 물론 뒤진 나라들은 빠르게 미국을 따라잡을 터이고, 특히 인구가 많고 빠르게 발전하는 중국과 인도는 머지않아 미국에 대등한 국력을 지닐 가능성이 높다. 그러나 그런 과정은 생각보다 힘들고 더디다. 한때 21세기 초엽엔 미국을 앞지르리라고 예상된 일본의 경우를 보면, 이 점이 잘 드러난다.

설령 다른 나라들이 발전해서 미국이 압도적 지위를 잃는다 하더라도, 그 사실이 영어의 기반을 허물지는 않을 것이다. 중국이나 인도와 같은 나라들이 예상대로 순조롭게 발전해서 미국과 비슷한 국력을 지니게 되는 시기는 빨라도 21세기 중반일 터이다. 그때 영어가 누릴 우세는 지금보다 훨씬 클 터이다. 아마도 미국의 상대적 쇠퇴는 영어권의 확대로 충분히 전보될 것이다.

모국어 인구에서 우세한 중국어와 스페인어가 영어의 지위를 위협할 수 있다는 주장이 자주 나온다. 이 얘기도 피상적 관찰에서 나왔다.

먼저 생각해야 할 것은 영어를 세계어로 만든 힘이 영어를 모국어로 삼은 사람들 덕분만은 아니라는 사실이다. 영어의 우세는 다른 언어들을 쓰는 사람들 사이의 교섭에 영어가 많이 쓰여 왔다는 사실에서 주로 나왔다. 지금도 영어의 지위를 떠받치는 힘은 그것을 제2언어로 쓰는 사람들이 많다는 사실이다. 국제어가 되는 과정에서 모국어 인구는 보기보다 작은 무게를 지닌다.

근년에 중국이 경이적으로 발전하면서, 중국어가 영어를 밀어내고 세계어의 자리를 차지할 가능성이 우리 사회에서 자주 나온다. 따라서 중국어가 세계어로 될 가능성은 보다 깊이 살펴볼 만하다.

중국어의 힘은 본질적으로 중국의 많은 인구와 빠르게 커지는 경제에서 나온다. 중국의 인구는 13억가량으로 세계 인구의 4분의 1을 넘는다. 경제의 규모는 아직 미국의 절반가량이지만, 최근에 나온 어떤 추산에 따르면, 2040년까지는 중국의 경제가 미국의 그것과 같아질 것이라 한다. 21세기 말엽까지 중국이 영어권 전체보다 더 큰 경제를 지닐 가능성도 상정할 수 있다.

중국이 그렇게 발전하리라는 예측은 현재의 추세가 그대로 이어진다는 가정에 바탕을 두었다. 그런 가정이 얼마나 현실적인지 판단하기는 어렵다. 중국이 발전하면, 중국 사회의 모습이 달라질 수밖에 없는데, 바로 거기 위험들이 도사리고 있다. 중국은 지금 공산당이 전제적으로 통치한다. 그러나 공산주의의 몰락으로, 공산당 정권은 정통성을 많이 잃었고, 공산당 정권의 전제는 사회 발전을 방해한다. 경제 발전은 필연적으로 민주적이고 자유로운 사회를 부르므로, 중국 사회는 곧 민주화와 자유화라는 힘들고 위험한 사회적 과제들을 맞을 것이다. 그 과제들을 큰 사회적 비용을 치르지 않고 수행해야, 중국 사회는 계속 발전할 수 있다.

중국이 순조롭게 발전하더라도, 그 사실이 바로 중국어의 득세로 이어지는 것은 아니다. 물론 중국어의 위상은 크게 높아질 터이고, 중국과 거래하는 사람들이 점점 많이 중국어를 배워서 쓸 것이다. 그러나 그런 사정은 중국어가 세계어가 되는 것과는 많이 다르다.

이 사실은 여러모로 중국과 비슷한 인도의 경우를 생각하면, 잘 드러난다. 인도는 국토가 중국보다 훨씬 작지만, 인구는 비슷하다. 실은 인도가 늦어도 한 세대 뒤엔 중국보다 인구가 많아지리라고 모든 전문가들이 예측한다. 경제 발전에서도 지금 인도는 중국에 많이 뒤졌지만, 그리 멀지 않은 장래에 상당히 따라잡으리라고 예상된다. 반면에, 인도는 민주주의 전통이 상당히 튼실하게 뿌리를 내린 나라다. 따라서 사회적 갈등들이 대체로 중국보다는 적고 치를 비용도 적을 터이다. 요약하면, 강대국이 될 수 있는 잠재력에서 인도는 중국에 그리 뒤지지 않는다.

그러나 인도의 공용어인 힌디어의 득세 가능성을 얘기하는 사람은 없다. 여기서 우리는 중국과 중국어에 대한 우리의 평가가 보다 객관적이어야 함을 깨닫게 된다. 우리에게 중국은 늘 압도적 존재였으므로, 우리는 중국에 대해 객관적 시각을 유지하기 힘들다.

찬찬히 살펴보면, 중국어보다는 힌디어가 오히려 세계어가 되는 데 유리하다는 사실이 드러난다. 중국어는 무척 복잡하고 어려운 한자로 표기되므로, 중국어의 문자는 중국어가 세계어가 되는 데 결정적 장애가 될 것이다. 중국이 스스로 간자簡字들을 만들어 보급한 것은 이런 사정을 잘 보여준다. 힌디어엔 이런 문제가 없다.

또 하나 고려할 점은 힌디어는 세계의 주요 언어들이 속한 언어 집단에 속하지만, 중국어는 그렇지 않다는 사실이다. 지금 유라시아 대륙의 대부분에서 쓰이는 언어들은 1만 5천 년 전경에 살았던 종족인 '노스트라트인Nostrats'의 언어 '노스트라틱 언어Nostratic language'에서 파생되었다는 이론이 널리 받아들여진다. 이 원시 언어의 구성은 학자마다 상당히 다른데, 가장 큰 갈래가 '유라시아틱Eurasiatic'이라는 데에는 모두 동의한다. 유라시아틱에는 다시 세 갈래가 있다. 가장 큰 갈래는 '인도-유럽어족Indo-European'으로 유럽의 모든 언어들이 여기 속하는데, 힌디어와 그것의 조상어인 산스크리트어도 여기 속한다. '우랄어족Uralic'은 마자르어와 핀란드어가 중심이고, '알타이어족Altaic'은 한국어를 포함한다.

반면에, 중국어가 속한 언어 집단은 '동남아시아 언어Southeast Asian languages'다. 이 언어에는 '말레이-폴리네시아어족Malayo-Polynesian' '몬-크메르어족Mon-Khmer,' 그리고 중국어가 속한 '중국-티베트어족 Sino-Tibetan'이 있다.

자연히, 인도의 힌디어는 지금 주요 언어들과 아주 가깝고, 중국어는 그것들과 아주 이질적이다. 이 사실은 세계어의 자리를 차지하는 데서 분명히 힌디어에 유리하게 작용할 것이다.

영어의 침투에 대한 민족국가들의 저항이 거세질 수도 있다는 주장이 있다. 영어의 확산이 영어 사용국들의 '언어 제국주의linguistic imperialism'에서 비롯한다고 비난하면서, 그런 저항을 촉구하는 사람들도 적지 않다. 실제로, 우리나라를 포함한 거의 모든 나라들이 영어의 침투와 확산을 막으려는 정책을 펴왔다.

그러나 현재의 상황을 '언어 제국주의'로 설명하려는 시도는 영어의 확산과 득세를 싫어하는 사람들의 의도적 오해다. 영어를 민족어로 지닌 나라들 가운데 어떤 나라도 언어에서 제국주의적 행태를 보이지 않았다. 실은 영어권의 나라들이, 특히 미국과 영국이, 언어 민족주의에서 가장 자유로운 나라들이다.

어쨌든, 세계화의 세찬 흐름 속에서 그런 비난과 저항이 실제로 큰 힘을 지니기는 어렵다. 영어는 점점 널리 쓰이고 세계어로서의 지위는 점점 굳어진다. 자연히, 영어의 침투와 확산을 막으려는 정책들은 별다른 효과를 보지 못하며 모든 사회들에서 영어에 대한 저항은 점점 약해진다.

　영어의 방언들이 많아져서, 영어가 끝내는 상호 소통이 불가능한 언어들로 분화될 가능성을 드는 사람들도 있다. 영어를 제2언어로 쓰는 사람들이 늘어나면, '표준' 영어와는 상당히 다른 방언들이 많아져서, 끝내는 그런 현상이 나오리라는 얘기다.

　이 주장은 세계의 거의 모든 사람들이 영어를 제2언어로 삼은 상황을 상정한다. 따라서 이 주장은 본질적으로 영어가 세계어의 자리를 굳혀나가리라는 전망을 직접적으로 부정하지 않는다. 다만 그 뒤에 영어가 만날 가능성이 있는 위험을 지적한다.

　그러나 영어를 세계어로 만든 바로 그 힘들이 그런 가능성을 계속 줄여왔다. 세계화가 진행되면, 표준화의 논리가 작용해서 사람들이 쓰는 영어를 끊임없이 표준 영어에 가깝도록 만든다. 지금 미국의 신문들과 방송들이 쉬지 않고 표준 영어를 보급하고, 모든 사람들이 표준 영어를 쓰려고 애쓰는데, 어떻게 방언들이 나오겠는가?

　아주 발전된 자동 번역·통역 기계의 출현이 영어의 확산을 막을 수 있다는 얘기도 자주 들린다. 이것은 영어의 확산을 못마땅하게 여기는 사람들이 마지막에 매달리는 주장이다. 이미 그런 기계는 크게 발전했고 곧 일상적으로 쓰일 터이므로, 그것은 상당한 논거를 지닌 주장처럼 들리기도 한다.

　그러나 그런 기계가 아무리 발전하더라도, 그것이 번역이나 통역의 근본적 한계를 벗어날 수 있는 것은 아니다. 그런 기계가 아주 작은 칩의 형태로 뇌에 심어져서 당사자가 아무런 불편을 느끼지 못한다 하더라도, 그러할 것이다.

두 언어들 사이에선 낱말들의 일대일 조응one-to-one correspondence
이 나올 수 없고, 표현에선 물론 사정이 훨씬 어렵다. 따라서 지적 작
업을 하는 사람들 가운데 영어로 자신의 뜻을 표현하는 대신 기계에 맡
기려는 사람은 드물 터이다.

실은 일상생활에서도 그러할 터이다. 연인들의 밀회에서나 사무적으
로 만난 사람들이 인간적으로 사귀는 과정에서나, 그런 기계가 끼어
들 틈이 과연 있을까? 번역 기계를 통해서 듣는 시구가 원문을 낭송해
서 얻는 즐거움을 대신할 수 있을까? 왜 사람들은 더빙을 그리도 싫어
하는가?

3. 다양한 언어들

이 세상에서 가장 근본적인 언어는 유전자들의 정보들을 담은 '유전
자 언어'다. 생명의 본질은 정보처리다. 우리 몸은 우리의 유전자들에
담긴 정보들에 따라 생성되고 유지된다. 유전자 언어는 네 개의 알파
벳 C(cytosine), T(thymine), A(adenine), G(guanine)를 쓰는 DNA
들의 언어다. 이들 알파벳 글자 셋이 모이면, 특정 아미노산을 뜻하는
codon이 되고, 그런 아미노산들이 결합되어 단백질을 이룬다. 즉
codon은 유전자 언어의 낱말이다. 64(4×4×4)개의 낱말들을 어휘
로 지닌 이 유전자 언어는, 박테리아에서 사람에 이르기까지, 모든 생
명체들이 공유한다. 수십억 년 동안 다듬어진 터라, 이 언어는 더할 나
위 없이 간편하면서도 다능하고 정확하다. 덕분에 우리 몸은 상상하기

가 쉽지 않을 만큼 복잡하지만, 대부분은 큰 결함 없이 만들어지고 별다른 정비 없이도 몇십 년 동안 건강을 유지한다.

태어나면, 우리는 먼저 신호 언어를 배운다. 말을 제대로 배우기 훨씬 전에 아기들은 손으로 의사를 잘 전달한다. 인류의 언어는 원래 손을 이용한 신호 언어였고 목청을 이용한 음성 언어는 훨씬 뒤에 나왔다. 인류는 언어를 쓴 기간의 대부분에서 신호 언어를 쓴 셈이다. 자연히, 사람 뇌의 언어 중추는 신호 언어에 맞추어 나왔고 다듬어졌다.

이런 추론을 떠받치는 증거들 가운데 하나는 언어 중추의 주요 부분이 원래 다른 기능들을 수행했다는 사실이다. 언어의 발명이 워낙 혁명적이었으므로, 그것은 진화적 시간대에서 살피면, 아주 짧은 기간에 폭발적으로 나왔다. 따라서 그것에 필요한 육체적 기반을 따로 만들 수는 없었고 이미 존재하는 기관들이 확장되어 새 임무를 맡았다. 신호 언어를 위해 급히 만들어진 그 기구들은 음성 언어도 맡게 되었을 터이다. 이미 존재하는 신호 언어를 맡은 기관들을 버리고 음성 언어를 맡은 기관들을 새로 마련하는 일은 생각할 수 없다. 그것은 비경제적일 뿐 아니라, 발생 경로에서도 일어날 수 없고, 무엇보다도 그럴 시간이 없었다.

보다 직접적인 증거는 사람의 뇌에서 언어를 관장하는 대뇌 좌반구의 손상이 모든 언어 기능의 상실을 불러온다는 사실이다.

신호 언어는 좌반구 뇌의 손상에 의해 어떻게 영향을 받는가? 전반적 발견은 이 경우들에서, 귀먹은 개인들이 들을 수 있는 사람들에게서 관찰되는 음성 언어의 손실과 밀접하게 상응하는 신호 언어의 손실을 보인다는 것이다. 그래서 음성 언어의 실어증들을 낳는 좌반구 병변들은 〔듣고 말하는 것과 관련된〕 귀-입 경로에 특정된 것이 아닌 어떤 정신적 기능에 영향을 미치는 것으로 보인다. 대신, 이 병변들은 사람의 언어 자체를, 그것이 어떤 형태를 하든 관계없이, 교란하는 것으로 보인다. 명백히, 그러므로 언어가 혀와 입에 의해 생산되든 아니면 손들과 손가락들에 의해 생산되든, 실질적으로 같은 어떤 대뇌의 기계 장치에 언어는 의존한다.

— 헨리 글라이트먼 외, 『심리학』[45]

놀랍지 않게도, 우리는 아직도 신호 언어에 크게 의존한다. 우리는 그것을 늘 음성 언어와 함께 쓰고 흔히 그것만으로 의사소통을 한다. 신호 언어가 없는 정치가의 연설을 상상하면, 이 점이 잘 드러난다. 전화를 할 때처럼 상대가 보지 못하는 상황에서도, 우리는 말할 때 자연스럽게 손짓을 하고, 손짓을 하지 못하게 되면, 말이 잘 나오지 않는 것은 바로 그런 사정 때문이다.

신호 언어에 이어 우리는 첫 음성 언어인 모국어를 배운다. 그리고 모국어를 평생 지니고 쓴다.

물론 이 세상엔 많은 음성 언어들이 있고 우리는 그런 외국어들 가운데 몇을 배운다. 그런 외국어들 가운데 널리 쓰여서 언어들 사이의 매개로 작용하는 언어lingua franca는 특히 중요하다. 지금 세상에선 영어가 그런 자리를 차지했고, 앞에서 얘기한 것처럼, 바로 그런 사정에서 영어의 중요성이 나온다.

음성 언어들은 흔히 문자 언어와 짝을 이룬다. 문자 언어는 나온 지 얼마 되지 않아서, 우리에겐 아직 낯설다. 그래서 음성 언어는 쉽고 자연스럽게 익히지만, 문자 언어는 익히기가 아주 어렵다.

그렇게 자생적으로 나온 언어들 말고도 현대 문명에선 여러 인공적 언어들이 쓰인다. 컴퓨터 프로그램에 쓰이는 언어들이 대표적이다.

우리가 일상적으로 언어로 여기지 않는 언어들도 있다. 그것들 가운데 두드러진 것은 수학이다. 수학은 숫자를 쓰는 언어이며, 모두 잘 아는 것처럼, 말로 나타낼 수 없는 것들을 잘 나타낸다. 덕분에 인류는 발전된 문명을 이루었다. 흥미로운 사실은 문자보다 숫자가 먼저 발명되었거나 적어도 같이 발명되었으리라는 사실이다.

이처럼 협의의 언어인 음성 언어에만 주목하는 것이 아니라 너른 맥락에서 언어를 살피는 것이 긴요하다는 사실은 거듭 강조되어야 한다. 그렇게 함으로써, 우리는 언어의 성격을 제대로 이해할 수 있고 선입견에서 비교적 자유로운 태도로 우리의 모국어와 영어에 관련된 문제들을 논의할 수 있을 것이다.

4. 언어를 살피는 관점

언어의 사용은 사람을 다른 동물 종種들과 가장 뚜렷이 구별하는 특질이다. 사람만이 제대로 발전된 언어를 통해서 의사소통을 한다.

현재의 다수 의견은 침팬지들과 고릴라들이 개별 신호들이나 상징들을 배울 수 있고 그것들의 짧은 연속들을 적절히 —— 주로 물건들을 요청하는 데—— 사용할 수 있다는 것처럼 보인다. 그러나 그들은 어떤 종류의 문법도 사용하지 않으며 어린아이들이 힘들이지 않고 알아차리는 것처럼 보이는 문장들의 그 모든 섬세함을 모른다. 어린아이들은 그저 그들이 듣는 낱말들을 받아들여서 언어로 만드는 것처럼 보이는 데 반해서, 침팬지들은 단 몇 개의 빈약한 신호들을 배우는 데도 강제되거나 보상을 받아야 한다. 속으로 무엇을 생각하든 (그리고 우리는 그것을 낮추보아서는 안 된다), 그들은 진정한 언어에 대한 생각을 아예 '얻지' 못한다. 그래서 둘은 비교할 수 없다. 침팬지들은 낱말들을 보통의 학습의 길고 더딘 길 ── 시행착오와 보상과 벌 ── 을 통해서 배워야 하지만 우리는 그저 그것을 받아들이는 것처럼 보인다. 사람의 언어능력은 독특하다.

── 같은 책.[46]

앞에서 언급된 것처럼, 먼저 신호 언어가 나왔고, 음성 언어는 훨씬 뒤에 나왔다. 신호 언어가 나온 것은 적어도 200만 년 이전으로 거슬러 올라가지만, 음성 언어가 나온 것은 수십만 년 전이었다. 문자 언어는 불과 몇천 년 전에 발명되었다. 발전된 언어가 나오려면, 뇌에서 언어를 다루는 기관이 생겨야 한다. 인류가 먼저 신호 언어를 발명해서 오랫동안 썼으므로, 뇌의 언어 중추는 신호 언어에 맞추어 진화했을 터이다. 음성 언어가 쓰이려면, 음성 기관이 진화해야 한다. 이처럼 사람의 언어능력은 오랜 기간을 두고 진화했다.

아울러, 음성 언어가 진화한 뒤에도, 언어는 줄곧 진화했다. 그리고 진화 과정에서 생물적 종들이 생긴 것처럼, 언어도 끊임없이 분화했다. 실제로, 6천 개가 넘는다는 현대의 언어들은 하나 또는 몇 개의 언어들에서 파생되어 진화해온 것들이다.

이런 진화 과정이 가장 빠른 것은 물론 문자 언어다. 그래서 문자 언어의 진화를 살피면, 언어를 낳고 발전시킨 힘들의 모습을 뚜렷이 볼 수 있다.

인류가 처음 발명한 문자 체계가 수메르 설형문자Sumerian cuneiform였다는 점은 확실하다. 고대 문명들 가운데 가장 먼저 일어난 것이 메소포타미아의 문명이었다는 사실과 점토에 기록하고 말려 보관해서 많은 기록들이 남았다는 사실 덕분에 이론의 여지가 없다.

수메르 문자의 발생에 관해서 가장 널리 받아들여진 이론은 피에르 아미에가 발전시켰고 데니스 슈만트-베세라트가 증거들을 수집했다. 그것은 '풍요로운 초승달 지대'에서 농업이 시작된 기원전 8천 년기에 나타난 진흙 토큰들로 시작한다. 토큰들은 특정 작물들을 뜻했다. 예컨대, 원추와 구는 각각 현대의 리터와 부셸에 대체로 상당하는 '반'과 '바리가'라는 두 표준적 양들의 곡물을 나타냈다. 토큰들은 회계에 쓰인 것으로 보이니, 아마도 특정 가족이 정부 곡물창고에 얼마나 냈는가 또는 빚을 졌는가를 기록했을 것이다.

— 로버트 라이트Robert Wright, 『비영Nonzero』[47]

도시들이 생기고 교역이 활발해지면서, 산업이 발전하고 제품들이 다양해졌다. 자연히, 보다 복잡한 토큰들이 만들어졌다. 그러나 아무리 복잡하고 정교해도, 토큰들은 진정한 문자 체계로 보기 어렵다. 그것은 3차원적 상징들이었다.

이 3차원적 상징들에서 2차원적 문자 상징들로의 변환은 천 년기 대신 십 년 단위의 시간 규모로 가까이서 관찰했을 때 문화적 진화가 얼마나 더딘가를 보여준다. 때로는 정구 공 크기의 큰 점토 봉투들 안에 토큰들을 간수함으로써 기록들이 유지되었다. 5반의 곡물의 빚이나 지불을 기록하기 위해서 점토 원추들 다섯 개가 봉투 안에 들어가는 식이었다. 편리하도록, 봉투 안에 넣기 전에 토큰들은 봉투의 무른 표면에 눌려졌다. 그렇게 함으로써, 봉투를 깨뜨려 열지 않고도 내용을 '읽을' 수 있었다. 원 두 개와 쐐기 하나는 봉투가 구 두 개와 원추 하나를 품었다는 것을 뜻했다. 명백히, 봉투 바깥 면의 2차원적 각인이 3차원적 내용을 필요 없게 만들었다는 결정적 통찰이 나온 것은 상당한 시간이 지난 뒤였다. 이제 봉투들은 판들이 된 것이었다.

이것이 수메르 설형문자의 시작이었다. 그 체계는 여러 천 년 동안 진화하면서 점점 추상적이고 강력하게 되었다. 이렇게 해서, 적은 곡물과 많은 곡물의 토큰들은, 즉 원추와 구는, 2차원적 형태로 일반적인 수적 상징들이 되었다: 쐐기는 1을 뜻했고 원은 10을 뜻했다. 이들 기호들은 이제 물체의 상징 옆에 놓여서 그것의 양을 가리키게 되었다. 마침내, 물체들의 상징들은—— 사람들과 행위들과 같은 것들의 상징들은—— 소리를 가리키게 되어 서양 문명을 현대적 음성 알파벳으로 이끌었다.

—— 같은 책.[48]

물론 모든 언어들은 지금도 쉬지 않고 진화한다. 앞으로도 그러할 것이다. 자연히, 진화적 관점에서 살펴야, 우리는 언어를 제대로 이해할 수 있다.

우리에게 이 사실은 특별한 중요성을 지닌다. 우리 역사가 그러했으므로, 우리 사회의 근본적 사조는 민족주의다. 누구의 정신도 흥건히 밴 민족주의 사조로부터 자유로울 수 없다. 민족어가 민족주의의 핵심이므로, 우리는 지금 우리가 쓰는 민족어에 절대적 가치를 부여하게 마련이다. 그래서 우리는 우리의 민족어인 '조선어'가 오래전부터 존재해왔고 지금의 형태를 지닌 채 앞으로도 오래 쓰이리라고 알게 모르게 가정한다. 잠시만 생각해보아도, 우리는 그런 가정이 그르다는 것을 깨닫게 된다.

우리말의 기원은 명확하지 않다. 상당히 명확한 것은 삼국시대에 고구려, 백제, 신라는 서로 다른 언어를 썼으리라는 점이다. 신라가 다른 두 나라를 정복한 뒤, 신라 말에 바탕을 둔 언어가 진화해서 우리말이 되었을 것이다. 그리고 그런 진화는 줄곧 이어졌다. 특히 대략 다섯 세대 전 우리 사회가 개항한 뒤, 우리말은 극심한 변화를 겪었다. 우리말은 지금도 빠르게 바뀌고 있고 앞으로는 점점 더 빠르게 바뀔 것이다. 따라서 지금 우리가 쓰는 민족어인 조선어를 우리 후손들이 쓰리라고 확신하는 것은 위험하다.

5. 언어 시장의 자유화

우리 사회에선 조선어가 독점적 지위를 누린다. 그래서 모두 태어날 때 조선어를 모국어로 삼게 된다. 다른 선택의 여지가 전혀 없다. 게다가 조선어의 독점적 지위는 법에 의해 한층 더 강화된다. 지금 우리 사회에선 조선어로 이루어지지 않은 진술이나 기록은 법적 효력이 없다.

이런 조선어의 독점적 지위는 우리에게 너무 자연스러워서 아무도 그것을 문제 삼지 않는다. 그러나 다른 모든 독점들과 마찬가지로, 언어 시장에서의 독점은 이로울 수가 없다. 조선어가 누리는 독점을 허물어 다른 언어들과 경쟁하도록 하는 것은 언어 소비자들인 우리 시민들에게 이롭다. 선택의 폭을 늘리는 것이 언제나 소비자들에게 이롭다는 사실은 언어에도 그대로 적용된다. 시민들은 자신의 모국어를 고를 기회를 지녀야 한다. 특히 부모는 자식들의 모국어를 골라줄 기회를 지녀야 한다.

언어가 방대한 체계고 어릴 적에 둘레에서 쓰는 언어를 배우게 되므로, 언어 시장을 자유롭게 만드는 일은 실제로는 무척 어렵다. 영어가 세계의 표준 언어고 거의 모든 시민들이 영어를 쓰기를 바라므로, 언어 시장의 자유화는 영어에 조선어와 동등한 기회를 주는 것으로 시작하는 것이 합리적이고 실제적이다.

6. 영어 공용의 논거

1) 언어 습득에 바쳐진 자원의 제약

개인들이 언어를 습득하는 데 쓸 수 있는 시간적·물질적 자원은 제약되었다. 이 뻔하고 사소해 보이는 사실은, 실은 언어에 관한 논의의 경계조건을 이룬다. 따라서 그것은 중요한 함의들은 여럿 품었고, 그 함의들을 드러내는 일은 합리적이고 실제적인 논의에 필수적이다.

먼저, 자원의 제약은, 특수한 경우들을 빼놓고는, 여러 언어들을 배우는 것을 비합리적으로 만들었다. 역사적으로 거의 모든 사람들은 한 언어만을 배워서 썼다. 다른 언어를 쓰는 집단들과의 교류가 실질적으로 없었을 원시 시대엔 특히 그러했을 터이다. 그런 사정은 아직도 근본적으로 바뀌지 않았다.

다음엔, 사람이 갖춘 언어능력은 생존에 필요한 최소한의 수준에 머물렀으리라는 추론이 나온다. 몇백만 년 전 사람이 언어능력을 처음 갖추었을 때, 사람은 한 언어만을 배워도 충분한 환경에서 살았다. 자원의 제약과 더불어, 이 사실은 사람의 언어능력이, 특히 언어와 관련된 뇌의 영역이, 대체로 한 언어만을 습득하는 데 적합하도록 유도했을 터이다. 만일 여러 언어들을 쉽게 배워서 쓸 수 있을 만큼 여유로운 언어능력을 지닌 개인이 나왔다면, 그런 여분의 능력은 자원의 비효율적 배치를 뜻했을 것이고, 자연히 그 개인은 자연선택 과정에서 밀려났을 것이다. 진화의 논리는 사람이 본질적으로 하나의 언어만을 습득하도록 되었음을 가리킨다.

2) 내재적 언어능력의 존재

오랫동안 사람의 마음은 백지 상태에서 시작한다고 여겨졌다. 그런 백지에 환경이 갖가지 정신 현상들을 새긴다는 얘기다. 이런 이론은 '빈 석판The Blank Slate'이라 불렸다.

그러나 '빈 석판'은 그른 이론임이 점차 드러났다. 사람의 마음은 분명히 내재적 조직an innate organization을 지녔고, 거의 분명히 그런 내재적 조직은 모든 사람에게 공통된 것일 터이다. 공교롭게도, 어쩌면 자연스럽게도, 그런 깨달음은 언어와 관련하여 맨 먼저 나왔다. 1950년대 말엽에 노암 촘스키Noam Chomsky는 사람이 언어를 습득할 수 있는 능력을 태어날 때부터 이미 갖추었음을 설득력 있게 보여주었고, 그 과정에서 '빈 석판'을 논파論破했다.

사람들은 6천 개가량의 서로 알아들을 수 없는 언어들을 쓴다. 그러나 그들의 마음속 문법적 프로그램들은 그들의 입에서 나오는 실제 발언들보다 훨씬 덜 다르다. 모든 인간의 언어들이 같은 종류의 생각들을 전달할 수 있다는 것을 우리는 오래전부터 알았다. 성경은 수백 가지 비서양 언어들로 번역되었고, 2차 세계대전 중에 미국 해병대는 나바호 인디언들로 하여금 비밀 전언들을 〔영어에서〕 그들의 태생적 언어로 바꾸도록 함으로써 태평양을 건너 송신했다. 어떤 언어라도, 신학적 우화들에서 군사적 지령들에 이르기까지, 어떤 진술이라도 전달하는 데 쓰일 수 있다는 사실은 모든 언어들이 같은 옷감으로 지어진 것임을 시사한다. 촘스키는 개별 언어들의 생성 문법들이 그가 '보편적 문법'이라 부른 단일 구도의 변주들이라고 주장했다.

— 스티븐 핑커Steven Pinker,

『빈 석판: 현대의 인성의 부정The Blank Slate: The Modern Denial of Human Nature』[49]

앞에서 언급된 사실들은 사람이 언어에 관한 공통된 능력을 내재적으로 지녔음을 가리킨다. 그리고 그런 내재적 능력은 어린아이들이 아주 적은 훈련을 통해서 언어를 그리도 쉽게 배운다는 사실을 잘 설명한다.

3) 각인imprinting 과정의 존재

언어는 문화의 산물이어서 문화적으로, 즉 비非유전적nongenetically으로, 진화한다. 그래서 개인이 생전에 습득한 언어 지식은 유전되지 않는다. 그러나 언어를 배워서 쓸 수 있는 사람의 육체적 능력은 유전적으로 전달되고 생물적으로 진화한다. 언어는 '유전자-문화 공진화'가 가장 두드러지게 드러나는 분야다.

언어가 그렇게 공진화하므로, 언어의 습득은 필연적으로 각인 과정을 거친다. 타고난 언어능력에 특정 언어 체계가 새겨지는 것이다. 이 과정은 컴퓨터의 하드웨어에 소프트웨어가 탑재되는 일과 비슷하다.

보다 일반적으로, 어떤 기능을 위한 기본적 능력이 선천적으로 마련되고 개체가 태어난 환경에서 필요한 지식을 얻어 그 능력을 완성시켜야 할 때, 자연은 각인이라는 방식을 고른다. 부모의 보살핌이 중요한 고등동물들에게서 부모를 알아보는 지식이 각인을 통해서 얻어지는 것은 대표적이다.

각인 과정엔 결정적 시기critical period가 있게 마련이다. 각인이 가능하고 그것을 넘어서면 각인이 불가능한 기간이 있다는 얘기다. 그렇게 해야, 적절한 시기에 각인이 되고 한 번 각인된 지식이 바뀌지 않고 오래갈 수 있다.

오스트리아 동물학자 콘라트 로렌츠Konrad Lorenz의 개척적 연구 덕분에, 고등동물들에게서 새끼가 처음 본 대상을 부모로 새기는 기간이 있다는 사실은 잘 알려졌다. 원래 각인과 결정적 시기에 관한 이론의 효시는 핀란드 인류학자 에드워드 웨스터마크Edward Westermarck가 주창한 근친상간 금기의 기원에 관한 이론이다. 사람들에게 근친상간의 욕구가 있다는 프로이트의 학설에 대항해서, 그는 사람들에겐 근친상간을 피하려는 욕구가 있다고 주장했다. 그는 사람들이 어릴 적에 친하게 지낸 사람들과는 짝짓기를 피하는 성향을 갖기 때문에 근친상간을 피할 수 있다고 주장했다. 비록 프로이트의 명성에 눌려 오랫동안 인정받지 못했지만, 이제 그의 학설은 정설로 자리 잡았다.

언어 습득이 각인 과정을 거치므로, 당연히 결정적 시기가 존재한다. 결정적 시기 이전에 영어를 배우도록 하는 것은 일단 영어 습득에 도움이 된다. 아예 영어를 모국어로 삼는 경우는 말할 것도 없지만, 그렇지 않은 경우에도, 되도록 일찍 영어를 배우도록 하는 것은 영어 습득에 좋다. 사람이 태어나자마자 언어를 배우기 시작하기 때문이다.

근년의 신경과학적 발견들은 유아들이 태어날 때나 거의 바로 뒤에 언어를 배울 준비가 되었음을 보여준다. 한 연구자들 집단은 언어적 자극의 존재 속에서 태어난 지 이틀 된 아기들의 뇌의 혈류에서의 변화들을 기록했다. 〔관찰〕 기간의 반 동안 아기들은 정상적 사람의 발성의 녹음들을 들었고 나머지 반 동안 그들은 그 발성을 거꾸로 돌린 것을 들었다. 아기들의 좌반구의 혈류는 정상적 발성에 대해선 늘어났지만 거꾸로 된 발성에 대해선 그렇지 않았다. 뇌의 좌반구는 사람들이 언어활동을 하는 주요 지점이므로, 이 증거는 언어와 비슷한 신호들에 대한 특별한 반응성이 태어날 때 가까이에 이미 일어난다는 것을 시사한다.

— 라일라 글라이트먼, 「언어」, 헨리 글라이트먼 외, 『심리학』[50]

언어들의 구별도 아주 일찍 시작된다. 태어난 지 겨우 나흘밖에 되지 않은 아기들이 영어와 프랑스어를 구별한다는 것이 실험으로 밝혀졌다. 당연히, 모국어에 대한 편향도 예상보다 훨씬 일찍 시작된다.

실은 태어난 지 두 달이 되면, 유아들은 이런 변별들을 할 뿐 아니라, 이제 그들은 애국적이 되어 그들 자신들의 모국어가 말해지면 오래 귀를 기울인다. 모국어에 관한 무엇이 이 유아들의 관심을 끄는 것일까? 그들이 아직 어떤 낱말의 뜻들도 알지 못하므로, 그것은 낱말들의 뜻들일 수는 없다. 분명히 아기들이 모국어에서 받아들이는 첫 특질은 그 언어의 특정 선율, 구체적으로는 특징적 발성 리듬들과 관련이 있다. 그렇다면 주목할 만하게, 태어난 지 겨우 며칠 지나지 않아서 우리는 유아들이, 모국어의 달콤한 음악에 선택적으로 귀를 기울임으로써 언어 습득의 바탕을 준비하느라, 이미 열심히 노력한다는 것을 보는 것이다.

— 같은 글.[51]

한 달 또는 두 달이 지나면, 아이들은 음소들phonemes을 구별하게 된다. 이용하는 음소들의 조합에서 언어들 사이에 상당한 차이가 있으므로, 이 사실은 모국어의 습득과 관련하여 중요한 뜻을 지닌다.

처음에, 유아들은 어떤 언어에서든지 나오는 거의 모든 소리들의 구별들에 대해 반응하고, 그래서 일본인 아기들은 미국인 아기들과 마찬가지로 'la'와 'ra' 사이의 구별을 알아낼 수 있다, 이런 대조가 일본어에선 음소적이 아니며 (어른 일본어 사용자들에 의해 잘 구별되지 않는다)는 사실에도 불구하고. 그러나 이 지각적 능력들은 활용되지 않으면 감소되고, 그래서 유아들은 자신들의 언어공동체에서 쓰이지 않는 구별들을 하는 능력을 잃게 된다. 그래서 일본인 유아들은 'la'와 'ra'를 구별하는 것을 점차 멈춘다. 대칭적으로, 미국 유아들은 아랍어 사용자들에선 지각적으로 구별되는 두 개의 다른 'k'음들을 구별하는 것을 곧 멈춘다.

— 같은 글.[52]

이렇게 모국어와 외국어에서 나타나는 음소들의 차이를 변별하는 능력은 평균적 아이들이 말을 제대로 쓰기 시작하는 생후 12개월까지는 많이 감소한다. 즉 첫돌이 되면, 사람은 이미 모국어에 대한 편향을 깊이 지니게 된다.

자연히 l과 r, b와 v, p와 f, 그리고 d와 th처럼, 영어에서 쓰이지만 우리말에선 쓰이지 않는 음소들을 변별하는 능력을 잃지 않으려면, 아이가 말을 제대로 쓰기 시작하기 전에 영어를 가르치는 일이 필요하다. 이 결론은 언어 습득 능력이 어릴 적에 활용되어야 잠재적 능력을 제대로 구현할 수 있다는 일반적 결론으로 이끄는 것으로 보인다.

이처럼 아이들이 언어를 배우는 속도는 예상보다 훨씬 빠르다. 낱말의 뜻을 배울 때 그것의 품사적 분류(즉, 낱말이 명사냐 동사냐 부사냐를 판단하는 것)를 고려하는 능력은 두 살 때 이미 마련되기 시작한다. 문장 안에서 낱말들 사이의 관계를 가리키는 낱말들function words은, 즉 영어의 of, ing, by, been과 같은 낱말들은, 무척 추상적이지만, 15개월 된 아이들이 그런 기능적 낱말들에 대해서 예민하다. 문장의 구조와 의미 사이의 관련을 깨닫는 시기도 무척 일러서, 적어도 17개월이 되면, 그런 능력을 갖춘다. 마침내 다섯 살이 되면, 어른들처럼 말하게 된다.

모국어의 습득이 각인 과정을 통해서 이루어지므로, 한국어와 영어를 동시에 배우는 것이 한국어의 습득을 덜 효율적으로 만들 가능성은 이론적으로 없지 않다. 여러 증거들을 살피면, 그러나 그런 우발적 손실이 확실한 혜택보다 크다고 보기는 어렵다.

결정적 시기의 존재는 언어 습득에서 모국어가 그리도 자연스럽지만 외국어들은 그리도 낯설고 배우기 어려우며 아무리 큰 투자를 해도 원어민처럼 능숙하게 쓸 수 없다는 사실을 잘 설명한다. 언어 습득에서의 결정적 시기는 대체로 11세 전후인 것으로 알려졌다. 즉 사람은 11세까지만 어떤 언어를 제대로 각인할 수 있고, 11세가 지나면, 다른 언어들을 각인 과정을 통해서 자연스럽게 배울 수 없다.

4) 언어 전환의 어려움

언어는 배우기가 무척 어렵다. 사람이 습득하는 많은 기술들 가운데 언어는 분명히 가장 복잡하고 어려운 기술이다. 아이가 언어를 배우는 과정을 지켜보면, 언어를 배우는 데 얼마나 큰 자원이 들어가는가를 새삼 깨닫게 된다. 게다가 결정적 시기의 존재는 외국어를 배우는 데 엄격한 제약이 있다는 것을 뜻한다.

자연히, 어떤 언어를 한 번 배우면, 다른 언어로 바꾸기가 무척 어렵다. 즉 전환 비용switching cost이 아주 크다. 그 전환 비용엔 뒤늦게 바꾼 언어를 제대로 쓰지 못한다는 사실에서 나오는 비용까지도 들어 있다. 다른 언어를 쓰는 나라로 망명한 작가들이 새로 자리 잡은 나라의 문학적 전통에 기여하기가 무척 어렵다는 사실은 이 점을 잘 보여준다. 따라서 사람은 누구나 모국어만을 제대로 쓰게 되는 '잠김lock-in' 현상이 나온다.

5) 첫 언어의 중요성

앞에서 살핀 것처럼, ① 언어 습득에 쓸 수 있는 자원이 제약되었고, ② 사람의 언어능력이 원래 한 언어만을 제대로 쓸 수 있는 수준으로 진화했고, ③ 각인 과정 때문에 결정적 시기가 존재하며, ④ 언어를 배우는 데 드는 큰 비용과 결정적 시기의 존재는 언어의 전환 비용을 실질적으로 무한대로 만들어서 모국어에 대한 '잠김'을 낳는다. 이런 사정은 애초에 효율적인 언어를 자신의 모국어로 고르는 것이 개인들에게 긴요함을 가리킨다. 효율적 언어를 모국어로 고른 사람들은 그렇지 못한 사람들보다 언어에서 영구적 이점을 누린다. 언어가 그리도 중요하므로, 그런 영구적 이점은 사회적 경쟁에서의 우열에 결정적 영향을 미칠 만큼 크다.

6) 언어의 효율에서의 큰 편차

언어들의 내재적 우열을 가리기는 힘들다. 언어는 특정 환경에서 사는 사람들의 필요에 의해 나오고 다듬어졌으므로, 그 환경을 고려하지 않은 평가는 뜻을 크게 잃을 수밖에 없다. 그래서 언어들을 비교하여 우열을 가리는 일은 문화들을 비교할 때 나오는 문제들을 그대로 안을 것이다.

그러나 사회의 단위가 커져서 여러 문화들과 언어들이 경쟁하는 상황에선, 언어들 사이의 우열이 드러나게 된다. 새로운 사회적 환경이 나오면서, 종래의 환경에 맞게 다듬어진 언어들의 적응도가 달라지는 것이다. 그래서 앞선 사회들에서 쓰인 언어들은 뒤진 사회들에서 쓰인 언어들보다 새로운 환경에서 쓸모가 커지게 된다. 지금 세상에서 누구도 남아메리카나 아프리카의 원시적 공동체들에서 쓰이는 언어들이 주요 국가들의 언어들과 쓸모에서 비슷하다고 주장하진 않을 것이다.

아울러, 여러 언어들이 새로운 환경에서 경쟁하게 되면, 새로운 힘이 작용해서 언어들의 효율에서 나오는 차이를 더욱 크게 만든다. 한 언어가 어떤 이유로든지 다른 언어들보다 우월적인 지위를 차지하게 되면, 그것의 효율은 내재적 우수성만으로 설명할 수 없을 정도로 부쩍 커진다. 그것의 효율이 크므로, 보다 많은 사람들이 그것을 쓰게 되고, 쓰는 사람이 늘어나면, 그것의 효율은 더욱 커진다. 그런 선순환 과정을 통해서 작은 우위가 빠르게 큰 우위로 이어진다.

이런 사정은 언어가 본질적으로 망network을 이룬다는 사실에서 나온다. 어떤 망의 효율은 그것을 쓰는 사람들의 크기보다 훨씬 빠르게 늘어난다. 이른바 망 경제다. 그래서 어떤 언어가 임계 질량을 넘어서면, 그것을 쓰지 않는 사람들이 보는 손실이 너무 커져서, 모두 그것을 쓰게 되어, 그 언어는 서로 다른 언어들을 쓰는 사람들의 보편적 언어 lingua franca가 되고 세월이 지나면서 표준 언어의 자리를 차지한다.

7) 현대의 표준 언어로서의 영어

망 경제의 작용 덕분에, 한 사회에선 늘 하나의 언어가 지배적이 되어 표준 언어의 자리를 차지한다. 너른 지역을 아우르는 제국이 나오면, 여러 언어들 사이에 경쟁이 벌어지고 거기서 승리한 언어가 제국의 표준 언어가 된다. 물론 망 경제의 작용은 제국의 국경에서 멈추는 것이 아니다. 그래서 제국의 표준 언어는 제국의 정치적 영역을 넘어 그것의 문화적 영향이 미치는 너른 지역들에서 국제어가 된다. 아람어, 그리스어, 라틴어, 그리고 한문은 제국의 출현에 힘입어 국제어의 자리를 차지했던 언어들이다.

현대엔 영어가 그런 지위를 얻었다. 영국 중심의 평화와 미국 중심의 평화는 지구가 하나의 문명으로 통합되는 결정적 시기에 영어에 힘을 실어주었고, 이제 영어는 현대의 표준 언어가 되었다.

당연히, 영어는 지금 어떤 다른 언어보다 효율적이다. 그것으로 표현된 정보들과 지식들은 보다 널리 퍼진다. 그리고 그런 사실은 그것을 상대적으로 더욱 효율적으로 만든다. 지난 반세기 동안 영어가 누려온 커다란 망 경제는 이제 영어의 효율을 아주 늘려서, 다른 언어가 영어를 제치고 세계 표준어의 자리를 차지하기는 아주 힘들 것으로 보인다.

8) 개인들의 합리적 선택

효율적 언어를 자신의 첫 언어로 삼는 것이 개인들에게 결정적으로 중요하고 현재 영어가 다른 언어들보다 크게 효율적이므로, 선택할 수 있다면, 영어를 첫 언어로 삼는 것이 모든 사람들에게 합리적이다. 영어가 아닌 언어를 모국어로 가진 개인은 결정적으로 중요한 조건에서 큰 핸디캡을 안고 경쟁이 심한 세상을 살아가야 한다.

여기서 명확히 해야 할 것은 이런 추론이 자신의 모국어를 선택할 기회를 지닌 사람들에게만 해당된다는 사실이다. 이미 어떤 민족어를 모국어로 삼은 사람은, 앞에서 살핀 것처럼 다른 언어를 제대로 쓸 수 없다. 그리고 이미 자신의 모국어에 감정적 투자를 했으므로, 다른 언어로 바꾸는 일은 심리적으로 큰 비용을 치르게 된다. 자연히, 그런 사람들은 실질적으로 선택의 기회가 없는 셈이다.

영어 공용을 논의할 때, 우리는 모국어를 아직 선택하지 않은 우리 후손들의 관점에서 살펴야 한다. 현실적으로, 민족과 민족어가 사람의 가치 체계에서 워낙 중요하므로, 특정 민족어를 모국어로 가진 자신의 관점에서 벗어나 후손들의 관점에서 언어 문제를 살피기는 누구에게도 쉽지 않다. 거의 언제나 사람들은 이미 특정 모국어를 가진 자신의 가치 체계에 바탕을 둔 판단을 후손들에게 강요한다.

9) 사회조직들의 합리적 선택

개인들에게 적용되는 논리는 그대로 기업들과 같은 사회조직들에 적용된다. 처음에 살핀 것처럼, 생명 현상은 본질적으로 정보처리 활동이고 모든 생명체들은 정보처리 체계다. 사회 활동들도 모두 정보처리 활동이고 사회조직들은 모두 정보처리 체계다. 사회조직들은 정보처리를 통해서 존속하고 목적을 이룬다.

그래서 모든 조직들은 그들의 사회적 환경과 정보를 교환한다. 존속하고 목표를 이루려면, 조직은 외부로부터 정보들을 받아들여서 처리한 다음, 외부로 정보들을 내놓아야 한다. 조직과 사회적 환경 사이의 교섭들은 본질적으로 정보교환이다. 생산요소들이나 제품들과 같은 물질적 존재들도 가장 본질적 측면에서는 정보들의 꾸러미다.

물론 정보는 거의 언제나 언어의 형태로 존재한다. 언어는 망을 이루므로, 한 조직 안에서는 하나의 언어를 쓰는 것이 효율적이다. 나아가서, 그 언어는 사회적 환경에서 쓰이는 언어와 같은 것이 유리하다. 그렇지 않다면, 언어의 다름이 정보교환을 비효율적으로 만들어서, 그 조직은 효율이 떨어지게 된다.

언어의 다름에서 나오는 비효율은 언뜻 보기보다 훨씬 크다. 언어는 정확한 체계가 아니다. 실제로는, 퍼지 집합fuzzy set이라 할 수 있다. 낱말들은 정의하기 힘들고 뜻이 여럿이고 순환적으로 정의된다. (이 점에서 언어들은 수학과 다르다. 수학은 원시 용어들primitive terms을 바탕으로 모든 정리들이 논리에 따라 엄격하게 도출된다.) 그리고 진화하면서 환경의 영향을 받았다는 사실 때문에, 언어들은 구조와 특질에서 서로 다르다. 따라서 한 언어로 포장된 정보들을 다른 언어로 포장하는 것은, 즉 번역이나 통역은, 매우 어렵고 부정확하고 자원이 많이 든다. 번역이나 통역은 도량형의 환산처럼 기계적이고 깔끔하고 쉬울 수 없다.

지금 영어는 세계의 표준어가 되었고, 세계는 점점 더 유기적으로 통합되어간다. 따라서 영어를 쓰지 않는 조직은 어쩔 수 없이 효율이

140

상대적으로 낮고 점점 낮아질 터이다.

이 점은 현대의 범지구적 기업들global firms에서 아주 명확히 드러난다. 기업이 범지구적이 되면, 사회 환경과의 정보교환은 필연적으로 범지구적이 된다. 당연히 그런 기업이 다루는 정보들은, 받아들이는 정보들이나 처리하여 밖으로 내놓는 정보들이나, 대부분 영어로 포장된다. 만일 어떤 정보의 꾸러미가, 예컨대 문서 하나가, 민족어로 포장되면, 그것을 밖으로 내놓는 사람들은 그것을 영어로 다시 포장해야 한다. 이런 번역이나 통역은 두 언어들 사이의 마찰을 부르고, 그런 마찰은 전언의 부정확이나 자원의 중복 투입과 같은 형태로 나온다. 이런 상황에서 합리적인 방안은 모든 정보 꾸러미들을 생산 지점에서 영어로 포장하는 것이다.

바로 이 논리가 범지구적 기업들 내부에서 영어가 공식 언어로 자리 잡도록 만드는 힘이다. 범지구적 기업들이 흔히 국지적 영어 공용에서 선구자들이라는 사실은 우연이 아니다.

10) 영어 공용의 필연성

이처럼 개인들이나 조직들이나 영어를 일차적 언어로 삼는 것은 합리적이다. 당연히, 그런 개인들과 조직들로 이루어진 사회의 차원에서도 영어를 공용어로 삼는 것은 합리적이다.

언어가 그리도 중요한 기술이므로 언어 사용에서의 사소한 불리도 개인들이나 사회들에 누적적으로 작용한다. 이제 영어를 제대로 쓰지 못해서 입는 불이익은 아주 뚜렷해서, 영어를 일상적으로 쓰지 않는 것은 비합리적인 개인적·사회적 선택이다.

7. 궁극적 결과

영어에 공용어의 지위를 부여해서 우리의 언어 시장이 자유로워지면, 곧 조선어와 영어가 함께 쓰이는 상황이 나올 것이다. 그러나 그런 이중 언어bilingual 상황이 오래가지는 않을 것으로 보인다. 영어의 상대적 효율이 워낙 크므로, 영어는 점점 널리 쓰이고, 언젠가는 거의 모든 시민들이 영어를 모국어로 삼을 것이다. 조선어는 소수의 전문가들이 연구하고 보존하는 '박물관 언어'가 될 것이다. 미국에 이민 간 한국인들이 3세대 안에 조선어를 완전히 잊는다는 사실을 생각하면, 이중 언어 시기는 5세대를 넘지 않을 것으로 보인다.

여기서 우리가 고려해야 할 것은 앞으로 그리 길지 않은 시일에 모든 민족어들이 쇠멸하고 영어가 단 하나의 살아 있는 언어로 남으리라는 전망이다. 망 경제의 논리는 다른 결론을 허용하지 않는다. 중국어, 힌디어, 스페인어, 아랍어처럼 지금 많은 사용자들을 지닌 언어들도 언젠가는 쇠멸해서 '박물관 언어'들이 될 것이다. 이것은 지나치게 대담한 예측으로 보이겠지만, 역사는 그것이 맞다는 것을 보여준다. 제국이 나와서 오래 지속하면, 그 영역 안에 있던 민족어들은 거의 다 빠르게 쇠멸했다. 막 모습을 드러내는 '지구 제국'에선 제국의 언어가 된 영어만이 활력을 계속 누릴 수 있을 것이다.

역사를 살피면, 경제적 논리에 따라 민족어를 버리고 당시의 표준 언어를 고르는 것은 늘 대중이었음을 우리는 발견한다. 지금 우리 사회에서 국지적 영어 공용을 추진해온 것은 시민들과 시민들의 뜻에 민감한 지방자치단체들이었다. 반면에, 시민들의 뜻에 상대적으로 둔감한 중앙정부는 절박한 영어 문제에 대해서 손을 놓고 있다. 앞으로 우리 사회에서도 영어 공용은 대중의 선택을 통해 이루어질 것이다.

8. 효과

1) 비용

영어 공용에 드는 경제적 비용은 그리 크지 않을 것이다. 공용어 교체에 관한 역사적 경험들은 공용어의 교체가 뜻밖으로 단기간에 걸쳐 아주 적은 비용으로 이루어질 수 있다는 것을 보여준다. 영어 공용은 공용어의 교체가 아니라, 다만 세계의 표준 언어를 또 하나의 공용어로 삼는 것이므로, 과정이 비교적 원활하고 비용도 자연히 적을 것이다. 게다가 우리 사회는 이미 영어 교육에 막대한 투자를 했으므로, 영어 공용을 시행하기 위한 최소한의 기반 시설은 갖추어진 셈이다. 필요한 조치들 가운데 일차적으로 시행해야 할 것들은 비용이 크게 들지도 않는다.

정작 우리 시민들이 크게 치러야 할 것은 감정적 비용이다. 언어가 근본적 중요성을 지니고 민족어가 민족의 특질들 가운데 가장 두드러진 것이므로, 모든 사람들은 자신들의 모국어에 대해 깊은 정을 품는다. 따라서 영어 공용과 그것이 필연적으로 재촉할 조선어의 쇠퇴는 지금 우리 시민들에게 큰 감정적 비용을 강요할 것이다.

비록 우리에겐 견디기 어려울 만큼 크지만, 그런 감정적 비용은 일회적이다. 만일 우리 후손들이 태어나면서부터 영어를 모국어로 배운다면, 그들의 충성심은 영어로 향할 것이다. 더러 사라진 민족어인 조선어에 대한 그리움을 품을 때도 있겠지만, 그들은 조선어를 모국어로 갖지 못한 사실을 슬퍼하지 않을 것이다. 지금 우리 사회에선 다섯 세대 전 개항기까지 오랫동안 조선인들이 자신들의 진정한 문자로 여겼던 한문이 실질적으로 사라졌지만, 누가 그런 사정을 슬퍼하는가? 누가 자신의 선조들이 한글을 천시해서 거의 쓰지 않았다는 사실 때문에 한글에 대한 충성심이 조금이라도 약해지는가?

2) 혜택

영어 공용에 드는 경제적·감정적 비용은 일회적이지만, 영어 공용에서 나오는 혜택은 영구적이다. 그래서 영어 공용의 혜택이야 우리 후손들이 주로 누리겠지만, 지금 살아 있는 사람들에게도 혜택은 비용과 비교가 되지 않을 만큼 클 것이다.

먼저 꼽을 수 있는 것은 물론 번역 비용의 절약이다. 정보와 지식의 양이 빠르게 늘어나는데, 번역은 고급 인력이 오래 투입되어야 하는 까닭에, 번역 비용은 보기보다 크고 우리 삶에 점점 큰 부담이 된다.

보다 근본적이고 일반적인 이점은 정보처리의 확대다. 세계적 중요성을 지닌 정보들은 실질적으로 모두 영어로 되어 있으므로, 영어 공용은 우리 시민들의 정보처리 활동을 크게 늘릴 것이다. 지금까지 들어오지 않던 방대한 정보와 지식이 우리 사회로 들어오고 처리되어 밖으로 수출될 것이다.

정보처리의 확대는 여러 긍정적 효과들을 가져올 터이다. 잘 인식되지 못하는 효과는 우리 문화가 얻을 활력이다. 영어 공용이 우리 전통문화의 쇠퇴를 부르리라는 걱정은 자연스럽지만, 그것은 상황을 잘못 인식한 데서 나온 단견이다. 우리의 전통문화에서 영어 공용으로 사라질 부분들은 아주 작다. 우리 문화의 주류는 이미 오래전에 서양 문명으로 바뀌었다. 흔히 전통문화라 불리는 것들은 대부분 우리 선조들의 삶이 남긴 자취들에 지나지 않으며 실제로 그것들이 우리 삶을 인도하는, 진정한 뜻에서의 문화인 경우는 아주 드물다.

전통문화에서 사라질 부분들을 막상 대신할 것은 훨씬 발전되고 활기찬 현대적 문화다. 지금 우리 문화의 생장점들을 살피면, 이 점은 자명해진다. 영어 공용은 실은 전통문화 자체에도 긍정적 영향을 미칠 것이다. 문화 활동들도 경제적 차원을 지녔으므로, 너른 해외시장은 우리 문화 활동들을, 학문이든 예술이든, 북돋울 것이다.

이 점은 우리 예술에서 유독 문학만이 세계시장으로 나아가는 데 실패했다는 사실에서 선명하게 드러난다. 다른 비언어nonverbal 예술 장르들은 모두 세계시장을 발견했고 세계적 명성을 얻은 예술가들을 낳았다. 그러나 우리 문학은 세계시장에 전혀 발을 내딛지 못했고 좋은 작품들을 쓴 작가들도 세계시장에선 실질적으로는 무명작가들에 머문다.

3) 영어 공용과 우리의 정체성

영어 공용을 반대하는 논거로 흔히 나오는 것은 우리의 정체성에 대한 우려다. 이것도 깊이 생각하지 않은 데서 나오는 단견이다. 그런 견해는 전통적 문화가 어떤 사회나 개인의 정체성을 결정적으로 규정한다는 가정에 바탕을 두었다. 그런 가정은 그르다.

어떤 사람의 정체성은 본질적으로 미래의 환경에서 그가 차지할 자리를 가리킨다. 선조들로부터 물려받은 역사적·문화적 유산들은 그가 그런 자리를 차지하도록 한다는 점에서 뜻을 지닌다. 영어 공용에 관한 논의에서 뜻을 지니는 우리의 정체성은 미래의 대한민국 국민들이다. 따라서 우리는 그것이 무엇을 뜻하는지를 살펴야 한다.

〔오르테가 이 가세트는〕 삶의 본질을 '미래에 대한 관심'으로 보았고 그런 관점에서 '한 국가가 존재하려면, 그것이 미래를 위한 목적을 지니는 것으로 충분하다'고 지적했다. 그의 관점을 따르면, 국민의 본질적 특질은 '미래를 공유하는 사람들'이다.

그는 과거의 공유만으로는 국가를 이룰 수 없음을 지적했다. 그리고 자신의 조국인 스페인과 라틴아메리카가 '공통된 과거, 공통된 언어, 공통된 민족'을 지녔음에도 불구하고 '공통된 미래'를 지니지 못해서 결국 영구적으로 나뉘었다는 사실을 들어 자신의 주장을 떠받쳤다.

국적의 취득에 관한 일반적 관행들을 살피면, 우리는 오르테가의 주장이 암묵적으로 받아들여져 왔음을 깨닫게 된다. 사람은 출생에 의한 '생래적生來的 취득'이나 혼인·입양·인지나 귀화에 의한 '전래적傳來的 취득'을 통해서 국적을 얻는다. 사람들이 대체로 태어난 나라에서 영구적으로 살고 혼인이나 귀화는 당사자들이 그 땅에서 영구적으로 살아가겠다는 의사를 드러낸 행위들이므로, 결국 국적의 취득은 그 땅에서 미래를 보내겠다는 의사의 표시다. 태어나는 사람에게 과거가 없고 혼인이나 귀화를 통해서 국적을 취득한 사람들의 과거를 묻지 않는다는 사실에서, 국민이 되는 요건이 과거가 아니라 미래임을 우리는 뚜렷이 확인할 수 있다.

—— 복거일, 『조심스러운 낙관』

그렇게 미래 지향적이므로, 정체성은 전략을 통해서 구체화된다. 경영학자 앨프레드 챈들러Alfred Chandler에 따르면, "전략은 사업의 기본적 장기 목적들 및 목표들의 결정과 이 목적들을 수행하기 위한 행동

경로의 채택과 필요한 자원들의 배정이라고 정의될 수 있다Strategy can be defined as the determination of the basic long-term goals and objectives of an enterprise, and the adoption of course of action and the allocation of resources necessary for carrying out these goals." 국가나 민족은 거대한 사업enterprise 이지만, 본질과 전략에서는 기업의 그것들과 같다.

　〔챈들러의 정의〕는 그 뒤 줄곧 경영자들이 전략을 정의해온 데에 결정적이었던 두 가지 요점들을 잡았다. 첫째, 전략은 내재적으로 전향적이다. 전략을 개발하려면, 사람은 자기가 미래에 있고자 하는 곳을 결정해야 한다. 둘째, 전략은 바라는 미래의 상태에 이르기 위한 계획을 만들어내고 그 계획에 의해 확정된 행동 경로를 채택하는 것에 관한 것이다.
　　　　　　　　　　　　　　　　— 에릭 바인호커, 『부의 기원』[53]

　우리가 미래에 있고자 하는 위치가 어느 곳이든, 그곳에 이르기 위해선 영어가 필요하다는 사실을 부인할 사람은 드물 것이다. 우리가 보다 나은 전략을 수립하고 보다 나은 정체성을 지니려면, 우리가 그리고 우리 후손들이 영어를 잘 쓰는 것이 긴요하다. '지구 제국'의 시대에서 제국의 표준 언어인 영어를 잘할 수 있는 능력은 우리 시민들로 하여금 자신들의 정체성을 보다 잘 다듬어내도록 할 것이다.

　4) 영어 격리
　여기서 우리가 주목해야 할 것은 '영어 격리English divide'라 불리는 현상이다. 영어는 우리 사회에서 이미 생존에 필수적 기술이 되었다. 그래서 모두 영어 습득에 크게 투자한다. 안타깝게도, 가난한 사람들은 자식에게 좋은 영어 교육을 마련해줄 수 없다. 따라서 그들은 결국 자신들의 가난을 자식들에게 물려주게 된다. 조선조에서 지배계급은 한문의 습득을 통해서 지식을 독점했고 피지배계급들은 지식에 접근할 수 없어서, 신분제도가 영구적으로 유지되었다는 사실을 우리는 깊이 새겨야 한다. 영어 공용은 사회적 투자를 통해서 영어를 일상적으로 배울 수 있는 환경을 만들어 영어를 통한 가난과 부의 세습을 누그러뜨릴 수 있는 단 하나의 실질적 조치다.

우리 사회에선 "영어는 외국인들을 상대하는 사람들만 배우면 된다"라는 얘기가 흔히 들린다. 이것은 도덕적으로 혐오스럽고 실질적으로 해로운 얘기다. 외국인들을 상대하는 직업들과 직장들은 내국인들만을 상대하는 직업들과 직장들보다 대개 낫다. 보수도, 직업의 만족도도, 사회적 평가도, 전망도 모두 낫다. 자연히, 영어를 잘하는 사람들이 그렇게 좋은 직업들과 직장들을 얻을 것이다. 직업과 직장은 무작위적으로 결정되는 것이 아니다. 외국인들을 상대하는 사람들만 영어를 배우면 된다고 주장하는 사람들 가운데 자신의 자식들이 영어를 제대로 하지 못해서 그렇게 좋은 직업들과 직장들로부터 원천적으로 배제되는 것을 바라는 이는 없을 것이고, 실제로 자식들에게 그런 얘기를 하는 이도 없을 것이다.

'영어 격리' 문제는 우리 사회에서만 나오는 문제가 아니다. 영어가 널리 쓰이지 않는 사회들은 모두 조만간 이 문제에 부딪치게 된다. 인도의 경우는 대표적이다.

현재 어린이들의 85퍼센트가 가는 국립학교들에서 영어를 [지금처럼] 4학년부터가 아니라 1학년부터 가르치라고 요구하는 풀뿌리 운동이 퍼지고 있다. "새로운 것은 이 운동이 나오는 곳이다"라고 인도 해설가 크리슈나 프라사드는 말했다. "그것은 사회의 가장 낮은 집단들인 농부들과 〔천민〕 달리트들로부터 나온다." 가난한 사람들도 도시에 자주 드나들어서 지금 영어가 기술 분야 직업을 얻는 열쇠라는 것을 알게 되었고, 그들은 자신들의 자식들이 그런 기회들을 갖기를 바라는 것이다.

— 토머스 프리드먼Thomas Friedman,

『인터내셔널 헤럴드 트리뷴International Herald Tribune』, 2005년 6월 4, 5일자.[54]

인도의 하층민들도 잘 깨달은 것처럼, 영어 격리를 줄이는 길은 가난한 집안의 어린이들도 일찍부터 영어를 배우도록 하는 것뿐이다. 그리고 그 어린이들이 태어나서부터 이내 일상적으로 영어를 배울 수 있는 환경을 만들어주는 것이 바로 영어 공용이다.

9. 영어 공용에 대한 태도의 변화

우리 사회에서 영어 공용은 1998년 졸저 『국제어 시대의 민족어』에서 처음 제안되었다. 그것은 당시로선 낯설고 충격적인 제안이었다. 그래도 예상보다 훨씬 많은 시민들이 영어 공용에 찬성했다.

이제는 영어 공용을 지지하는 시민들이 반대하는 시민들보다 훨씬 많은 것으로 보인다. 무엇보다도, '기러기 아빠'라는 말이 보통명사가 되었다는 사정에서 그 점이 잘 드러난다. 특히 시사적인 현상은 영어 캠프나 사내 영어 공용과 같은 국지적 영어 공용의 빠른 확산이다. 정부가 이 시급한 일에 손을 놓고 있는 사이에도, 시민들은 이미 스스로 대처하기 시작한 것이다.

여기서 다시 지적되어야 할 점은 영어 캠프, 영어 마을, 영어 전용 지구처럼 영어 교육에 좋은 환경을 마련하는 일은 거의 다 지방자치단체들의 노력으로 이루어졌다는 사실이다. 주민들이 뽑으므로, 지방자치단체장들은 주민들의 뜻에 이내 반응한다. 그들은 주민들이 영어 교육에 좋은 시설들을 바란다는 사실을 잘 읽는다. 반면에, 중앙정부의 관리들은, 대통령 자신을 빼놓고는, 시민들의 뜻에 마음을 크게 쓰지 않고 대신 시민단체들의 정치적 영향력을 늘 고려한다. 민족주의적 시민단체들의 눈치를 살피고, 영어 교육을 위한 제도나 시설을 적극적으로 마련하지 못한다.

영어 공용은 본질적으로 시민들의 선택에 의해 이루어질 것이다. 많은 경우들처럼, 영어 공용도 시민들이 이미 이룬 일을 정부가 뒤늦게 공식화하는 과정이 될 것이다.

10. 실제적 조치들

영어 공용은 우리 언어 시장을 자유화해서 표준 언어를 둘로 늘리는 일이다. 자연히, 시간이 오래 걸리고 투자도 많이 든다. 게다가 영어 공용에 관한 시민들의 합의를 이끌어내기는 무척 어렵다. 따라서 시민들이 쉽게 합의할 수 있는 조치들을 먼저 하고 그 조치들의 효과를 살핀 다음에 후속 조치들을 시행하는 방식이 현실적일 것이다.

우리 사회는 해외 의존도가 유난히 높으므로, 외국인들의 투자와 관광은 우리에게 무척 중요하다. 따라서 우리는 외국인의 투자와 관광을

편하게 하는 조치들을 어차피 마련해야 한다. 영어 공용이라는 장기적 사업을 그런 실제적 조치들로 시작하는 것은 좋은 방안일 터이다.

　① 법, 공공기관의 서식, 도로표지, 상점의 안내문, 식당의 식단과 같은 정보들의 국영문 병용.
　② 국지적 공용을 위한 실험적 사업들의 추진(경제특구나 무역자유항에서의 영어 공용, 영어 전용 학습 시설, 영어 강의 등).
　③ 유아교육과 초등교육에서의 영어 교육 심화.
　④ 영어 방송의 확대.

앞의 조치들은, 영어 공용을 떠나, 당장 필요하고 시민들의 동의를 쉽게 얻을 수 있는 조치들이다. 특히 효과적이고 효율적일 것으로 예상되는 방안은 영어 방송의 확대. 언젠가 영어 공용이 이루어져 영어가 일상적으로 쓰이기 전까지는, 우리 어린이들이 자연스럽게 영어를 배울 환경은 나오기 어렵다. 지금 가장 현실적인 방안은 케이블 텔레비전의 채널 서넛을 정부가 확보해서, 어린이들을 위한 영어 방송을 하는 것이다. 2세 이하, 3~4세, 5~6세로 구분해서, 동요, 동화, 애니메이션, 연극, 영화를 종일 방송한다면, 큰 자원을 들이지 않고도 아쉬운 대로 그런 환경을 제공할 수 있을 것이다.

이 방안은 점점 큰 문제가 되어가는 영어 격리를 누그러뜨릴 터이다. 어릴 적에 영어를 자연스럽게 배우지 못하고 뒤늦게 교육을 통해서 배울 때, 교육의 질은 부모의 재력에 의해 결정된다. 그래서 가난이 영어 능력을 통해서 세습된다. 케이블 텔레비전을 통해서 어린이 영어 방송이 운영되면, 가난한 어머니들도 자식들에게 영어를 배울 기회를 마련해줄 수 있을 것이다.

11. 영어 조기교육의 합리성

　자식들의 영어 교육에 관해서 판단할 때, 부모들이 맨 먼저 만나는 것은 "언제부터 내 자식들에게 영어 공부를 시키는 것이 합리적인가"라는 물음이다. 이 물음에 대한 대답은 분명히 "빠를수록 좋다"이다. 그러나 그런 대답의 과학적 근거를 내놓기는 쉽지 않다. 아직 외국어 교육에 대한 연구가 많이 나아가지 못했다. 어린이들의 외국어 학습에 대한 연구는 더욱 미흡하다. 그것은 본질적으로 두 언어를 비슷한 수준으로 배우고 쓰는 문제인데, 모국어의 습득과 상당히 겹치면서 이루어지는 외국어의 습득은 아주 복잡한 현상이어서 설명하기가 무척 어렵다.

　이런 사정은 다음과 같은 사고실험thought experiment에서 이내 드러난다: "막 태어난 아이가 두 개의 언어에 똑같은 정도로 노출되었을 때, 그 아이는 어떤 언어를 자신의 기본적 언어로, 즉 모국어로, 삼을까? 아니면, 그 아이는 그 두 언어들을 함께 자신의 기본적 언어로 삼을까?" 이런 사고실험을 실제 실험으로 바꾸기는 아주 어렵다. "똑같은 정도로"라는 말은 여기서 매우 모호하고 정의하기 어렵다. 무엇보다도, 언어들에 대한 노출은 동시에 이루어질 수 없다. 언어 습득에서 노출의 선후는 결정적 역할을 하기 때문이다. 게다가 정책적 함의들을 지닐 만한 성과를 얻기 위해서는 그런 사고실험의 변주들을 많이 수행해야 할 것이다.

　그래도 몇 가지 단서들은 영어 교육을 늦추는 것보다는 서두르는 것이 현명한 결정임을 가리킨다.

1) 결정적 시기의 존재

결정적 시기의 존재는 영어 조기교육의 근거를 제공한다. 언어는 되도록 어릴 적에 배워야 한다. 그리고 아기가 태어나자마자 언어를 배우기 시작하고 모국어에 대한 편향을 보인다는 사실은 영어를 단 하루라도 일찍 배우는 것이 유리하다는 것을 가리킨다.

2) 언어 모듈의 유연성

사람의 뇌는 특수한 기능들을 지닌 모듈들로 이루어졌다. 이런 모듈들은 무척 유연하다. 그래서 여러 장애들을 극복해나간다.

언어를 맡은 모듈도 마찬가지다. 원래 신호 언어를 썼다가 뒤에 음성 언어를 쓸 수 있도록 진화했고 이제 문자 언어를 쓴다는 사실에서 드러나듯, 언어 모듈은 유연하다. 그런 유연성은 추가 학습도 가능하게 한다. 그래서 언어 모듈은 원래 하나의 언어만을 다루도록 진화했지만, 추가적 언어의 습득도 어느 정도 할 수 있다. 우리가 뒤늦게 외국어를 배워 잘 쓸 수 있는 것은 그런 유연성 덕분이다.

3) 언어 모듈의 여재餘材

사람의 몸은 본질적으로 기계다. 기계는 목적을 이루는 데 꼭 필요한 것보다 상당히 넉넉하게 만들어진다. 사람의 몸도 마찬가지니, 사람의 생존과 생식에 꼭 필요한 것보다 상당히 넉넉하게 만들어졌다. 비록 언어 모듈이 본질적으로 한 언어의 사용에 맞추어 진화했더라도, 뇌의 언어 모듈은 그런 여재를 지녔을 터이다.

일찍 쓰지 않으면, 그런 여재는 퇴화하거나 다른 용도에 전용될 터이다. 언어가 워낙 중요하므로, 세계 표준 언어를 배우는 데 쓰일 수 있는 여재를 그냥 썩히는 것은 큰 손실이다.

4) 기본적 능력의 활용

언어 모듈을 이룬 여러 요소들 가운데 상당 부분은 또 하나의 언어를 쓰는 일을 어렵지 않게 지원할 수 있을 것이다. 실은 그런 요소들의 대부분이 그렇게 할 수 있다는 주장을 펴는 언어학자들도 있다. 어려서 이중 언어를 쓰는 환경에서 자란 사람들이 두 언어를 잘 쓸 수 있는 것은 기본적 능력의 활용 덕분이라는 얘기다.

5) 언어 모듈에 대한 추가적 투자

영어 조기교육은 언어 모듈에의 추가적 투자를 촉진할 수 있다. 뇌는 워낙 유연성이 뛰어난 기관이고 신경세포들은 늘 생성된다. 따라서 어릴 적에 언어 모듈을 많이 쓰게 되면, 언어 모듈에 대한 추가적 투자가 이루어져서, 언어 모듈 자체가 애초에 예정된 것보다 발달할 가능성이 있다.

앞에서 든 것처럼, ① 결정적 시기가 존재하고, ② 언어 모듈이 유연하고, ③ 언어 모듈에는 상당한 여재가 있을 터이고, ④ 언어 모듈의 기본적 능력이 새로운 언어의 습득을 지원할 수 있으며, ⑤ 영어를 일찍 가르치면 언어 모듈에 대한 추가적 투자가 이루어지리라는 사실은 두 언어를 잘 쓰는 사람들이 많을 뿐 아니라 그들이 지적 능력과 성취에서 뛰어나다는 사실을 잘 설명한다. 따라서 우리는 일단 아이들에게 영어를 일찍 가르치는 것이 합리적이라 짐작할 수 있다.

반면에, 외국어의 조기교육이 미치는 부정적 영향을 보고한 연구는 아직까지 없었다. 여러 언어들이 쓰이는 유럽의 도시들에서 어릴 적에 여러 언어들을 배운 사람들이 어떤 부정적 영향을 받았다는 얘기가 나온 적도 없다. 비록 일화적episodic 증거들이지만, 그렇게 어릴 적에 여러 언어들에 노출된 경험은 지적 발달에 긍정적으로 작용한 듯하다. 설령 생각지 못한 부정적 영향이 있다 하더라도, 그것이 클 것 같지는 않다. 우려될 만한 문제들이 많지 않고, 찬찬히 따져보면 부정적 영향이 나올 만한 상황이 언뜻 보기보다 드물다.

부모들과 교사들이 마음을 써야 할 점은 우리 아이들이 인공적 환경에서 영어를 배운다는 사실이다. 언어는 자연스럽게 어른들을 본받아서 배워야 한다. 우리는 모두 모국어인 한국어를 그렇게 배웠다. 우리 아이들이 어릴 적에 영어를 공부하도록 강요받으면, 더러 부정적으로 반응할 수도 있다. 아이들은 원래 언어를 스스로 배울 수 있는 능력과 성향을 지녔으므로, 영어 공부의 강요는 어리석다. 그런 위험이 고려된다면, 영어는 일찍 배울수록 좋다.

12. 자유주의적 영어 정책

자유민주주의 이념과 자본주의 체제를 지닌 우리 사회에서 판단의 궁극적 주체들은 개인들이다. 당연히, 개인들의 판단들은, 특별한 이유가 없는 한, 존중되어야 한다. 아이들의 교육에 관해서, 특히 언어 교육에 관해서, 궁극적 결정은 아이들의 부모가 내린다. 그리고 그들의 결정이 가장 합리적이다. 그런 결정에 필요한 정보들은—아이의 재능, 건강, 적성, 희망, 가정의 문화적 환경, 그리고 경제적 능력과 같은 정보들은— 오직 부모만 지녔다. 따라서 정부는 아이들의 언어 교육에 관한 부모들의 결정들을 존중해야 한다.

지금까지 정부는 부모들의 결정들을 거의 고려하지 않고 자신의 정책들을 고집했다. 그런 태도는 정책을 세우고 집행하는 데 참여하는 소수의 판단을 다수의 부모들에게 강요하는 것에 다름 아니다. 그런 정예주의적elitist 행태는 우리 사회의 구성 원리에 어긋날 뿐 아니라 실제로도 해롭다. 언어의 습득에는 부모의 역할이 유난히 크므로, 영어 교육 문제에서는 정부의 정예주의적 태도가 특히 큰 해를 끼쳤다. 앞으로 정부는 부모들의 판단을 보다 존중해서 그들의 결정이 좌절되는 일이 없도록 해야 할 것이다.

세계성 시대의 한국 문학

1. 세계성 시대

'세계성globality'이라는 말이 그리 낯설지 않게 된 지도 여러 해가 되었다. 그 말은 그동안 세계화globalization가 많이 진행되어서 이제 세계가 실질적으로 하나의 공동체가 되었다는 사실과 앞으로 그런 과정이 꾸준히 이어지리라는 전망을 아울러 가리킨다.

세계성으로 상징되는 세상은 분명히 이전과 다른 환경이다. 그것은 그저 새로운 것이 아니라 상당히 다른 방식으로 움직인다. 갑작스럽게 나타나서 사람들의 삶을 근본적으로 바꾸어놓은 인터넷이 국경의 울타리를 아주 성기게 만들었다는 사실은 이 점을 잘 보여준다. 그리고 모든 사람들과 사회 기구들은 그렇게 달라진 환경에 의식적으로 적응해야 한다.

세계성에 대한 적응은 당연히 어려운 과제다. 새로운 환경을 다듬어내는 일에 대한 공헌은 작으면서도 환경의 변화에 영향을 크게 받는 우리 사회로선 특히 어려운 과제다. 게다가 우리 사회는 세계화에 아주 적대적이었다. 사람들은 좋은 변화조차 싫어하고 새로운 방식을 배우기 위한 투자도 반기지 않으므로, 거의 모든 사람들이 세계화를 꺼렸지만, 우리 사회에선 세계화에 대한 반대가 특히 거셌다. 거센 민족주의, 빠르게 차오른 민중주의, 그리고 뿌리를 깊이 내린 보호무역주의는 우리 사회에서 세계화를 반대하는 세력을 다수로 만들었다. 그래서 합리적 반응이 나오기 어려웠다.

세계화에 대한 적대적 태도가 문학보다 더 심한 분야는 없다. 문학의 매체가 언어고, 민족어가 민족주의의 핵심적 상징이고, 세계화는 세계어가 된 영어를 빼놓은 민족어들에 대한 위협을 늘리므로, 모든 비영어권 사회들에서 세계화에 대한 적대적 태도는 문학에서 가장 두드러졌다. 그래서 세계화에 대한 한국 문학의 반응은 새로운 환경에 대한 적응의 필요성을 외면하는 것이었다. 그러나 외면한다고 해서 현실이 물러나는 것은 아니어서, 세계화는 한국 문학에 대해 점점 심중해지는 물음들을 제기해왔다.

2. 한국 문학의 내적 세계화

한국 문학의 세계화에 적대적인 사람들도 그것에 대해 드러내놓고 반대하는 경우는 드물다. 세계화를 반대하거나 외면하기엔, 이미 문학 안에도 세계성은 너무 뚜렷이 자리 잡았고 세계화의 필요성도 갈수록 커진다. 그래서 세계화에 대한 논의는 자연스럽게 그것을 이루는 길에 초점이 맞추어진다. 한국 문학은 어떻게 세계성에 적응해야 하는가?

개인들에게 세계화는 자신들이 속한 사회의 확장을 뜻한다. 그들이 태어난 민족국가는 아직 그들의 삶을 지배하는 사회적 단위이지만, 바깥의 너른 세상은 점점 낮아지고 성기어지는 국경을 넘어 그들의 삶에 점점 큰 영향을 미친다. 이미 대부분의 사람들에게 온 세계를 고려 대상으로 삼지 않고서도 삶을 합리적으로 계획하고 꾸리는 일은 어렵다. 해외에 크게 의존하고 해외 정보의 유입이 생존과 발전에 결정적으로 중요한 사회인지라, 우리 시민들에겐 그런 사회적 확장이 두드러졌다.

사회적 단위의 확장은 보편성의 강화를 자연스럽게 부른다. 따라서 모든 분야들에서 핵심적 과제는 민족국가에 연관성이 있거나 옳거나 흥미로운 것들을 온 인류에게 그러한 것들로 바꾸는 일이다. 따지고 보면, 문명은 물질적·지적 그리고 도덕적 보편성의 강화 과정이었다.

한국 문학도 이제 보다 큰 보편성을 얻기 위해 애써야 한다. 객관적으로 살피면, 한국 문학은 그동안 줄곧 눈길을 안으로 돌려서 지나치게 자기중심적이었고 폐쇄적이었으며 밖으로 눈길을 돌리고 세계를 향해 문을 연 적이 너무 드물었다는 사실이 드러난다. 한국 문학의 지평은 실질적으로 국경에서 끝났고 그 안에서 정당성을 지닌 이념은 민족주의뿐이었다. 외부 세계가 한국 문학 안으로 밀고 들어온 경우, 용인된 대응은 '외세'에 적대적인 태도뿐이었고 외국의 문물을 편견 없이 받아들이려는 태도는 늘 거센 비판을 받았다.

그런 사정은 한국 문학을 근시로 만들었다. 한국 사회와 관련된 지역적 주제들을 다룬 작품들은 문학적 평가와 상업적 인기에서 늘 할증 割增을 누렸지만, 보다 보편적인 주제들을 다룬 작품들은 관심을 받지 못하거나 억제되었다. 대중에게 친근한 '장르 문학'들도 물론 폄하되었고, 그것들은 주류 문학이 자라날 수 있는 문학 생태계의 하부구조를 이루지 못했다.

숨이 막히도록 짧은 한국 문학의 지평은 1980년대에 사회주의 리얼리즘socialist realism이 한국 예술의 '비공식적 공식 이념'이 되면서 더욱 짧아졌다. "문학은 〔사회주의〕 운동에 복무해야 한다"라는 사회주의 리얼리즘의 구호는 한국 문단을 뒤덮었고, 젊은 좌파 비평가들은 그 구호를 깃발로 휘두르면서 작가들을 지휘하려 했다. 그 기세가 워낙 거셌으므로, 사회주의 리얼리즘의 거센 자장으로부터 자유로웠던 작가들은 드물었고, 그 '비공식적 공식 이념'이 한국 문학에 끼친 폐해는 넓고 깊었다.

원래 사회주의 리얼리즘은 스탈린 치하 러시아의 공식 예술 이론이었다. 그리고 모든 공산주의 사회들에서 예술이 그리도 황폐하게 된 근본적 요인이었다. 그것은 철저한 검열을 통해서 예술을 엄격한 틀에 맞추려 했고, 그 질곡 속에서 예술은 시들었다. 예술에 대한 검열이 정통 사회주의 사회인 러시아와 변종 사회주의 사회인 나치 독일에서 가장 극단적으로 치달았다는 사실은 우리에게 뜻있는 얘기들을 여럿 해준다.

압제적 정권에 저항하는 이념적 운동의 이름 아래 추진되었고, 정부의 검열관들이 아니라 문학 평론가들에 의해 시행되었고, 흔히 작가들의 '자기 검열'이라는 모습을 했으므로, 사회주의 리얼리즘에 의한 검열은 어떤 공식적 검열보다 철저했고 압제적이었다. 좌파 평론가들의 '지도 비평' 아래 사회주의 이념에 맞는 공식들에 따라 작품이 공동으로 제작되는 것이 가장 이상적인 작품 생산양식으로 제시된 상황에선, 어떤 작가도 '자기 검열'에서 자유로울 수 없었고, 문학의 본질을 잊지 않으려고 의식적으로 노력하는 작가들만이 세상을 뒤덮은 검붉은 사회주의 리얼리즘의 물살을 헤치고 솟아올라 숨을 쉴 수 있었다. 사람의 넋을 자유롭게 하지 않는다면 아무것도 아닌 문학이 스스로 '운동'이라는 상전에 복속해서 자유 없는 존재가 되었던 것이다. 그래서 문학은 '민족'이나 '민중'이나 '노동'과 같은 개념들로 자신을 한정하고서야 비로소 안심하는 초라한 존재로 전락했다.

자연히, 1980년대와 1990년대 초엽의 한국 문학은 황폐했다. '풍속의 감시자'를 자처한 좌파 비평가들이 처방한 '사회주의 리얼리티'를 충실히 따라 제작된 작품들로 채워지고, 군데군데 압제적 분위기에 힘겹게 저항하면서 솟아난 작품들이 그 황량한 단조로움을 깨는 황무지가 당시 한국 문학의 풍경이었다.

그렇게 정상적 문학이 위축되면서, 정상적 문학에 대한 수요를 채워준 것은 외국 문학이었다. 특히 일본 문학이 큰 몫을 했다.

마침내 국내 작가들도 시장의 신호에 반응했다. 그런 반응은 대체로 두 종류였으니, 하나는 환상소설 시장이 빠르게 커진 것이었고 다른 하나는 성적 해방을 다룬 여성 작가들의 작품들이 큰 성공을 거둔 일이었다. 여기서 우리는 그 두 종류의 문학이 사회적 억압에서 비교적 자유로운 작가들에 의해 쓰어지고 사회적 억압을 크게 줄이는 효과를 지닌다는 점에 주목해야 한다. 바로 그것이 전자가 검열관들이나 풍속의 감시자들로부터 경멸을 받고 후자가 늘 검열관들에 의해 가장 심하게 탄압받는 까닭이다. 따라서 한국 문학을 짓누른 압제적 분위기가 그 두 종류의 문학에 의해 풀린 것은 자연스럽다.

이제 한국 문학은 안으로는 원숙해지고 밖으로는 뻗어나갈 처지에 있다. 여전히 거센 전체주의 사조에 힘입어 사회주의 리얼리즘의 위세는 아직 크지만, 문학을 뒤덮었던 압제적 분위기는 많이 가셨다. 한국 문학이 발전하려면, 문학의 지평을 넓히는 일이 긴요하다. 어두운 우리 역사가 우리의 '민족적 성감대'로 만든 주제들을 다룬 작품들에 우리는 할증을 주게 마련이다. 그러나 그런 사정에서 보다 보편적인 주제들을 다룬 작품들을 소홀히 하는 것이 당연하거나 필요하다는 얘기가 나오는 것은 아니다. 철학적·과학적 함의들을 품은 보편적 주제들을 다루는 데 정성을 들이는 것은 우리 민족과 사회의 특수한 역사적 사건들에 초점을 맞추는 것보다 결코 보답이 작지 않을 터이다. 그렇게 문학적 지평을 넓히는 것은 한국 문학의 세계화의 가장 중요한 전제 조건이다.

3. 한국 문학의 외적 세계화

한국 문학이 밖으로 뻗어나가 세계 문학 시장에 진출하는 데서 실질적 중요성을 지닌 일은 언어 장벽 문제를 낮추는 것이다. 한국어가 외국인에게 거의 알려지지 않아서 해외에 한국어 문학 시장이 존재하지 않으므로, 한국 문학은 주요 외국어들로, 특히 세계어인 영어로, 번역되어야 비로소 해외시장에 진출할 수 있다. 그러나 언어는 변환이 아주 어려운 매체여서, 번역은 기술적으로 무척 어려울 뿐 아니라 경제적으로도 비현실적인 경우가 많다. 자연히, 한국 문학에서 언어 장벽은 아주 높았다.

언어 장벽의 심각성은 문학과 언어를 매체로 삼지 않는 다른 예술 분야들을 비교하면 이내 드러난다. 음악, 미술, 무용, 영화와 같은 비언어 예술들에선 많은 한국인 예술가들이 해외시장에 성공적으로 진출했고 적잖은 이들이 국제적 명성을 얻었다. 그러나 문학의 경우, 해외에 성공적으로 진출한 작가는 아직 나오지 않았다. 이 현상은 아주 뚜렷하고 일관성이 있어서, 다른 해석의 여지가 없을 정도다.

언어 장벽의 심각성은 여러 일화들에서 쉽게 알아볼 수 있다. 무대 공연 예술에서, 순수한 비언어 작품들은 해외 공연에서 흔히 큰 성공을 거두었지만, 대사가 있는 오페라에선 언어 장벽이 넘기 어려운 장애로 작용했다는 사실은 언어가 얼마나 결정적으로 작용하는지를 잘 보여준다. 문학의 경우, 그림의 비중이 큰 어린이 문학작품들이 본격 문학작품들보다 훨씬 쉽게 시장을 찾았고, 조선의 역사와 문물을 다룬 작품들로 한국계 미국 작가들이 좋은 평판을 얻었다.

한국 문학이 맞은 언어 문제는 실질적으로는 영어 문제다. 영어가 이미 세계어의 자리를 차지했고 영어 문학 시장이 절대적 중요성을 지녔기 때문이다. 물론 가장 바람직한 것은 우리 작가들이 영어로 작품을 쓰는 것이다. 실제로는 그렇게 영어를 잘 구사하는 작가들이 나오기를 기대하기 어려우므로, 훌륭한 번역가들이 많이 나오도록 하는 것이 지금으로선 가장 좋은 방안이다.

언어 장벽이 낮아졌을 때 우리 작가들이 이룰 수 있는 것은 맨 부커 상Man Booker Prize을 살피면 짐작할 수 있다. 맨 부커 상은 문학작품에 주어지는 가장 유명하고 중요한 상이다. 1969년에 처음 시행된 이 상은 해마다 영어로 씌어진 장편소설에 주어진다. 영연방과 아일랜드의 작가들만 참가 자격이 있지만, 그 상의 영향은 세계적이다. 2004년에 1차 예선을 통과한 22편의 작품들longlist은 영연방만이 아니라 이탈리아, 독일 그리고 네덜란드의 방송으로 보도되었다. 본선에 오른 6편의 작품들shortlist은 CNN을 통해서 온 세계에 알려졌고 모두 영국에서 베스트셀러가 되었다. 상금은 5만 파운드(약 9만 달러)이지만, 수상자는 세계적 작가로 인정받고 수상작은 베스트셀러가 된다.

맨 부커 상을 받은 작가들의 명단에서 이내 눈에 들어오는 사실은 아시아와 아프리카 출신 작가들이 두드러진 점이다. 캐나다, 오스트레일리아, 뉴질랜드, 그리고 남아프리카 공화국과 같은 나라들의 백인 작가들이 많이 수상한 것은 당연하지만, 아시아와 아프리카의 비백인 작가들의 성공은 우리로선 예사롭지 않은 일이다. 1971년에 『자유로운 국가에서In a Free State』로 수상한 네이폴V. S. Naipaul, 1975년에 『열기와 먼지Heat and Dust』로 수상한 잡발라Ruth Prawer Jhabvala, 1981년에 『한밤의 아이들Midnight's Children』로 수상한 루시디Salman Rushdie, 1989년에 『남아 있는 나날The Remains of the Day』로 수상한 이시구로Kazuo Ishiguro, 1991년에 『굶주린 길The Famished Road』로 수상한 오크리Ben Okri, 1992년에 『영국인 환자The English Patient』로 수상한 온다체Michael Ondaatje, 그리고 1997년에 『작은 것들의 신The God of Small Things』으로 수상한 로이Arundhati Roy는 모두 영어로 작품을 쓸 수 있었다는 사실에 힘입어 어려운 여건을 극복하고 세계적 작가들로 발돋움했다.

뒤진 사회의 시민이 큰일을 이루어 국제적 명성을 얻기는 어렵다. 그러나 지적 분야들에선 개인적 재능으로 그런 어려움을 극복하기가 비교적 쉽고, 사회적 기구들의 뒷받침이 필요한 과학 분야보다 개인적 재능이 결정적으로 중요한 예술 분야가 그 점에서 여건이 좋다. 우리 작가들이 아시아의 다른 나라들의 작가들보다 재능이 모자랄 리 없으니, 지금 세계 문학 시장에 한국 작가들이 진출하지 못한 가장 중요한 요인은, 맨 부커 상의 수상자들의 명단이 또렷이 가리키는 것처럼, 언어 장벽이라 할 수밖에 없다.

4. 세계화의 혜택

무릇 사물은 바탕이 넓어야 높이 쌓을 수 있다. 우리 작가들이 눈길을 밖으로 돌리고 보편성을 추구해서 우리 문학의 바탕이 넓어질수록, 우리 문학은 풍요로워지고 번창할 것이다. 우리 문학을 척박하고 사소하게 만드는 가장 확실한 길은 우리 문학의 바탕을 좁히는 것이다. 문화든 언어든, 국적을 따지고 눈길을 안으로 돌리는 것보다 활기를 앗는 처방은 없다.

우리 문학의 바탕을 넓히려면, 앞에서 살핀 것처럼, 우리 문학에 질곡으로 작용한 두 개의 고정관념을 깨뜨리는 일이 긴요하다. 하나는 한국 문학의 범위가 한국의 국경이라는 생각이다. 다른 하나는 언어 장벽이 한국어를 지키는 기능을 수행하며 필요한 정보들과 지식들은 번역과 통역으로 충분히 받아들일 수 있다는 주장이다. 세계성의 시대에 전혀 맞지 않는 이런 미망에서 벗어나야, 우리 문학은 활기를 얻고 잠재적 능력을 한껏 펼쳐서 사람들의 넋들을 자유롭게 하는 자신의 소명을 제대로 할 수 있을 것이다.

예술가는 기업가다

1

  예술가들은 본질적으로 기업가들이다. 그들은 자기계산으로 예술작품들을 만들고 팔아서 살아간다. 기업을 경영하는 것은, 그것이 큰 회사든 개인 기업이든, 아주 위험한 일이다. 예술작품들이 대부분의 소비자들에겐 사치품이어서, 예술 시장이 무척 불안하므로, 예술가들은 특히 큰 위험을 진다.

  반면에, 예술 평론가가 기업가인 경우는 드물다. 예술 평론만으로 생계를 꾸리기는 어느 사회에서나 어려우므로, 평론가들은 대개 대학과 같은 큰 조직을 위해서 일한다. 따라서 자신들이 큰 위험을 지는 경우는 거의 없다.

2

  직업과 위험 부담에서 두 집단이 다르다는 사정은 당연히 그들의 생각과 행동에 영향을 미친다. 그리고 그런 사정은 예술가들과 평론가들 사이의 어색할 수밖에 없는 관계를 더욱 어색하게 만든다.

안타깝게도, 예술가들이 큰 위험을 진 기업가들이라는 사실을 평론가들이 인식하고 기억하기는 어렵다. 그래서 평론의 대상이 된 예술가의 처지를 깊이 살피지 않고 매섭게 재단하게 된다. 그렇지 않다면야, 그리도 거친 평론들이 그리도 많이 나올 리 없다.

장정일 씨의 『내게 거짓말을 해봐』가 평론가들로부터 받은 거친 대접은 그 점을 아프게 일깨워주었다. 외설물을 썼다는 혐의로 정부의 소추를 받은 것과는 달리, 문단 안에서 나온 거친 비판들은 현대사회에서 예술가들이 선 자리를 새삼 살펴보게 만들었다.

작가의 의도가 무엇이었든, 그리고 작품의 가치가 얼마나 되든, 장 씨가 그 장편소설을 써서 펴낸 일은 큰 투자와 위험이 따른 일이었다. 따라서 그는 동료 문인들로부터 그가 받은 것보다는 훨씬 사려 깊은 대접을 받았어야 옳다. 설령 그가 떳떳치 못한 의도에서 가치 없는 작품을 썼다 하더라도, 그렇다. 다른 지적 작업들과 마찬가지로, 예술도 사회의 정설들을 끊임없이 깨뜨리는 기능을 가졌는데, 예술가들이 어떻게 칭찬받을 일들만 골라서 할 수 있겠는가?

3

실패를 너그럽게 받아들이지 못하는 사회는 자유롭지도 활기차지도 못하다는 사실을 얘기하는 것이 아니다. 그것은 예술의 영역을 넘어 사회 전반에 적용되는 함의들을 지닌 사실이지만, 나는 소박하게 예술가들의 어려운 처지를 가리키고 싶은 것이다.

사회를 활기차고 풍요롭게 만드는 데 가장 큰 공헌을 하는 이들이 기업가들인 것처럼, 예술을 활기차고 풍요롭게 만드는 데 일차적 공헌을 하는 이들은 작품들을 실제로 만들어내는 예술가들이다. 예술가들이 별다른 사회적 기구의 보호를 받지 못한 채 너무 큰 위험을 지면서 활동하는 기업가들이라는 사실은 기회가 나올 때마다 강조되어야 한다. 그런 사실에 대한 인식이 우리 문단에 없다면, 우리 문학에 관한 논의들은 상당히 공허할 수밖에 없을 것이다.

누구를 위해 쓸 것인가

1

사회는, 시장경제 사회든 명령경제 사회든, 세 가지 근본적 경제 문제들을 풀어야 한다: ① 무엇을 생산할 것인가? ② 어떻게 생산할 것인가? ③ 누구를 위해서 생산할 것인가?

다른 모든 것들과 마찬가지로, 문학 활동도 경제적 측면을 지닌다. 자연히, 자유로운 사회들에서처럼 문인들의 개인적 판단에 따르든, 전체주의 사회들에서처럼 권력의 통제에 따르든, 한 사회의 문단은 '무슨 작품들을 어떻게 누구를 위해 생산할 것인가?'라는 문제들을 풀어야 한다.

이들 세 문제들은 상호 의존적이므로, 실제로 이들은 동시에 해결되게 마련이다. 그래도 각 시대마다 그 셋 가운데 하나가 두드러진 문제가 되어 사회의 관심과 역량이 그리로 쏠리게 마련이다. 문학의 경우도 마찬가지다.

2

1987년의 '6월 혁명' 이전엔, 가장 두드러진 문제는 '어떻게 쓸 것인가?'였다. 압제적 정권들이 통치하던 시절이라, 정부의 검열은 문인들이 고를 수 있는 주제와 표현에 큰 제약을 주었고, 문인들은 '어떻게 하면, 검열에 걸리지 않으면서도 내 뜻을 잘 나타낼 수 있을까?'라는 물음을 끊임없이 스스로에게 던져야 했다. 한때 치열한 논쟁을 불러왔던 '문학'과 '운동' 사이의 관계에 대한 성찰도, 따지고 보면 '어떻게 쓸 것인가?'라는 물음에 대한 답을 찾는 일이었다. 반면에, 압제적 사회 풍토는 '무엇을 쓸 것인가?'라는 물음에 대해 상당히 또렷한 답을 내놓았다. 압제적 사회 풍토를 덜 압제적으로 만드는 일이 모든 시민들의 소망이었으므로, 모든 문인들이 일차적으로 관심을 가진 주제는 바로 그런 압제적 풍토의 개선이었다. 그리고 그런 작품들을 열심히 읽을 준비가 된 독자들이 많이 있었다.

'6월 혁명'으로 우리 사회가 민주화를 이루자, '무엇을 쓸 것인가?'가 두드러진 문제가 되었다. 모두 절박한 마음으로 매달렸던 사회적 문제들은 문득 시급성을 잃었고, 자연히 문인들은 절실한 주제를 찾아나서야 했다. 1990년대에 사회적 문제들 대신 개인적 문제들을 주로 다루는 '신세대 작가군'이 소설계의 앞자리를 차지한 일은 이런 현상을 잘 보여준 예다.

이번에 경제 위기가 닥치면서, 사정은 다시 크게 바뀌었다. 문학 시장이 갑자기 줄어들면서, 문인들은 독자들을 찾는 일에, 바꾸어 말하면 '누구를 위해 쓸 것인가?'라는 물음에, 매달리게 됐다. 이런 현상은 소설의 경우에 특히 두드러지니, 본격 소설에 대한 시장은 바짝 말라

버리고 드러내놓고 국수주의적 감정에 호소하는 작품들과 환상소설 fantasy과 같은 장르 소설들이 비교적 잘 팔리는 상황에서, 많은 소설가들은 이야기를 들려줄 독자들이 마땅치 않다는 곤혹스러움을 겪게 됐다.

3

세계화와 시장 개방은 이런 사정을 일단 악화시킬 것으로 보인다. 특히 일본 문학의 본격적 소개는 국내 소설가들에겐 시장이 더욱 좁아진다는 것을 뜻한다. 자연히, '누구를 위해 쓸 것인가?'라는 물음은 더욱 절실해질 것이다.

그러나 이런 사정이 꼭 비관적인 것만은 아니다. 시장의 개방은 언어 장벽의 울타리 안에서 안주해온 우리 소설가들에게 경쟁에 참여하도록 만들 것이고, 그것은 장기적으론 우리 소설가들이 경쟁력을 갖추도록 할 것이다. 그리고 그런 경쟁력을 바탕으로, 해외로 진출할 수 있을 것이다.

그런 사정은 '누구를 위해 쓸 것인가?'라는 물음에 새로운 뜻을 더한다. 이제 우리 작가들은 자신들의 작품들이 국경 밖에서도 읽히는 시대를 맞고 있다. 따라서 그들은 스스로에게 물어야 한다, '내 작품은 국경 밖의 어느 사회에서 어떤 독자들을 찾을 수 있을까?' 그것은 한 천 년이 끝나고 다른 천 년이 시작되는 지금 우리 작가들이 진지하게 매달려야 할 화두다.

왜 사람들은 소설을 읽지 않는가

1

소설 시장이 깊은 불황에 빠졌다. 이미 여러 해 전부터 소설에 대한 수요가 점차 줄어들었지만, 요즈음 그런 추세가 부쩍 뚜렷해졌다. 우리 삶에서 예술이 차지하는 몫이 작지 않고, 예술의 여러 분야들 가운데 문학이 현실에 가장 직접적으로 다가가는 분야고, 문학의 여러 장르들 가운데 소설이 중심적 자리를 차지하므로, 소설 시장의 위축은 결코 가볍지 않은 일이다. 왜 사람들은 소설을 점점 적게 읽는 것일까?

이 물음에 대한 답은, 소설 시장이 출판 시장의 한 부분이므로, 먼저 출판 시장의 상황을 살펴야 나올 수 있다. 요즈음 출판 시장은 활기가 없다. 확실히 사람들은 책을 전보다 덜 읽는다. 출판 시장이 실제로 줄어드는 것은 아니지만, 출판 시장은 다른 비슷한 시장들보다, 예컨대 텔레비전, 영화, 전자 놀이, 음반을 다루는 시장들보다, 훨씬 느리게 성장한다.

게다가 팔리는 책들의 대부분은 실용적 책들이다. 교과서와 참고서가 절반가량을 차지하고, 기술적 정보들과 지식들을 담은 책들이 그 뒤를 잇는다. "요즈음 사람들이 책을 읽지 않는다"라고 우리가 말할 때, '책'은 사람들의 교양을 늘리는 내용을 담은 책들을 뜻한다. 그리고 그런 책들은 분명히 쇠락의 길을 걷고 있다.

2

이런 추세가 걱정스러운 것은 독서의 감소가 지적 수준의 하락을 불러서 인류 문명의 발전을 제약하는 요소가 될 수 있다는 점 때문이다. 영상 매체나 음향 매체가 아무리 멋지다 하더라도, 아직도 책은 복잡하고 추상적인 주제들에 관한 지식들을 정확하고 섬세하게 전달할 수 있는 단 하나의 매체다. 누구도 과학철학이나 소립자 물리학에 관한 지식들이 영상 매체를 통해서 제대로 전달될 수 있다고 여기지 않는다. 실은 우리 둘레에서 일어나는 일상적 사건들에 대해서도 같은 얘기를 할 수 있다. 정치나 경제의 상황을 미묘한 부분들까지 드러내는 일은 영상 매체로는 벅차다. 신문의 기사들과 텔레비전의 보도들을 비교하면, 이 점은 이내 또렷해진다.

독서의 감소가 불러온 지적 수준의 하락은 입학시험 공부에 시달려 '책' 읽을 기회를 전혀 얻지 못한 우리 청소년들의 기형적 모습에서 잘 드러난다. 우리 청소년들은 서로 연결되지 않은 단편적 지식들을, 그것도 입학시험에 나올 만한 것들을 주로 외웠을 뿐 체계적으로 사고하는 길을 배우지 못했고 자신의 생각을 글로 나타내는 기술도 제대로 갖추지 못했다.

직접민주주의의 특질을 점점 많이 띠어가는 현대사회는 시민들이 거의 모든 문제들에 대해서 높은 식견과 뚜렷한 의견을 지니기를 요구한다. 자연히, 독서의 감소와 지적 수준의 하락은 점점 더 큰 사회 문제가 될 수밖에 없다. 지난번 대통령 선거에서 젊은이들의 투표 성향은 결정적 역할을 했다. 그들이 주로 노무현 후보를 지지했다는 사실에 그가 대통령으로서 보인 자질과 실적이 겹치면, 우리 마음엔 어쩔 수 없이 그늘이 진다.

3

그러면 사람들이 점점 책을 덜 읽는 까닭은 무엇인가?

가장 근본적 요인은 현대에선 사람들의 시간의 효용이 부쩍 높아졌다는 사실이다. 사람들은 모두 할 일들이 많아서, 누구라도 시간을 점점 잘게 쪼개게 된다. 자연히, 책을 읽는 데 할당되는 시간이 점점 줄어든다.

전공 분야나 일과 관련된 책들이 아닌 교양서적을 읽는 일은 대부분의 사람들에게 여가를 이용해 하는 활동이다. 따라서 독서는 여가를 보내는 다른 길들과 경쟁 상태에 있다. 산업혁명이 이루어져 사람들의 소득이 높아지고 철도의 보급으로 교통이 편리해지자, 여가를 보내는 길들이 빠르게 늘어났다. 독서, 운동 또는 연극 관람과 같은 전통적 오락 수단들에 라디오, 텔레비전, 영화, 전자 놀이, 음악 감상, 관람 운동spectator sport, 온라인 춘화 감상, 온라인 도박과 같은 편리하고 흥미로운 오락 수단들이 더해졌다. 사정이 그러하니, 독서에 바칠 시간은 크게 줄어들 수밖에 없다.

또 하나 중요한 요인은 인쇄 매체가 영상 매체보다 정보 전달에서 크게 비효율적이라는 사실이다. 사람은 바깥세상에 관한 정보를 주로 시각을 통해 얻는다. 다른 네 가지 감각들은 실질적으로는 시각을 보조할 따름이다. 자연히, 눈은 다른 감각기관들보다 훨씬 정교하고 시각 정보들을 처리하는 뇌의 부분은 다른 감각 정보들을 처리하는 부분들보다 훨씬 잘 발달되었다. 그래서 그림으로 정보를 전달하는 사진이나 영화는 문자라는 추상적 매체를 통해 정보를 전달하는 책보다 정보 전달에서 훨씬 효율적이다. 텔레비전 화면의 장면 하나에서도 우리는 많은 정보들을 — 뉴스냐 토크 쇼냐 오락 프로냐 연속극이냐 영화냐, 연속극이라면 사극이냐 현대극이냐, 극의 무대는 어느 사회의 어디냐, 극의 주제는 무엇이냐, 누가 주인공이고 누가 조연이냐 따위 — 단번에 얻는다.

자연히, 영상 매체는 사회의 정보 유통에서 중심적 자리를 차지한다. 조너선 색스Jonathan Sacks가 멋지게 요약한 것처럼, "오늘날의 텔레비전은 20세기의 극장을, 19세기의 소설들을, 17세기의 성경을, 마을의 민담들을, 부모들이 자식들에게 들려주었던 잠자리의 이야기들을 대체했다Television today has replaced the theatre of the 20th century, the novels of the 19th, the Bible of the 17th, the folktales of the village, the bedtime stories parents told their children."

4

이 두 강력한 요인들은 독서를 전반적으로 크게 위축시켰다. 교양을 늘리는 책들 가운데 문학작품들이 큰 부분을 차지하므로, 독서 시장의 그런 위축은 문학 분야에서 특히 두드러졌고, 소설이 문학의 중심적 장르이므로, 소설 시장의 위축은 아주 심각할 수밖에 없다.

소설 시장의 위축의 근본적 원인은 물론 앞에서 든 출판 시장의 위축이다. 출판 시장이 줄곧 활력을 잃는 상황에서 문학이나 소설만이 활기찬 시장을 누릴 수는 없을 터이다. 거기에 문학의 중요성이 상대적으로 줄어들었다는 요인이 더해졌다. 16세기에 시작된 과학혁명 뒤로 과학과 기술은 사람들의 삶에서 점점 중요해졌다. 그래서 문인들의 사회적 지위와 중요성은 줄곧 낮아졌다. 현대사회에서 중요한 문제들에 관해 사람들이 찾는 것은 문인들이 아니라 자연과학자들과 사회과학자들이다.

이것은 20세기 전반 조선 지식인을 대표하는 인물이 춘원 이광수였다는 사실에서 잘 드러난다. 어떤 조선인도, 사상가든 정치가든, 춘원보다 조선 사회에 큰 영향을 미치지 못했다. 지금 어떤 문인도 춘원이 누렸던 지위를 감히 넘볼 수 없다. 다른 나라들에서도 사정은 비슷하니, 미국에서 포크너와 헨리 밀러가, 영국에서 제임스 조이스와 조지 오웰이, 프랑스에서 사르트르와 카뮈가 차지했던 지위를 지금의 문인들은 감히 꿈꿀 수 없다.

소설은 대체물들이 많다는 사정도 있다. 실용적 책들은 대체물들이 거의 없지만, 소설은 본질적으로 이야기를 들려주므로, 소설은 영상 매체를 이용한 영화, 연속극, 만화, 전자 놀이와 같은 경쟁자들이 많을 수밖에 없다. 실제로 지금 인쇄 매체에서 성공한 작품은 곧바로 영상 매체로 바뀌어 시장에 제공된다. 그리고 영상 매체를 이용한 작품이 값도 싸고 보기도 쉽다. 며칠을 두고 읽어야 하는 소설작품도 이제는 단 몇 시간에 영화로 볼 수 있다. 소설 독자가 줄어드는 것이 이상하지 않다. 요즈음엔 문학을 전공하는 대학생들이 소설에 바탕을 두고 만든 영화를 보고 소설에 대한 평론을 쓰기까지 한다는 얘기도 있다.

우리 사회에선 소설의 위축이 특히 심했다. 압제적 사회에선 자유로운 사회에서보다 문학이, 특히 소설이, 큰 짐을 지게 된다. 역사나 사회과학이 해야 할 일들을 소설이 떠맡게 되기 때문이다. 1960년대에서 1980년대에 걸쳐, 소설은 움츠러든 역사가들이나 사회과학자들이나 정치 평론가들을 대신해서 허구라는 보호 장치 아래 많은 사회적 발언들을 했었다. 그때 소설은 중요한 기능을 수행했고, 자연히 위상이 높았고 큰 활력을 지녔었다. 1980년대 말엽의 민주화를 통해서 우리 사회가 보다 자유롭게 되고 학문들과 언론 기구들이 정상적으로 움직이자, 소설의 영역은 빠르게 줄어들었고 위상은 어쩔 수 없이 상당히 낮아졌다.

5

소설 시장의 위축이 불러오는 현상들 가운데 하나는 훌륭한 앞 세대 작가들이 잊혀진다는 것이다. 소설 시장이 점점 줄어드니, 출판 산업은 당장 잘 팔리는 당대 작가들만을 다루게 되고, 앞 세대 작가들의 작품들은 잘 팔리던 것들도 차츰 절판이 된다.

이 현상은 미국 과학소설의 경우에서 잘 드러난다. 미국 소설 시장은 세계에서 가장 크므로, 과거 거장들의 작품들에 대한 수요도 상당하다. 그리고 과학소설 독자들의 열성과 충성심은 다른 장르의 독자들보다 훨씬 크다. 자연히, 과학소설의 진화에서 큰 역할을 한 거장들의 작품들은 꾸준히 읽히리라고 기대할 수 있다. 사정은 크게 다르니, 미국 과학소설가 잭 댄Jack Dann은 거장들이 빠르게 잊혀지고 있다고 여러 해 전에 진단했다.

똑똑한 과학소설 독자들이 클리포드 시맥Clifford D. Simak, 에드거 팽

본Edgar Pangborn, 키스 로버츠Keith Roberts, 콘블루스C. M. Kornbluth, 코드웨이너 스미스Cordwainer Smith, 시어도어 스터전Theodore Sturgeon 과 같은 작가들의 작품들을 읽는 것은 그만두고 이름을 들어본 적도 없 다고 말하면, 나는 이제 놀라지 않는다. 그리고 〔그렇게 잊혀진 작가들 의〕 명단은 길게 이어진다. 슬프게도, 우리 문화와 출판 산업은 '지금 바로'에, 새롭고 흥미를 끄는 것에 맞추어졌다.

— 수상작 작품집 『성운상Nebula Awards 32』의 「서문」에서

한 작가가 잊혀지면, 그를 되살릴 길은 실제로는 없다. 예전엔 더러 잊혀졌던 작가들이 후대의 열성적 독자들에 의해 되살아나는 경우들도 나왔다. 문화의 모든 분야들이 시장의 성격을 점점 짙게 띠어가는 지 금, 그렇게 되살아날 작가들은 훨씬 드물 수밖에 없다. 그런 사정이 큰 사회적 손실이라는 점을 부정할 사람은 드물 터이다.

6

이런 상황에서 우리는 무엇을 할 수 있는가? 사람들이 책도 소설도 덜 읽는 것은 합리적 선택이므로, 출판 시장과 문학 시장의 위축이라 는 추세를 역전시킬 길은 없다. 우리가 기대할 수 있는 것은 그런 위축 의 속도를 늦추고 책과 문학이 최소한의 안정적 시장을 지니도록 하는 것이다.

그렇게 하려면, 먼저 문학이, 특히 소설이, 보기보다는 사람들에게 큰 효용을 지녔다는 인식이 널리 퍼지도록 해야 한다. 평생 소설 한 권 안 읽고도 행복하게 지내는 사람들이 드문 것은 아니다. 그러나 그런 사람들은 소설이 제시할 수 있는 풍요로운 세계를 놓치는 것이다. 제

인 오스틴이 지적한 것처럼, 사람이 다른 사람들에 대해 아는 길들 가운데 가장 좋은 길은 소설을 읽는 것이다. 소설은 "사람의 성격에 관한 가장 철저한 지식이, 그것의 다양성의 가장 멋진 묘사가, 기지와 해학의 가장 활기찬 발로가 가장 잘 골라진 언어로 세상에 전달되는 어떤 작품only some work in which the most thorough knowledge of human nature, the happiest delineation of its varieties, the liveliest effusions of wit and humour are conveyed to the world in the best chosen language"이다.

나아가서 사람이 자신의 삶과 이 세상에 대해서 깨닫고 성찰하는 데 소설은 좋은 화두들과 해답들을 제시한다. 그것들을 놓치는 것은 누구에게도 가벼운 손실이 아닐 터이다.

소설에 대한 수요가 지속되려면, 당연히 좋은 소설작품들이 꾸준히 나와야 한다. 좋은 소설작품들은, 다른 모든 것들과 마찬가지로, 시장에서 제값을 받아야 꾸준히 나올 수 있다. 아쉽게도, 문학작품들에 대한 시장의 평가는 흔히 문학적 가치와 상당히 다르다. 그리고 소설이 영화, 연속극, 전자 놀이, 만화와 같은 뛰어난 매력들을 지닌 경쟁자들과 오락 시장에서 점점 치열하게 경쟁해야 하고, 소설과 소설가의 사회적 위상이 점점 낮아지므로, 문학적 평가와 상업적 평가 사이의 차이는 점점 커질 터이다. 이런 상황에서 소설작품들에 대한 지적 재산권의 보호는 결정적 중요성을 지닌다.

7

책과 문학의 입지가 점점 좁아지는 세상이지만, 역설적으로, 바로 그 사실 때문에 문학은 오히려 중요해진다. 러시아가 공산주의 체제에서 벗어나려 애쓰던 1989년에 이리나 라투신스카야Irina Ratushinskaya가

한 말은 우리에게 그 점을 새삼 일깨워준다. "러시아 문학은 내 영혼을 구해주었습니다. 내가 학교에 다니는 어린 소녀였고 무엇이 선이고 무엇이 악인가를 물었을 때, 그 부패한 체제에 속한 누구도 나에게 그 답을 보여주지 못했습니다." 그녀의 얘기는 러시아 역사에서 가장 압제적이었던 시기보다 훨씬 너른 세상에 적용될 것이다. 인류 사회엔 늘 압제와 부패가 있을 터이다. 그리고 문학은 늘 할 일이 있을 터이다.

신춘문예 제도의 효율

1

어떤 체계의 효율을 판단하는 구체적 지표들 가운데 하나는 그 체계가 만드는 폐기물의 양이다. 어떤 체계도 완전히 효율적일 수는 없으므로, 투입이 모두 원하는 산출로 되지는 않고 폐기물이 나오게 마련이다. 그래서 폐기물이 많이 나오는 체계는 예외 없이 비효율적이다. 투입의 많은 부분이 폐열이나 산업.쓰레기로 나오는 낡은 공정, 음식을 제대로 소화하지 못해 쉴 새 없이 풀잎을 먹어야 하는 애벌레, 정치적 재능들이 일찍 도태되어 원로 정치가들이 거의 없는 지금의 우리 정치제도가 그런 예들이다.

그런 관점에서 살피면, 여러 등단 통로들 가운데 신문사들의 신춘문예가 가장 효율이 낮음이 드러난다. 투입——응모와 심사에 들어가는 투자——은 엄청나지만, 산출은 각 부문에서 당선작 한 편과 최종심에 오른 작품들에 대한 짧막한 심사평들이 전부다. 그 많은 나머지 응모작들은 모두 폐기물이 되어버린다. 투자 효과가 이처럼 작은 일도 드물다. 문학도들이 정성 들여 쓴 원고 뭉치들이 파지 꾸러미로 나가는 광경을 그려봐야, 그것이 얼마나 비효율적인지를 제대로 깨닫게 된다.

2

체계의 효율을 높이는 길들 가운데 가장 확실한 것은 폐기물을 줄이는 것이다. 신춘문예의 경우, 이것은 당선 가능성이 적은 작품들이 아예 접수되지 않도록 하는 것이다. 물론 이것은 비현실적이다.

폐기물의 양을 줄이기 어려울 때는, 폐기물을 유용한 것으로 만드는 길이 있다. 바로 생산공정에서 부산물이라 불리는 것을 만드는 방법이다. 발전하고 남은 폐열로 난방을 하는 식의 해결책이 신춘문예에도 있을까?

만일 심사위원들이 응모작품들을 낱낱이 평해서 응모자들에게 돌려준다면? 물론 이것은 신문사에 큰 가외 부담을 안긴다. 그러나 신춘문예에 응모하는 사람들 모두가 자신들의 작품에 대해 전문적 비평을 받을 기회를 가진 것은 아니라는 점, 그런 기회는 그들에게 귀중한 문학 수업의 마당이 된다는 점, 우리 사회가 문학 수업에 쏟는 투자가 크다는 점 따위를 생각하면, 그런 투자는 사회적으로 정당화된다. 응모할 때 반송 봉투를 동봉하도록 하고, 마감을 앞당겨 심사 기간을 충분히 갖도록 하고, 예심의 심사위원들을 크게 늘린다면, 큰 어려움이 있을 것 같지는 않다.

베스트셀러의 경제학

1

베스트셀러는 어느 사회에서나 자주 나오는 화제다. 그것은 야릇한 방식으로 사람들의 마음을 불안하게 한다. 무시하자니, 현실적으로 어렵고, 받아들이자니, 무언가 찜찜한 것──베스트셀러는 그런 것이다. 이번엔 대형 서점들의 베스트셀러 목록에 들도록 하려고 출판사들이 자기들 책을 사들였다는, 새롭지 않은 얘기로 베스트셀러가 화제에 다시 올랐다.

이미 많이 팔렸기 때문에 더 많이 팔린다는 점에서 베스트셀러는 유행의 한 형태다. 따라서 그것의 본질을 살피려면, 먼저 유행의 본질을 살피는 것이 옳다. 유행이라는 사실은 왜 나오는가?

2

유행은 설명하기가 보기보다 어려운 현상이다. 사람의 행동을 설명하는 이론들은 모두 사람이 합리적으로 행동한다는 가정을 밑에 깔고 있다. 그러나 유행에선 그런 합리성으로 이내 설명되지 않는 부분들이 많다. 조깅이나 코카콜라의 높은 인기는 그것들이 지닌 혜택만으로는 제대로 설명되지 않는다. 사정이 그러하므로, 유행을 설명하는 이론들도 여럿이다.

그런 이론들 가운데 유행이 처음 나오는 과정을 잘 설명하는 것은 '정보의 연속 폭포informational cascades' 이론이다. 정보를 얻는 데는 비용이 든다. 따라서 사람들은 어떤 사물에 대해 제한된 정보만을 지녔다. 대부분의 사람들에게 가장 적은 비용으로 정보를 얻는 길은 다른 사람들의 경험들을 참고하는 것이다. 그래서 어떤 일을 처음 했거나 물건을 처음 써본 사람들의 의견은 뒤따르는 사람들의 결정에 연속적으로 영향을 미친다. 자연히, 그런 정보의 계단들이 어느 정도 늘어나면, 사람들은 자신들이 지닌 부정적 정보들을 무시하고 이미 경험을 한 사람들의 의견을 따르게 된다.

일단 유행이 큰 물길을 이루면, '기대이익 상호 작용pay-off interactions'이 작용해서 유행의 크기를 부쩍 높인다. 어떤 일을 하는 사람들이 많아지면, 그들은 큰 이득을 본다는 얘기다. 어떤 상품을 사는 사람들이 많아지면, '규모의 경제'가 나와서, 값이 싸지는 것이 대표적 예다. 게다가 사람들은 소속감을 얻으려고 다른 이들이 하는 것들을 본받는다. 그런 '순응 선호conformity preference'도 물론 유행을 더욱 크게 한다.

3

이렇게 보면, 독자들이 베스트셀러 목록을 참고하는 것은 합리적이다. 그것은 보통 독자들이 읽을 만한 책들에 관한 정보를 가장 쉽게 얻는 길이다. 솔직하게 얘기하면, 평균적 독자들은 자신들이 바라는 정보를 직업적 문인들의 평론보다 베스트셀러 목록에서 훨씬 쉽게 얻을 수 있다.

베스트셀러 목록에 영향을 미치려고 자기 책들을 산 출판사들은 물론 비판을 받아야 할 것이다. 그런 일은 윤리적으로 나쁠 뿐 아니라 이로운 정보를 왜곡한다는 점에서 사회에 실질적 손해를 입힌다. 그러나 그것은 베스트셀러의 본질이나 베스트셀러를 선호하는 독자들의 판단과는 관계가 없다. 게다가 그것의 부정적 영향은 그리 크지 않다. '사재기'에 의한 정보의 왜곡은 그 정보의 가치를 떨어뜨리므로, 베스트셀러 목록을 발표하는 대형 서점들은 그런 왜곡을 막으려 애쓴다. "부당하게 잊혀지는 책은 있어도, 부당하게 기억되는 책은 없다"라는 얘기가 말하는 것처럼, '사재기'만으로 베스트셀러가 될 수도 없다.

4

어쨌든, 베스트셀러라는 현상에 주목하고 그것에 무게를 두는 것은 대체로 사회에 이롭다. 무엇보다도, 그것은 지금 지나치게 생산자 지향적인 출판 산업을 보다 소비자 지향적으로 만들 것이다. 어느 산업에서나 생산자 지향적 태도는 팔리지 않는 물건들을 많이 만들어내서 사회적 낭비를 부르고, 소비자 지향적 태도는 사업을 성공으로 이끈다. 예술도 예외가 아니다.

소비자 지향적 태도와 생산자 지향적 태도의 실제적 결과는 때로 무척 클 수 있다. 영화는 그 점을 잘 보여준다. 미국에선 영화가 제작자 주도 아래 만들어지고 유럽에선 감독의 주도 아래 만들어진다. 제작자는 관객의 취미에 맞아 흥행에 성공할 작품을 겨냥하고, 감독은 자신

의 생각에 맞는 '예술적' 작품을 겨냥한다. 유럽 영화 산업이 할리우드
에 밀려 유럽 영화 시장을 거의 다 내준 원인을 거기서 찾는 사람들이
많다.

수성獸性의 옹호

1

"당신은 왜 문학을 하는가"라는 물음에 대해선, "문학을 좋아하니까"라는 대꾸가 아마도 적절할 터이다. 실은 이것은 모든 문인들에게 적용되는 얘기일 것이다.

누구도 다른 사람에게 문학을 하라고 강요하지 않는다. 오히려 말린다. 특히 부모들은 그렇다. 대부분의 사회들에서, 지금 우리 사회를 포함해서, 문인들의 사회적 지위는 높지 않았고 문학으로 생계를 꾸리기는 힘들었다.

게다가 문학은 또 하나의 면에서 아주 위험하다. 대부분의 지적 분야들에선 평범한 재능을 지닌 사람들도 나름으로 사회에 공헌하고 생계를 무난히 꾸려나간다. 평범한 의사, 변호사, 자연과학자, 사회과학자들이 모두 그렇다. 그러나 평범한 재능을 지닌 문인들이 설 땅은 아주 좁다. 평범한 문학작품들은, 문학적 평가는 그만두고라도, 금전적 보상도 거의 받지 못한다. 이 얘기는 예술 전반에 해당되는 면도 있지만, 문학에서 특히 그런 위험이 심각하다. '전업 음악가'나 '전업 미술가'라는 말은 거의 들리지 않지만, '전업 작가'라는 말은 자주 나온다는 사정이 이 점을 말해준다.

사정이 그러하니, 문학을 하겠다고 나서는 자식들을 부모들이 말리는 것은 당연하다. 그런 부모들의 판단은 대체로 옳다. 그래서 부모의 뜻에 따라 다른 직업을 골랐던 문인들의 명단은 무척 길다.

그렇다, 문학은 좋아서 하는 것이다. 문학을 좋아하지 않는다면, 누구도 전망이 그렇게 흐리고 위험이 큰 문인이란 직업을 고르지 않을 것이다.

2

그러면 "당신은 왜 문학을 좋아하는가"라는 물음이 나온다. 좋고 싫은 것은 늘 설명하기 어렵지만, 분명한 것은 문학을 하려는 욕망은 혼란스러운 경험에서 질서를 찾으려는 우리의 근본적 욕구에 뿌리를 두었다는 것이다. 이것은 실은 모든 예술에, 나아가서 모든 지적 활동들에, 적용되는 얘기다.

생명의 본질은 정보처리다. 정보처리는 생물과 무생물을 확연히 구별할 뿐 아니라 생명 현상의 특질을 잘 드러낸다. 사람의 삶도 본질적으로 정보처리 과정의 연속이다. 그리고 생명체들의 생존은 옳은 지식을 얻는 데 달렸으니, 얻은 지식에 따라 상황을 판단하고 적절하게 행동해야 살아갈 수 있다.

문학은 사람의 혼란스러운 경험들에서 질서들을 찾아내서 그런 질서들을 되도록 높은 차원의 지식들로 다듬어내는 작업이다. 여기서 주목할 것은 '되도록 높은 차원의 지식들'이라는 구절이다. 대부분의 지식들은 부분적이고 분석적이다. 문학은 그런 부분적이고 분석적인 지식들을 종합해서 '이야기'라는 형태를 갖춘, 전체적 지식들로 만들어낸다. 그래서 문학의 본질은 이야기며, 문학의 핵심은 '이야기하기storytelling'다. 이야기와 가장 거리가 먼 시까지도 본질적으로 이야기하기다. 이야기는 일관성을 지닌 흐름이며, 자신 밖의 무엇에도 의존하지 않는 자족적 존재다. 그래서 문학작품들은 가장 높은 차원의 지식들이다. 적어도, 그렇게 높은 차원을 지향하는 지식들이다. 그리고 문인들은 본질적으로 자신들의 경험을 높은 차원의 질서를 지닌 이야기들로 만들어 들려주는 사람들이다.

3

이제 "문인들은 어떤 이야기들을 들려주는가?"라는 물음이 나온다. 소설, 희곡, 시와 같은 형태로 문인들이 들려주는 이야기들은 어떤 특질들을 지녔는가?

생명 현상이 본질적으로 화학 반응들이므로, 생명체들은 모두 매우 복잡하고 정교한 화학적 기계들이다. 그리고 모두 최초의 생명체로부터 오랜 세월 동안 진화해왔다. 사람은 온갖 감정적 및 지적 활동의 물질적 바탕인 뇌가 다른 종들보다 무척 발달한 종이다. 따라서 가장 복잡하고 정교한 화학적 기계라 할 수 있다. 그러나 찬찬히 살피면, 사람은 오랜 진화의 자취들을 많이 지녔다는 것이 드러난다. 실은 그런 자취들을 고려해야, 비로소 사람은 자신을 이해할 수 있다. 요즈음 생물학에서 진화론이 중심적 자리를 차지한 사정에서 이 점이 잘 드러난다.

우리의 본능들과 욕망들은 대체로 우리 선조들이 파충류였을 때 결정되었다. 그래서 우리의 본능들과 욕망들을 관장하는 뇌의 부분들은 '파충류 뇌reptilian brain'라 불린다. 우리 선조들이 포유류로 진화하면서, 보다 높은 차원의 질서를 지닌 본능들과 욕망들이 더해졌고, 그것들을 관장하는 뇌의 부분들은 '포유류 뇌mammalian brain'라 불린다. 아마도 이 시기에 지금 우리가 세상을 바라보는 틀이, 즉 기본적 세계관이, 마련되었을 터이다.

인류가 나타난 것은 몇백만 년 전인데, 몇백만 년이란 시간은 생명체들의 진화 과정에서 아주 짧은 부분에 지나지 않는다. 그러나 사람은 무척 복잡하고 추상적인 지적 작업을 할 수 있는 '인간 뇌human brain'를 빠르게 갖추었고, 그런 뇌를 활용하여 문명을 쌓아올렸다.

4

인류 문명은 기적적이다. 단 몇만 년 동안에 이처럼 거대하고 복잡하고 지속적인 현상이 나왔다는 것은 경이롭다. 문명은 사람의 삶을 근본적으로 바꾸었고, 사람이 선조들로부터 물려받은 생물적 유산들은 문명의 영향에 밀려 적잖이 속으로 숨었다.

그러나 우리 선조들이 아직 파충류와 포유류였을 적에 형성된 우리 마음의 부분들은, 즉 본능들과 육체적 욕망들과 세계관은, 그런 문명을 보면 두려움에 질린다. 현대 문명은 그런 원시적 마음의 부분들이 이해하기엔 너무 거대하고 복잡하고 위협적이다. 자연히, 사람은 자신의 가장 인간적인 부분들에 대해 두려움을 품는다.

문제는 우리를 가장 근본적 차원에서 움직이는 것은 아득한 옛날에 형성된 그런 본능들, 욕망들 그리고 원시적인 세계관이라는 사실이다. 그것들이 우리의 가치 체계를 근본적 차원에서 결정한다. 그래서 우리 몸과 마음속엔 짐승과 사람이 함께 살며, 그 둘은 때로 협력하고 때로 다툰다. 인류 문명이 흔히 정신분열적 증세를 보인다는 사실이 그래서 놀랍지 않다.

예술은 그렇게 두려움에 질린 마음의 원시적 부분들을, 즉 수성獸性을, 대변한다. 갑자기 나타나서 빠르게 지배적 위치를 차지한 인성人性과 그것을 두려워하고 시기하는 수성이 맞설 때, 예술은 선뜻 수성의 편을 든다. 사람의 활동들 가운데 학문과 기술에선 인성이 큰 몫을 할 수밖에 없다. 반면에, 예술은 사람 전체를 드러내므로, 우리 성품 속에 있는 수성이 자연스럽게 부각되고 학문이나 기술에서보다 훨씬 큰 목청을 얻는다.

거의 모든 예술가들이 지성과 과학에 적대적 태도를 보이고 문명을 거세게 비판하는 것은 바로 그런 사정 때문이다. 사람을 전체적으로 바라보려는 예술적 노력은 어쩔 수 없이 현대 문명에서 점점 작은 목소리를 내게 된 수성을 부각시키게 마련이고, 그런 편향은 지성보다 감정을, 과학보다는 직관을, 문명보다는 자연을 높이게 된다. 예술가들은 늘 사람과 자연이 조화를 이룬 '목가적 세계'를 그린다. 그런 사회가 역사적으로 존재하지 않았고 근본적으로 존재할 수 없다는 사실은 그들의 꿈에 별다른 장애가 되지 않는다. 그들의 수성이 그런 세상을 그리워한다는 사실만으로 그런 세상은 적어도 그들에겐 정당화된다. '감정의 해방'을 내세운 낭만주의 운동이 활발해진 18세기 말엽과 19세기 초엽에 예술의 모든 장르들이 융성했고 예술가들의 사회적 지위와 영향이 컸다는 사실은 우연이 아니다.

5

바로 여기에 예술의 중요성이 있다. 예술은 사람의 삶에서 지성과 과학이 지닌 압도적 우위에 맞서 감정과 원시적 세계관을 대변한다. 예술은 우리의 몸과 마음속에 있는 짐승과 사람 사이의 거리가 점점 멀어지는 현상을 걱정스럽게 바라본다. 달리 말하면, 예술은 사람이 자신의 인성에 너무 주목하는 것은 위험하다고 경고하는 기능을 수행한다.

미국 인류학자 로렌 아이슬리Loren Eiseley는 "시인들은 문명의 후위後衛다Poets are the rearguard of civilization"라고 했다. 문명이 후퇴할 때 맨 뒤에 남아서 주력 부대가 철수하도록 돕는 부대가 바로 시인들이라는 얘기다. 그는 시인들은 게처럼 옆으로 걷는 사람들이며, 덕분에 다른 사람들이 보지 못하는 것들을 보고 다른 사람들이 느끼지 못하는 문명의 위기를 느낀다고 했다. 아마도 아이슬리는 '시인들'이라는 말로 모든 문인들을, 어쩌면 모든 예술가들을, 뜻했을 터이다.

인류 문명이 쇠퇴하거나 위기를 맞았다는 주장에 선뜻 동의할 수는 없지만, 나는 아이슬리의 얘기가 본질적으로 옳다고 여긴다. 우리 몸과 마음속에 있는 수성과 인성이 너무 뚜렷이 갈라서는 것은 분명히 위험하다. 우리 속의 짐승과 사람이 조화를 이루지 못한다면, 우리의 정체성과 방향감각은 큰 손상을 입을 것이다.

6

앞에서 살핀 것처럼, 문명이 발전할수록, 문명에 몰린 우리의 수성을 옹호하는 예술의 기능도 역설적으로 중요해진다. 그러나 예술이 그런 기능만을 수행해야 할 이유는 없다. 예술이 사람 속의 수성과 인성을 조화시킬 수 있다면, 당연히 더 좋다. 따지고 보면, 그렇게 하는 것이 예술이 지향하는 '되도록 높은 차원의 질서'에 보다 가까이 가는 길이다. 예술을 그저 수성의 대변자로 국한시키는 것은 예술을 왜소하고 얄팍하게 만든다.

우리의 수성과 인성을 조화시키려는 노력은 문학에 또 하나의 차원을 더할 것이다. 그러면 문학은 보다 높은 차원의 질서에 이를 수 있고, 아울러 사회적 문제들과 연관성relevancy이 있는 지적 활동이 될 것이다.

문학은 다른 예술 장르들보다 이런 일에 훨씬 적합하다. 소설은 특히 그렇다. 언어와 문자를 매체로 삼은 덕분에, 시각이나 청각과 같은 지각에 직접 의존하는 다른 예술 장르들과는 달리, 문학은 추상적 개념들을 다룰 수 있다. 즉 수성과 함께 인성도 어렵지 않게 포용할 수 있다. 비록 그런 일이 쉬운 것은 아니지만, 선험적으로 문학이 다룰 수 없는 주제는 없다.

아쉽게도, 문인들은 문학이 지닌 그런 능력을 제대로 쓰지 못했다. 지금 문학이 지닌 그런 능력을 제대로 쓰는 분야는 과학소설뿐이다. 현대 문명이 놓인 바탕이 과학과 기술이므로, 과학과 기술을 다루지 않고서는 현대 문명을 제대로 이해하고 얘기할 수 없다. 그러나 자신의 이야기 속에 과학과 기술을 품은 작가들은, 과학소설 분야를 벗어나면, 찾기가 쉽지 않다.

그렇게 인성을 보다 잘 이해하고 수성과 인성을 조화시킨다는 과제에서 나는 작가로서 설 자리를 본다. 그래서 점점 크고 복잡해져서 우리에게 점점 두려운 모습으로 다가오는 현대 문명을 제대로 그려내는 이야기들을 쓰고 싶다.

제3부

작품들에 대한 생각

이정표가 되기를 바라면서

1

과학소설 동인지fanzine에 실릴 이 글을 과학소설의 동인sf fan으로 시작한 룬드발Sam J. Lundwall의 얘기를 인용하여 시작하는 것은 그럴듯하게 느껴진다. 그는 『과학소설의 모든 것 Science Fiction: What It's All About』에서 과학소설의 동인들을 다룬 장의 제목을 "FIAWOL"이라 붙이고서 이렇게 말했다.

좀 암호 냄새가 나는 앞의 제목은 가장 열렬한 과학소설의 동인들이 과학소설의 동인이 된, 특히 과학소설 동인의 세계sf fandom에 속한 동인이 된, 행복을 설명할 때 지르는 전투 함성이다. 쉬운 영어로 바꾸면, 그것은 '동인의 세계는 삶의 한 방식이다Fandom Is a Way of Life'라는 뜻인데, 그것은 구호로서 아주 비현실적인 것은 아니다.

앞에서 인용한 글은, 비록 짧지만, 과학소설 동인들의 성격을 우리에게 잘 보여준다.

2

과학소설은 특이하다. 과학소설을 많이 읽지 않는 사람들도 그것을 쉽게 가려낸다. 그것의 덜 알려진 특징들 가운데 하나는 동인들과 동인지들의 몫이 다른 소설들의 경우와는 비교가 되지 않게 크고 중요하다는 사실이다.

먼저, 과학소설에서는 직업적 작가들과 동인들을 가르는 벽이 거의 없다. 그래서 다른 소설들에 비기면 아주 민주적인 풍토가 자리 잡았다. 직업적 작가들이 동인지들에 기고하는 것을 당연하게 여기며 동인지들의 통신란을 통해서 그들과 동인들이 대등한 자격으로 논의하고 생각들을 주고받는다. 그런 사정은 동인들이 주는 '휴고 상Hugo Award'에서 잘 드러난다. 과학소설 밖의 어느 소설 분야에 동인들과 직업적 작가들이 같은 투표권을 갖고서 수상작을 고르는 상이 있는가? 그런 상의 권위가 직업적 작가들이 심사하여 주는 상──이 경우에는 '성운 상Nebula Award'──의 그것보다 조금도 못하지 않은 분야가 어디 있는가?

앞에서 든 사정의 결과로, 또는 그것의 원인으로, 과학소설에서는 거의 모든 직업적 작가들과 편집자들이 동인으로 그들의 직업적 경력을 시작했다. 자연히, 동인들의 활동 무대인 동인지들의 중요성은 언뜻 보아서는 이해하기 힘들 만큼 크다. 과학소설이 주류 문학의 비평가들로부터 아무런 도움을 받지 못했던 시절, 동인지들은 과학소설의 수준을 높이는 데 결정적 역할을 했다. 과학소설이 처음의 거친 모습에서 지금의 세련된 모습으로 발전해온 감탄할 만한 과정은, 동인지들의 역할을 빼놓고서는, 제대로 살피기 어렵다.

동인들의 몫이 크고 중요하다는 사정은 과학소설을 가장 범지구적 문학 분야로 만들었다. 과학소설 시장에서 미국이 차지하는 압도적 위치에도 불구하고 휴고 상이 온 세계의 과학소설 동인들이 실제로 참여하는 '세계 과학소설 대회World SF Convention'의 이름으로 주어진다는 사실은 과학소설 동인들을 자랑스럽게 만든다. 그런 사정은 국경과 언어의 장벽이 아직도 높은 주류 문학의 경우와 대비된다.

3

그래서 나는 이 동인지의 발간을 하나의 이정표로 여긴다. 해외의 과학소설 고전들이 소개되어 우리 독자들에게 낯익은 이름들이 되고 우리 작가들이 쓴 과학소설들이 많아진다 하더라도, 과학소설 동인지들로 나타나는 동인들의 활동이 없다면, 나는 우리 사회에서 과학소설이 마침내 꽃을 피웠다고 말하기를 꺼릴 수밖에 없을 것이다. 동인들의 활동은 과학소설이 뻗어나가고 꽃을 피우게 하는 토양이기 때문이다.

한 걸음 더 나아가서, 나는 뒷날에 문학사가들이 우리 과학소설의 역사를 쓸 때 이 동인지를 하나의 이정표로 삼을 가능성이 높다는 점을 가리키고 싶다. 앞에서 한 설명만으로 부족하다면, 우리 사회가 서양의 문학을 받아들이기 시작한 시절을 돌아다보면 된다. 과학소설을 받아들이는 지금과 여러모로 비슷했던 그 시절, 새로운 문학을 받아들인 매체는 '창조' '폐허' 또는 '백조'와 같은 이름들을 단 동인지들이었다. 몇 번 나오지 않았고, 그리 두껍지 않고, 좀 유치한 작품들도 채워진 그 동인지들을 얘기하지 않고서, 지금 어떤 문학사가가 우리 문학사를 쓸 수 있겠는가?

문학작품의 노후화

1

　얼마 전 동유럽에서 공산주의 체제가 갑자기 무너졌을 때, 체제에 저항하는 시들을 써서 이름을 얻은 시인이 탄식했다. 공산주의 체제의 붕괴에서 가장 큰 피해를 본 사람들은 자기와 같은 저항 시인들이라고. 시민들을 억압해온 체제가 무너졌으니, 지금까지 써왔던 것과 같은 시들을 쓸 수 없다는 얘기였다. 실제로 그들은 새로 쓴 저항적 시들을 전에 썼던 것처럼 위장해서 발표하거나 전에 그들이 경멸했던 연애 시들을 썼다. 그것은 체제를 무너뜨리려는 자신들의 노력이 그렇게 빨리 성공하리라고 여기지 않았던 저항 시인들에겐 상상하지 못했던 상황이었다. 그래서 에밀리 디킨슨의 탄식은 새삼 절실하게 울린다: "성공은 결코 성공하지 못한 사람들이 가장 달콤하게 여긴다Success is counted sweetest/ By those who ne'er succeed."

　비슷한 현상이 '저항시'나 '민중시'라고 불린 반체제적 작품들을 써온 우리 시인들에게서도 나타났다. 1987년의 '6월 혁명' 이후 민주화와 자유화가 꾸준히 진전되었고 노동자들의 소득이 늘어나고 작업환경이 나아졌으며 공산주의 체제의 붕괴로 마르크스주의가 매력을 많이 잃었다는 사정은 그런 반체제적 시들이 설 자리를 크게 좁혔다. 사랑, 자연, 또는 선禪을 주제로 삼은 시들이 요즈음 갑자기 유행하는 것은 그런 사정과 관련이 있는 것처럼 보인다.

2

그런 사정이 시에만, 또는 문학 분야에만, 국한된 것은 물론 아니다. 특수한 환경에서 나온 지적 작업들은, 그런 환경이 바뀌면, 어쩔 수 없이 생기를 잃게 된다. 그래서 세상이 갑자기 바뀌면, 씌어질 수 있었던 작품들이 씌어지지 못하게 되고, 이미 씌어졌으나 미처 발표되지 않았던 작품들은 빛을 보지 못하게 되며, 당대의 고전으로 꼽히던 작품들이 문득 시들거나 빛이 바랜다.

그런 노후화obsolescence는 과학소설에서 특히 두드러진다. 그런 까닭들 가운데 하나는 과학소설 작품들이 흔히 미래를 다룬다는 점이다. 미래가 막상 현재가 되면, 그것의 모습은 과학소설 작품들의 예언들을 거의 따르지 않는다. 조지 오웰의 『1984년』은 그런 사정을 잘 보여준다.

훨씬 근본적인 까닭은 과학과 기술이 빠르게 발전한다는 점이다. 과학과 기술의 빠른 발전은 과학적·기술적 지식의 빠른 노후화를 뜻하며 그런 노후화는 그것에 바탕을 둔 과학소설 작품들의 노후화를 부른다.

눈에 이내 띄는 예는 컴퓨터다. 1970년대까지는 아무도 개인용 컴퓨터pc가 전산 분야를 지배하리라고 예측하지 못했다. 전산 분야의 전문가들에게도 개인용 컴퓨터는 낯선 개념이었다. 1980년대까지도 전산 분야의 기술혁신이 컴퓨터 제조 회사들이 아니라 반도체 제조 회사들에 의해 주도되리라고 예측한 사람들이 드물었다.

　자연히, 1970년대까지 나온 과학소설들에서 컴퓨터를 그린 부분들은 이제 비현실적이 되었다. 1980년대의 작품들에 나온 묘사들도 점점 낡고 있다. 그래서 조지 오웰이 다룬 주제로, 즉 거대한 컴퓨터로 정보를 독점한 독재자나 지배계급이 사회를 억압적으로 지배한다는 이야기로 작품을 쓰려고 마음먹은 작가는 이제 컴퓨터가 전에 일반적으로 여겨진 것처럼 책임과 권한을 한군데로 모으는 것이 아니라 널리 분산시킨다는 사실에 부딪친다. 컴퓨터의 도입이 기업 조직의 분권화를 도왔다는 사실부터 전체주의 체제들을 무너뜨리는 데 결정적 역할을 했다는 사실에 이르기까지, 그런 사실을 떠받치는 증거들은 많다.

3

　또 하나 잘 알려진 예는 화성에 관한 소설들이 갑자기 노후화된 것이다. 웰스의 『세계들의 전쟁 The War of the Worlds』이래 많은 화성 소설들이 씌어졌고 많은 독자들의 아낌을 받았다. 화성 소설들의 그런 인기는 사람들이 '붉은 행성'에 대해 지녀온 관심으로 받쳐졌다. 19세기 후반에 이탈리아 천문학자 조반니 스키아파렐리 Giovanni Virginio Schiaparelli가 화성 표면을 덮은 길고 가는 직선들의 지도를 만들어서 그것들을 '수로들canali'이라 부르고, 이어 미국 천문학자 퍼시벌 로웰Percival Lowell이 그것들에 대해 화성인들이 만든 운하라고 주장한 뒤로, 사람들은 화성에 큰 관심을 보여 왔다.

　그러나 정확한 계측 기기들을 갖춘 탐사선들이 화성을 가까이서 탐사하면서, 화성을 둘러쌌던 신비의 후광은 차츰 가셨다. 특히 화성에

착륙해서 화성 표면의 모습을 송신한 '바이킹' 1호와 2호는 화성에 관한 신비로운 전설들의 관에 못질을 단단히 했다. 그래서 좋은 화성 소설들은 앞으로도 많은 독자들의 아낌을 받겠지만, 그들의 광채가 많이 사그라진 것도 사실이다. 앞으로 '화성인'들과 그들이 이룬 발전된 문명을 그린 소설은 나오기 힘들 것이다.

4

최근에 나온 노후화의 희생자들 가운데 두드러진 것은 '재앙 후 세계 소설post-catastrophic world story'이다. 1945년 일본에 원자탄들이 떨어진 이래, 핵전쟁에 의한 인류 문명의 파멸은 사람들의 마음 위에 무겁게 드리운 그늘이었다. 그래서 훌륭한 재앙 후 세계 소설들이 씌어져서 '핵 재앙'의 가능성에 대해 시의적절한 경고를 하곤 했다. 냉전이 갑자기 끝나고 이어 공산주의 체제가 무너지고 핵무기 감축이 가장 낙관적인 예측보다 훨씬 빠르게 진전되자, 핵전쟁의 위협은 빠르게 줄어들었다. 자연히, 핵 재앙의 악몽은 예전보다 덜 두려운 모습을 하게 되었다. 러시아의 핵무기들이 여러 신생 국가들의 손으로 들어가서 소규모 핵전쟁이 일어나거나 테러에 쓰일 위험은 오히려 커졌고 환경의 파괴로 인한 재앙의 가능성이 점점 커지고 있지만, 사람들이 느끼는 위협은 그 크기나 강도에서 미국과 소련이 치열하게 맞섰던 시절의 핵전쟁의 위협에 비길 수 없다.

그래서 요즈음은 거의 모든 재앙 후 세계 소설들이 광채를 잃었다. 지금 월터 밀러Walter Miller의 『라이보위츠를 위한 영창A Canticle for Leibowitz』이나 리 브래킷Leigh Brackett의 『긴 내일The Long Tomorrow』과 같은 작품들이 나온다 해도, 그것들이 줄 충격은 그리 크지 않을 것이다.

그런 사정은 현실적으로는 물론 반갑지만, 소설을 쓰는 사람의 관점에선 어쩔 수 없이 아쉽다. 재앙 후 세계 소설은 인류 문명이라는 큰 주제를 정색하고 다루어보려는 작가들에게 아주 좋은 기법이다. 특히 아쉬운 것은 '핵겨울'이다. 그 주제를 다룬 좋은 단편들이 몇 편 나왔지만, 뛰어난 장편은 아직 나오지 않았다. 이제 쿠웨이트 유전의 화재가 핵겨울에 관한 칼 세이건Carl Sagan의 주장을 지지하기보다는 그의 주장이 비현실적 가정들에 바탕을 두었다는 주장에 무게를 더해주었으므로, 좋은 핵겨울 소설이 나올 가능성은 거의 다 없어졌다.

5

지식의 노후화는 점점 뚜렷해지고 가속된다. 그래서 과학소설의 노후화도 점점 뚜렷해지고 가속될 것이다. 그런 현상은 작가들과 독자들에게 여러 가지 곤혹스러운 문제들을 제기할 것이다.

물론 마음을 단단히 다잡고서 말할 수도 있을 것이다: 그런 노후화는, 개체들의 죽음이 종種의 유지와 진화에 필수적인 것처럼, 자연스럽고 바람직하다. 실제로 고전들이 너무 오래 권위를 누린 사회들은, 중국이나 이탈리아처럼, 흔히 문화적으로 정체했다. 그래서 작품들의 노후화는 과학소설을 위해서나 문학을 위해서나 바람직하다는 주장을 펼 수도 있다.

그렇기는 해도, 자신에게 정신적 자양을 주었던 훌륭한 작품들이 생기를 잃어가는 모습은 서글프다. 작가에게 그것은 자신의 작품들은 더 빨리 빛이 바래리라는 사실도 함께 일깨워준다. 그 사실이야 물론 더 서글프다.

너른 대륙으로 가는 차표

1

우리 사회에선 해마다 인구의 70분의 1가량 되는 사람들이 죽을 것이다. 그 많은 죽음들은 물론 모두 아깝고 나름의 모습을 지닌 죽음들이다. 그러나 그 죽음들 가운데 공적 사건인 것들은 그리 많지 않다. 부고가 신문에 실렸다고 해서, 어떤 죽음이 공적 사건인 것은 아니다. 그것이 공적 사건이 되려면, 죽은 사람의 생애가 사회적으로 상당한 뜻을 지녀야 한다.

1990년 6월에 문학 평론가 김현이 죽은 일은 공적 사건이었다. 거의 스무 해 동안 한국 문학에 대한 그의 영향은 무척 컸으니, 그의 업적을 얘기하지 않고서 현대 한국 문학을 얘기하기 어려울 정도다. 그의 영향이 문학에 한정된 것도 아니다. 그래서 그의 죽음은, 비록 신문의 부고란에 그리 크게 실리지 않았지만, 사회적 중요성에서 이름이 널리 알려진 정치가들이나 기업가들의 죽음에 비길 바 아니다.

2

막상 김현에 대해 얘기하려니, 막막해진다. 그런 막막함은 너른 대륙을 보고 온 여행자가 자신이 본 것들을 남에게 설명하려 할 때 느낄 막막함과 비슷하다. 그는 대륙이었다.

시인 황지우는 그를 "백 년에 한 번 나올까 말까 한 비평가"라고 불렀다. 그것은 누구에게 향하더라도 과찬으로 들릴 평가지만, 많은 이들이 그것을 과찬이 아니라고 여길 것이다.

병원 영안실 밖에 마련된 천막 안에서 소설가 이창동과 밤새 바둑을 두고 멍한 마음으로 해장국집을 찾아 나섰을 때, 그가 탄식했다: "이제 한국의 작가들은 단 한 사람의 독자를 잃었구나." 그 얘기도 물론 과장이지만, 나는 대부분의 작가들이 그 뜻을 이내 알아들으리라고, 그리고 적잖은 작가들이 그것에 선뜻 동의하리라고, 생각한다. 새벽 골목을 걸어가면서 "단 하나의 독자"라는 구절을 곰곰 씹는 내게 문득 쓸쓸해진 세상 풍경이 그 얘기가 사실임을 확인해주었다. "이제는 그가 없어서 세상이 쓸쓸해졌다"라는 얘기를 먼저 한 것은 '한겨레신문'의 고종석이었다. 실은 김현 자신이었다. 사르트르가 죽었을 때, 그는 "세상이 쓸쓸해졌다"라고 했다.

3

김현은 1942년 전라남도 진도군 진도읍에서 태어났고 목포에서 학교를 다녔다. 본명은 광남光南이며 현은 필명이다.

1960년에 서울대학교 문리과대학 불어불문학과에 들어갔다. 1962년에 『자유문학』에 「나르시스 시론詩論」이 발표되어 문단에 나왔다. 1964년부터 1967년까지 서울대학교 대학원에서 불문학을 공부했다. 1970년 에는 김병익, 김주연, 김치수와 함께 계간지『문학과지성』을 창간했는데, 1980년 군부 정권에 의해 강제로 폐간될 때까지 10년 동안『문학과지성』은『창작과비평』과 함께 우리 문단을 이끈 '기관'이었다. 1971년 서울대학교 교양과정부 전임강사가 되었고 그 뒤 쭉 서울대학교에서 프랑스 문학을 가르쳤다. 1974년 프랑스 스트라스부르 대학에 가서 이듬해까지 프랑스 철학자 가스통 바슐라르Gaston Bachelard를 연구했다. 1989년『분석과 해석』으로 제1회 팔봉비평상을 받고 얼마 지나지 않아서, 지병인 간경변으로 죽었다.

4

문단에 나온 뒤 거의 서른 해 동안, 김현은 많은 글들을 썼다. 중요한 평론집들과 프랑스 문학 연구서들만 들더라도,『존재와 언어』(1964),『상상력과 인간』(1973),『한국문학사』(김윤식과 공저, 1973),『사회와 윤리』(1974),『시인을 찾아서』(1975),『바슐라르 연구』(곽광수와 공저, 1976),『한국 문학의 위상』(1977),『문학과 유토피아』(1980),『프랑스 비평사』(1981),『문학사회학』(1983),『젊은 시인들의 상상세계』(1984),『책읽기의 괴로움』(1984),『두꺼운 삶과 얇은 삶』(1986),『제네바학파 연구』(1986),『르네 지라르 혹은 폭력의 구조』(1987),『분석과 해석』(1988),『시칠리아의 암소: 미셸 푸코 연구』(1990),『말들의 풍경』(1991) 등이 있다.

그가 쓴 글들은 모두 훌륭하고 그것들을 읽는 일은 보답이 크다. 그러나 그의 저작들을 모두 구해서 읽는 것은 일반 독자들에겐 쉽지 않을 것이다. 그의 글을 처음 읽어보려는 사람들에겐 다행스럽게도, 그의 제자인 문학 평론가 정과리가 엮은 선집 『전체에 대한 통찰』이 있다. 김현의 생전에 기획된 그 책엔 그의 세계를 대표할 수 있는 글들이 실렸을 뿐 아니라, 그가 '팔봉비평상'을 받은 뒤 병상에서 써서 맏아들이 식장에서 읽은, 감동적 수상 연설 「뜨거운 상징을 찾으며」가 실렸다. 그를 따른 시인 이성복과 황지우가 쓴 추모하는 글과 정과리의 해설이 아울러 실렸다.

김현에 대해서 자세한 것을 알고자 하는 사람들은 계간지 『문학과사회』 1990년 겨울호를 구해보는 것이 좋을 것이다. 거기 실린 「김현과 그의 문학」이라는 특집엔 그와 그의 문학에 관한 좋은 자료들이 들어 있다.

5

보통 사람들의 독서에서 문학작품은 작지 않은 부분을 차지한다. 그러나 문학 평론집을 읽는 사람들은 많지 않다. 선뜻 읽으라고 추천하기도 어렵다.

김현의 책들은 문학을 전공하지 않은 독자들에게도 선뜻 추천할 수 있는, 몇 안 되는 문학 평론들에 속한다. 넓고 깊은 지식, 뛰어난 감수성과 상상력, 치밀한 논리, 이미 전범이 된 문체는 그의 글을 읽은 일을 언제나 '경험'으로 만든다. 그는 '한글 일세대'라 불린 세대의, 즉 "한글로 사유하고 글을 쓰고 행동"한 세대의, 중심적 인물이었고 우리 사회의 현대적 글쓰기에 크게 공헌했다. 그래서 그의 글을 한 편도 읽지 않은 사람들도 그의 영향을 끊임없이 받아온 셈이며 앞으로도 그럴 것이다.

그의 글들은 대학에 갓 들어간 젊은이들에게 추천할 만하다. 입학시험 공부로 굳어진 마음과 좁아진 눈을 풀어줄 수 있는 해독제로 나는 김현의 글보다 나은 것을 생각해낼 수 없다. 생각해보면, 얼마나 걱정스러운 일인가, 어떤 문제에 으레 정답이 있다고 믿는 태도는. 그것도 단 하나의 정답이 있다고 믿는 것은. 그런 젊은이들에게 '주어진 물음에 대한 옳은 답을 찾는 일보다 뜻있는 물음을 생각해내는 일이 훨씬 어렵고 중요하다'는 것을 깨닫도록 하는 것은 얼마나 어려운가. 그리고 중요한가.

그래서 대학에 갓 들어갔거나 다니는 아들딸들을 둔 이들에게 나는 『전체에 대한 통찰』을 한 권씩 사줄 것을 감히 권한다. 그것은 삶에 대해 많은 것들을 보여줄 수 있는, 너른 대륙으로 가는 차표다. 이 글이 계기가 되어 김현의 글을 대하게 될 젊은 독자들에게 경제학자 폴 새뮤얼슨Paul A. Samuelson의 말을 빌려서 축하의 인사를 보낸다: "축배! 당신이 처음으로 김현이라는 멋진 대륙을 탐험하러 나서는 지금, 나는 부럽기만 합니다. 아쉽게도, 그것은 당신이 평생 한 번밖에 맛보지 못할 경험입니다. 그래서 나는 즐거운 여행이 되기를 빕니다."

압제적 세계에서 길을 찾는 사람들

1

어떤 책들은 이내 고전이 될 운명을 지니고 세상에 나온다. 필립 딕 Philip Kindred Dick(1928~1982)의 『높은 성의 사나이 *The Man in the High Castle*』(1962)는 그런 책들 가운데 하나다. 이 작품은 2차 세계대전에서 미국을 중심으로 한 연합국들이 독일과 일본을 중심으로 한 추축국들에 졌다는 가정 아래 씌어진 대체역사 alternative history 소설이다. 그러나 그것은 처음 나온 대체역사 소설이 아니었고, 실은 2차 세계대전을 다룬 많은 대체역사 소설들 가운데 맨 먼저 나온 작품도 아니었다. 그리고 비록 뛰어난 작품이지만, 그것은 과학소설에 정통한 독자들이 '가장 뛰어난 대체역사 소설'이라고 선뜻 꼽을 만큼 두드러진 작품도 아니다. 그러나 『높은 성의 사나이』는 독자들의 열광적 반응을 얻었고 이내 과학소설의 고전이 됐다.

뛰어난 작품이라는 점 말고도, 다른 대체역사 소설들보다 이 작품을 읽을 또 하나의 이유가 거기 있다. 베스트셀러와 마찬가지로, 고전은 많은 사람들이 공유하는, 그래서 아주 쓸모가 큰 정보와 지식을 독자들에게 준다. 그것을 '속물근성'이라고 부를 사람들도 있을 터이지만, 일반적으로 속물근성은 사회생활에서의 혜택이 보기보다는 크다는 점에서 단단한 바탕을 가진 행동 양식이다.

2

대체역사는 역사상의 어떤 중요한 사건이 결말이 다르게 났다는 가정 아래 그 일로 해서 바뀐 세상의 모습을 그린 것이다. 역사가 그렇게 갈리는 시점은 분기점branching point이라 불린다. 실제로 그렇게 다른 역사를 상정하는 작업은 역사가들이 먼저 시작했다. 따지고 보면, 역사학에선 대조실험이 불가능하므로, 어떤 역사적 사건의 뜻과 중요성은 그런 사고실험에 의해서만 평가될 수 있다. 그래서 많은 역사가들이 이 방법을 추천했으니, 이미 19세기 초엽에 영국 문필가 아이작 디즈레일리 Isaac D'Israeli(1766~1848)가 이 방법을 소개했다. 이어 영국의 유명한 역사가 조지 매콜리 트리벨리언George Macaulay Trevelyan(1876~1962)은 1907년에 「만일 나폴레옹이 워털루 싸움에서 이겼다면If Napoleon had Won the Battle of Waterloo」이란 논문을 발표해서 큰 영향을 미쳤다.

대체역사라는 개념이 과학소설에 처음 도입된 것은 미국 작가 머레이 라인스터Murray Leinster(1896~1975)의 단편 「시간적으로 비스듬히 Sidewise in Time」(1934)에서였다. 그러나 본격적으로 구성된 대체역사는 미국 작가 라이언 스프레이그 드 캠프Lyon Sprague de Camp(1907~)의 『암흑이 덮이지 않도록Lest Darkness Fall』(1939)에서 비로소 나왔다. 이 작품은 우연히 고대 말기의 유럽으로 시간 여행을 한 현대인이 암흑기가 닥치지 않도록 하거나 암흑기가 덜 어두운 시대가 되도록 만들려고 애쓰는 모습을 그렸다.

그 뒤로 과학소설 작가들은 중요한 역사적 사건이 실제 역사와는 다르게 결말이 났다는 가정 아래 대체역사를 구성하는 방식을 골랐다. 그렇게 분기점으로 자주 이용된 역사적 사건들은 스페인의 무적함대와 영국 함대의 싸움, 미국의 남북전쟁, 2차 세계대전, 원자탄의 발명이다. 동양 역사에선 명明의 정화鄭和(1371~1435?)가 1405년에서 1433년까지 27년 동안에 2만 7천 명 안팎의 선원들로 이루어진 대함대를 이끌고 일곱 차례 인도양까지 항해했던 일이 분기점으로 자주 이용됐으니, 그 항해가 일회성 사업으로 끝나지 않고 지속적인 해외 진출로 이어져 마침내는 중국이 아메리카 대륙을 통치하는 모습을 그린 대체역사 작품들이 나왔다.

3

이들 역사적 사건들 가운데 분기점으로 가장 많이 이용된 것은 역시 2차 세계대전이다. 앞에서 얘기한 것처럼, 『높은 성의 사나이』도 2차 세계대전을 분기점으로 삼았으니, 이 작품은 미국의 프랭클린 루스벨트 대통령(재임: 1933~1945)이 첫 임기 동안에 암살됐고 후임자가 무능해서 추축국들이 2차 세계대전에서 이겼다는 가정 아래 1960년대 초엽 미국 사회의 모습을 그렸다. 그렇게 해서 나온 세상에선 독일이 가장 강대한 나라며 달과 화성의 개발을 독점하고 있다. 그리고 독일을 장악한 나치 세력은 유대인들의 박멸과 같은 사악한 짓들을 계속한다. 미국은 독일과 일본이 나누어서 지배하고, 중서부와 남부에만 조그맣고 약한 미국 사람들의 나라들이 가까스로 독립 국가들로 존재한다.

그런 상황에서 개인들은, 정복당한 국가들의 시민들만이 아니라 전승국들의 시민들까지도, 압제적 사회들에 깊이 밴 사악함과 일상적으로 마주치게 된다. 『높은 성의 사나이』에 나오는 인물들은 그렇게 어려운 처지에서 올바른 선택을 하고 자신의 인간적 위엄을 지키려고 애쓰는 사람들이다. 그리고 그들은 희망이 없어 보이는 상황 속에서 삶에 대한 희망을 찾고 인간적 위엄을 지키는 일에 성공한다.

딕의 작품들에 나오는 인물들은 대개 영웅적 존재와는 거리가 먼 평범한 사람들로 어려운 실존적 상황 속에 갇혀서 고통을 겪는다. 작가는 그런 인물들에 대해서 공감하고 안쓰러워한다. 이 작품에서도 작가의 공감과 동정 덕분에, 작중인물들은 어려운 상황 속에서 옳게 살아보려고 애를 쓰는 사람들로 다가온다. 상투적 묘사로 그쳐서, 일본인 인물들이 인형들처럼 느껴진다는 점은 못내 아쉽지만, 그들에 대해서도 작가가 공감과 애착을 보인 것은 또렷이 느껴진다.

딕은 20세기의 가장 중요한 과학소설 작가들 가운데 한 사람이다. 그는 형이상학적 문제들에, 특히 실재의 모습과 그것의 인식에 관한 문제에, 큰 관심을 보였다. 그의 대표작들은 모두 이런 주제들을 다뤘다. 1982년 리들리 스콧Ridley Scott이 그의 작품 『인조인간들은 전기 양들을 꿈꾸는가? Do Androids Dream of Electric Sheep?』(1968)를 「블레이드 러너Blade Runner」로 만들자, 그는 갑자기 유명해졌다. 1990년엔 폴 버호벤Paul Verhoeven이 그의 단편 「우리는 당신에게 기억을 도매로 팝니다We Can Remember It for You Wholesale」(1966)를 바탕으로 영화 「토탈 리콜Total Recall」을 만들었다.

4

이번 번역판에 대해서 번역이 만족스럽다고 말하기는 어렵다. 그러나 번역에 대한 투자가 아주 적은 우리 사회에서 번역에 대한 불만을 얘기하는 것도 그렇다. 한 가지 짚고 넘어가야 할 것은 제목의 번역이다. 제목이 가리키는 인물은 작품 속의 대체역사에 대한 대체역사를, 곧 2차 세계대전에서 추축국들이 이긴 것이 아니고 연합국들이 이겼다는 가정을, 바탕으로 소설을 쓴 사람이다. 그의 작품은 물론 금서가 됐고, 암살을 피하기 위해, 그는 스스로 '높은 성'이라고 이름을 붙인 요새 속에서 산다. 따라서 '높은 성의'보다는 '높은 성 속의'가 그리고 '사나이'보다는 '사람'이 낫지 않을까? 작가가 'man'이란 낱말로 그 인물이 남자임을 강조했다고 보기는 어렵다.

좋은 편집자들이 드문 세상에서 소설 쓰기

1

긴 소설을 쓸 때, 작가는 지치게 마련이다. 그래서 글쓰기의 짐에서 한시라도 빨리 벗어나고 싶어진다. 출판사에 원고를 넘길 때면, 작가는 원고를 더 다듬는 것은 자신의 능력을 넘는 일이라 느끼게 된다. 그럴 때 좋은 편집자의 조언은 큰 도움이 된다. 편집자의 간단한 지적까지도 작가가 숨을 돌리고 마음을 가다듬어 작품을 한 번 더 다듬는 계기가 될 수 있다.

문학사엔 중요한 작품을 다듬는 데 편집자가 결정적 도움을 준 일화들이 많다. 에즈라 파운드의 손길에 『황무지』가 다듬어진 일이나 맥스웰 퍼킨스의 도움으로 토머스 울프의 방대한 원고에서 작품들이 하나씩 뽑혀져 나온 일은 잘 알려졌다.

세상이 바뀌어서, 요즈음엔 그런 전통이 자리 잡은 서양에서도 작품에 깊이 간여하는 편집자들은 드물다고 한다. 문학과 출판의 풍토가 척박한 우리 사회에선 물론 좋은 편집자들을 찾기가 훨씬 어렵다. 출판사들이 작으므로, 좋은 편집자들을 두는 것은 그만두고라도, 기본적 편집 기능을 제대로 제공하는 경우도 많지 않다. 잘 다듬어졌느냐 아니냐 하는 점이 소설의 상업적 성공에 작은 영향을 미치는 판이라, 사정은 점점 나빠지는 듯하다.

그래서 잘 씌어진, 그러나 유능한 편집자를 만났으면 더 잘 씌어졌을 작품들을 가끔 만난다. 백민석의 『내가 사랑한 캔디』도 그런 작품들 가운데 하나다.

2

『내가 사랑한 캔디』는 동급생을 사랑했다가 잃은 젊은 사내의 얘기다. 우리 문학에서 동성애를 다룬 작품들이 없었던 것은 아니지만, 동성애를 정색하고 주제로 삼은 작품은 이 작품이 처음인 듯하다. 동성애는 중요한 주제고 그것의 문학적 탐험은 가치가 큰 작업이다. 그 점만으로도 이 작품은 우리가 반기고 진지하게 감상해야 한다. 뼈대가 튼튼한 데다 '풍속의 감시자'들이 극성스러운 사회에서 말썽나기 쉬운 주제를 말썽나지 않게 다룬 솜씨도 돋보여서, 선뜻 올해(1996)의 문학적 성취들 가운데 하나로 꼽을 만하다.

읽고 나면, 그러나 어쩐지 허전한 느낌이 든다. 잘 지어진 박물관 안으로 들어가서 구경하고 난 뒤, 있어야 할 전시품이 없다는 것을 깨닫고서 느끼는 허전함과 비슷하다. 사랑하는 사람들이 가장 가까워졌을 때의 모습이 거의 다 생략되었기 때문이다.

주인공과 캔디가 처음으로 성적 대면을 하는 장면은 다음과 같다:

그해 겨울, 화양리의 한 여관에서의 일이었다. 나는 캔디를 눕혀놓고는 내가 이미 이러저러하자고 마음먹었던 것들을 다 해본 다음, 내 어떤 생각을 들려주려던 참이었다. 캔디는 역시 캔디였다. 캔디는 말없이 나를 위해 봉사해주었다. 약간 아파하는 것 같았다.

작가는 작품에서 아마도 가장 핵심적일 장면을 찬찬히 묘사하는 대신 단 다섯 줄로 설명했다. 그 장면의 묘사는 자체로 중요한 것만이 아니다. 그 장면은 두 사람의 심리적 갈등과 그들의 헤어짐의 단서가 마련되고 동성애의 본질 한 자락이 자연스럽게 드러날 자리다. 그런 자리가 제대로 마련되지 못했으므로, 캔디가 한 소녀를 사랑하게 되고 주인공을 떠나게 된 경위가 또렷하지 않다. 더욱 치명적인 것은, 주인공이 느끼게 되는 상실감이 약화되어서, 슬픈 사랑 얘기에 따르는 애틋함이 전해오지 않는다는 점이다.

그 점에 대해서 주인공의 설명이 나오긴 했다: "이미 말했듯이, 우리의 로맨스에는 드라마틱한 사건이나 맘 졸이는 서스펜스 따위는 거의 없었다고 해야 할 것이다." 주인공이 볼 때는 그랬을지도 모른다. 그러나 그와 캔디의 사랑엔 나름의 특질들과 그들의 헤어짐을 불러올 기미가 있었을 것이다. 그런 것들은 독자들이 이 소설을 이해하는 데 필요하며, 독자들에게 필요한 것들은, 비록 주인공이 깨닫지 못한 경우라도, 작가가 보여주어야 한다.

3

묘사를 대신한 설명 때문에 놓친 것이 무엇인지는, 그런 묘사에 충실한 작품을 떠올리면, 이내 드러난다. 다음은 자주 인용되는 『롤리타』의 한 장면이다.

나는 어떤 순간들을 기억합니다, 그 순간들을 낙원의 빙산이라고 부릅시다. 그녀를 마음껏 차지하고 난 뒤— 몸이 늘어지고 하늘빛 띠가 생기도록 거짓말 같은, 미친 몸놀림을 한 뒤— 나는 마침내 인간적 연정의 소리 없는 신음을 내면서 그녀를 팔에 안곤 했습니다. (그녀의 살결은 포장된 뜰로부터 차양의 틈새들로 들어오는 네온 불빛으로 번들거리고, 그녀의 검댕처럼 검은 눈썹은 엉켰고, 그녀의 잿빛 눈은 어느 때보다도 텅 비었고—영락없이 큰 수술 뒤 약 기운으로 몽롱한 작은 환자였죠)— 그러면 연정은 깊어져 부끄러움과 절망이 되곤 했죠. 나는 내 대리석 팔에 내 외롭고 가벼운 롤리타를 안아 어르고, 그녀의 따스한 머리카락 속에서 신음하고, 손길이 닿는 대로 그녀를 애무하고 말없이 그녀의 축복을 바라곤 했습니다. 그러다가 이런 인간적이고 고뇌에 찬 이기심 없는 연정의 정점에서 (내 넋이 실제로 그녀의 벗은 몸 둘레에 매달려 회개할 준비가 된 상태에서), 느닷없이, 반어적으로, 끔찍하게도, 욕정이 다시 부풀어 오르고— "오, 안 돼요," 롤리타는 하늘까지 닿을 한숨과 함께 부르짖고, 다음 순간 연정과 하늘빛— 모두가 깨어져 버리는 것이었습니다. [55]

그리 길지 않은 이 단락은 나이 든 사내가 어린 소녀를 애무하는 모습을 묘사함으로써 욕정과 사랑의 본질을 함축적으로 드러내고 아울러 다가올 비극을 암시한다. 그리고 그 묘사는 외설스럽지 않다, 외설스럽다고 출판사들이 물리쳐서 절망 끝에 나보코프가 원고를 태워버리려

했다는 작품이지만.

만약 좋은 편집자가 『내가 사랑한 캔디』의 원고를 먼저 보았다면, 아마도 그는 앞에서 든 장면에 대해 설명하지 말고 묘사하라고 요구했을 것이다, 뒤에 펼쳐지는 얘기들이 좀더 필연적이 되도록, 그리고 주인공의 상실감에 깊이가 더해지도록. 그는 냉정하게 지적했을 것이다, 이 소설에선 동성애가 핵심이고, 그것의 묘사가 소략하면, 1980년대에 고등학교를 다닌 세대가 산 물리적 환경과 정신적 풍토에 대한 묘사가 아무리 뛰어나더라도 큰 뜻을 지니기 어렵다고.

4

책으로 나오면, 작품을 고쳐 쓰기는 어렵다. 그래서 좋은 편집자를 만났으면 더욱 잘 다듬어졌을 소설은 마음에 늘 아쉬움을 남긴다. 그 점에서 평론가들은 별 도움이 되지 않는다. 그들은 이미 씌어진 것을 놓고 얘기를 시작한다.

좋은 편집자들이 점점 드물어지는 세상에 소설가들은 어떻게 적응해야 하는가? 이것은 잘 다듬어진 소설을 쓰려는 이들이 곰곰 생각해볼 화두다.

견딜 만한 지옥의 지도

— 백민석의 『16믿거나말거나박물지』에 대한 해설

1

백민석은 1971년에 서울에서 태어났다. 다섯 살 이후로는 할머니와 둘이 살았는데, 처음 산 곳은 서대문구 홍제동의 달동네였다. 고등학교를 나오자, 술집 같은 곳에서 허드렛일들을 했고, 1993년에 서울예전 문예창작과를 졸업했다. 그런 성장 배경은 그의 작품들에 상당히 충실하게 반영되었다.

백민석은 1995년 여름 『문학과사회』에 중편소설 「내가 사랑한 캔디」를 발표하면서 문단에 나왔다. 그전엔 희곡을 써서, 1993년에 「꿈, 퐁텐블로」와 「요람 속의 고양이」를 공연했다(이 희곡들은 뒤에 『헤이, 우리 소풍 간다』와 『16믿거나말거나박물지』에 각각 들어갔다). 1995년에 펴낸 장편소설 『헤이, 우리 소풍 간다』가 좋은 평을 얻으면서, 그는 주목받는 작가가 되었다. 1996년에 펴낸 장편소설 『내가 사랑한 캔디』도 큰 관심을 끌었다. 그는 지금 서울에 살면서 글쓰기에 전념하고 있다.

2

『헤이, 우리 소풍 간다』는 1980년대 초엽에 무허가 판자촌에 살면서
국민학교 상급반에 다닌 한 무리 어린이들이 뒤에 젊은이들이 되어 만
난 모습을 그렸다. 그들의 삶에서 가장 중요한 사건은 1980년에 텔레비
전이 흑백에서 컬러로 바뀐 일로, 그들은 컬러텔레비전으로 본 만화영
화들에 심취했다. 그래서 그 만화영화들은 그들이 세상을 바라보는 틀
이 되었고 그 주인공들은 그들의 꿈과 생각 속에서 살아 움직인다.

정과리는 이 작품이 "〔신세대〕는 문화를 먹고 자란 세대를 뜻한다는
것을 보여준다"고 했다.

숲 속을 뛰놀며 개구리를 잡는 대신 텔레비전의 만화영화를 보고 자란
세대, 모든 활극과 폭력·참극이 어떤 실제의 상처도, 아픔도 없이 오직
쾌락만을 솟아나게 한다는 것을 눈과 귀를 통해 몸으로 흡수한 세대가
바로 신세대라는 것이다. 그들에게는 어떤 심각함도 가벼운 유희 속으
로 용해된다. 〔……〕 작가는 그들의 그 가벼움이 실은 강요된 가벼움에
지나지 않는다는 것을 무섭게 파고들어간다. 왜냐하면 소설 속의 인물
들은 무허가 판자촌의 가난뱅이 아이들에 지나지 않기 때문이다. 만화
영화는 차별 없는 환상과 쾌락을 부여하지만, 그렇다고 그들의 태생적
빈곤이 사라지지는 않는다. 오히려 그 가난이 지겹기 때문에 아이들은
더욱 만화의 세계로, 다시 말해 문화 속으로 침닉한다.

성민엽은 이 작품이 드러낸 문명의 야만성에 주목했다.

근자의 신세대 담론들은 흔히 오늘의 젊은 세대가 탈정치적·탈역사적이며 삶의 고통을 모르고 소비와 향락에만 기울고 있다고들 지적했지만, 바로 그 신세대에 속하는 〔……〕 젊은이들은 이미 유소년기에 그 시대의 모순에서 비롯되는 고통을 앓았고 상처를 입었으며, 오늘날도 그 상처를 아파하고 있다. 〔……〕 이 깊이와 이 근본성을 이 소설은 문명의 야만, 야만의 문명이라는 형태로 드러내고 있다.

『내가 사랑한 캔디』는 1990년대에 대학에 다니는 남학생이 고등학교 시절에 급우와 나눈 동성애를 회고하는 작품이다. 이 작품은 원래 원고지 200매가량의 중편이었는데, 350매가 덧붙여져서, 장편이 되었다.
『문학과사회』에 투고할 당시의 제목은 'PEACE SELLS… BUT WHO'S BUYING?'이었다(그 제목은 미국 악단 '대량학살'의 앨범 이름인데, 작가는 그것을 '평화를 팝니다… 그런데 누가 사지?'라고 옮겼다). 따라서 제목은 동성애와는 거리가 있다. 작가의 의도와는 달리, 잡지의 편집자들은 주인공이 동성애에 주목했고, 작가는 그런 현실을 받아들여 제목을 고쳤다.
그런 사정에 대해 작가는 가볍게 항의했다.

중편이든 지금 낸 장편이든, 내가 나름으로 공을 들였던 것은 '캔디'나 동성애가 아니다. 전혀 아니다. 동성애나 캔디는 그저 하나의 소설적 아이디어, 하나의 얘깃거리, 자잘한 일부일 뿐이다. 〔……〕 어쩌겠는가, 나보다 더 나은 이들이 벌써 그렇게 읽어버렸는데!

손정숙은 "열한 시에 정지한 채 고여버린 시간처럼 항의조차 무력해진 요즘 청춘들의 초상을 작가는 이전 세대와는 완전히 구분되는 새로운 공간에다 그려보고 있다"고 평했다.

손일영은 "(이 작품의) 세계는 새롭다. 그 새로움은 이야기와 주제가 아니라 이야기하는 방식의 새로움이다. 즉 전교조 사건, 학생운동, 동성애 등 결코 가볍지 않은 주제를 경쾌한 유머의 방식으로 이야기하고 있다는 점에서 비롯된다"고 보았다.

3

제목이 가리키는 것처럼, 『16믿거나말거나박물지』는 열여섯 개의 단편들로 이루어진 연작소설이다. 그 단편들에서 화자는 현재 한국 사회의 모습을 보여준다.

화자의 눈에 들어오는 모습들은, 사람이든 사물이든, 친근하지도 아름답지도 않다. 그런 관찰의 과정에서 나오는 화자의 경험들도 만족스럽거나 교육적이지 않다. 첫 일화는 야자수 위에 사는 미확인 동물과의 대면에서 화자가 그 동물의 오줌을 맞는 것이고, 마지막 일화는 악기상으로 위장한 비밀 조직과의 위험한 관계를 다루었다.

그런 경험들을 화자는 뚜렷한 목적이나 열정을 지니지 않은 채 맞는다. 놀랍지 않게도, 그런 경험들엔 사회의 근본적 구조나 움직임에 대한 화자의 불신과 불만이 배어 있다. 그래서 그는 삶을 지루하게 여기고 희망다운 희망을 지니지 못했고 다른 사람들에 대해 친절하거나 이해심을 보이지 않는다.

대신 그는 이상향을 그리워한다. 그런 그리움은 「플로리다산 오렌지주스」에서 직설적으로 그려졌다. 다른 단편들과의 관계에 대한 배려나 설명이 없이, 전체가 영화 「한밤중의 소몰이꾼」에 관한 설명에 바쳐진

이 단편에서 독자는 느닷없이 이 작품의 속살을 보는 느낌을 받는다.

두 주인공 조 버크(존 보이트 분)와 래초 리초(더스틴 호프만 분)는 러
닝타임 내내 그곳— 플로리다를 향해, 강박적이고도 고통스런 걸음걸
음을 옮겨 나간다. 둘은 촌뜨기 소몰이꾼들로서, 땡볕이 가득 쬐는 건조
한 거리에서, 라디오를 통해 플로리다에 대한 꿈을 키워나가고 있었다.
〔······〕

따뜻하고
온화한 태양 광선, 선탠을
즐기는 세련된 남동부 아가씨들,
갓 짠 신선한
플로리다산 오렌지 주스.

그 플로리다 오렌지 주스 CM송이, 두 소몰이꾼을 중서부의 먼지구덩
이로부터 끌어내, 남동부에 길쭉하게 위치한 플로리다 반도를 향하도록
달콤하게 채찍질해댔다.

앞의 기술記述엔 두 소몰이꾼들의 꿈에 대한 화자의 판단이 뚜렷이
드러나 있다. 그리고 그런 판단이 맞았음이 곧 드러난다. 래초 리초는
플로리다로 가는 버스 안에서 죽는다.

그래서 화자는 자기가 사는 사회엔 '플로리다'가 없다는 것을, 적어
도 자기에겐 없다는 것을, 안다. 그에겐 그것이 근본적 문제다. 자신을
둘러싼 현실의 어떤 부분이 삶을 지겹게 만드는 것이 아니라 현실의 본

224

질이 문제이므로, 이상향으로 탈출하는 것은 그에게 열린 단 하나의 길이다. 그런데 그 길이 막힌 것이다. 이상향이 아예 존재하지 않음으로써. 그런 세상은 지옥이다. 지옥의 개념은 종교마다 다르지만, 그것의 기본적 조건들 가운데 하나는 거기 사는 존재들이, 넋이든 사람이든, 거기로부터 스스로 빠져나올 수 없다는 점이다.

따라서 화자에겐 현실과 지옥은 동연同延을 이룬다. 크리스토퍼 말로의 말대로,

지옥은 한계가 없고 단 한곳에
국한된 것도 아니다: 우리가 있는 곳이 지옥이고,
지옥이 있는 곳에 우리는 영원히 있어야 하기 때문이다.

흥미로운 것은 비슷한 세계관이 『헤이, 우리 소풍 간다』에서도 또렷이 드러났다는 점이다. 그 작품에서 「꿈, 퐁텐블로」라는 극은 『16믿거나말거나박물지』에서 「한밤중의 소몰이꾼」과 같은 역할을 하고 '퐁텐블로'는 '플로리다'에 상응한다. 극의 무대는 프랑스 왕실의 성으로 유명한 그 도시의 이름을 딴 한국의 카페인데, 극중 인물은 이상향으로 여겨지는 그 프랑스 도시에 대해서 이렇게 말한다:

그 어쩌구에 있다는 프랑스판 뽕뗀블루 역시 여기와 크게 다르지 않을 거예요…… 일단 문을 열고 안으로 들어와보면 이 카페처럼, 구식 DJ 부스와 얼룩투성이의 소파와 때투성이 카펫과 세균이 득실대는 커피잔들로 가득할 거예요.

4

그러나 모든 사람들이 이 세상을 지옥으로 여기는 것은 아니다. 실은 대부분의 사람들은 이 세상과, 화해가 아니라면, 타협을 하고서 살아간다. 그래서 지옥이 나오도록 한 원인을 찾아, 우리는 눈길을 화자에게 돌리게 된다.

화자는 스물일곱 살가량 된 소설가다. 그것 말고는 그에 관해서 제공된 정보가 거의 없다. 이름조차 밝혀지지 않는다. 그는 그저 '나'로 나온다. 사람들은 대개 자신을 '나 아무개'라고 지칭해서 자신의 정체성을 확인하지만, 화자는 한 번도 그렇게 하지 않는다.

그의 가정도 익명적이다. 그가 얘기하는 유일한 가족은 어렸을 때 함께 살았던 할머니다. 부모도 형제도 언급되지 않는다. "나는, 딱히 가정이라고 부를 만한 것을 가져보지 못했기 때문에"라는 구절에서 그의 가족에 대해 짐작할 수 있다. 자연히, 그는 보통 아이들이 누리는 부모의 사랑을 받지 못했다.

그렇디고 사회생활이 뚜렷하거나 내놓을 만했던 것도 아니다. 그가 가졌던 일자리다운 일자리는 출판사에 다닌 것뿐인데, 그는 그 일자리를 "불만투성이"였다고 말한다.

그런 사람에게서 예상할 수 있는 것처럼, 그는 다른 사람들과 잘 어울리지 못한다. 그는 다른 사람들을 이해하거나 그들의 생각에 공감하거나 그들에게 정을 느끼는 적이 거의 없다. 작품에 나오는 단 하나의 친구를 그는 그저 "놈"이라고 부른다. 많은 남녀들과 성적 관계를 갖지만, 그는 그들에게 사랑을 느끼지 않는다. 실은 그들과 교감하는 데서조차 실패한다.

"근무하려고 탈의실에서 옷을 갈아입을 때마다 난 속으로 울어, 울어! ……믿거나말거나박물지 중환자실은 미쳤어."

너는 우는 걸 그치지 않는다. "어째서 사는 게 죽는 것보다 힘들다고들 하는 거야!"

나는 네 보지에 내 자지를 반쯤만 담근 채, 어떤 생각에 빠진다. 귀두만 살짝 걸친 채, 어떤 생각에 빠진다. 너는 우는 걸 그치지 않고, 중환자실은 흰빛으로 떨고 달싹거리고 쉴 새 없이 경련한다.

아— 따뜻해, 나는 중얼거린다.

"아, 따뜻해."

—「열네 개의 병원 침대」

다른 사람들을 이해하고 사랑하는 데 어려움을 겪는다는 사정은 어쩔 수 없이 세상을 바라보는 그의 시야를 좁히고 삶의 본질에 대한 통찰을 어렵게 만든다. 전형적인 경우는 비만에서 벗어나려는 노력에 대한 그의 태도다.

"그 사람들, 바보죠." 카운슬러가 스커트 바깥으로 늘씬하고도 가냘프게 뻗은 두 다리를 꼬았다 풀며 말했다. 〔……〕

그녀의 설명에 의하면, 그들은 자신의, 표준에서 벗어난 잉여 체중분 —— 즉 남아도는 살덩이들에 대해 정체성을 부여하려 들지 않았다. 〔……〕

그들은 그 덩어리 살들이 바로 그들 자신의 것이라는 사실을 끝없이 부인하였으며 또 그렇게, 그 부인할 수 없는 명명백백한 물리적 실체들을 줄기차게 부인하느라 거의 정신과적 분열 증세를 나타내고 있었다.

—「믿거나말거나박물지식 달걀 다이어트」

이런 카운슬러의 진단에 동의하면서, 그는 결국 '달걀 다이어트'를 거부한다(화자의 그런 태도는 백민석의 작품들을 연상시킨다. 그의 작품들을 읽으면서, 나는 조지 오웰의 얘기를 떠올렸다: "모든 돌덩이 속엔 조각 작품이 들어 있는 것처럼, 모든 살찐 사람 속엔 마른 사람이 들어 있다는 것을 당신을 생각해본 적이 있는가?").

지나치게 살찐 사람의 '잉여 부분'도 그의 한 부분이란 얘기와 몸집을 줄인 사람의 마음이 새로운 몸에 적응하기 어렵다는 얘기는 작지 않은 진실의 알맹이가 들어 있는 통찰이다. 그리고 화자처럼 몸집을 줄이지 않는 것이 때로는 옳은 선택일 수도 있다. 그러나 살찐 사람의 곤혹스러운 처지에 대한 최소한의 이해가 있었다면, 보다 깊은 통찰을 얻을 수도 있지 않았을까?

> 식량 저장 수단이 없었던 시절에 (에너지를 비축한다는) 목적을 가장 잘 충족시키는 수난은 체내에 지방을 축적해놓는 것이다. 먹을 수 있을 때에 충분히 먹고 에너지를 지방질로 쌓아놓을 수 있었던 종種은 생존 경쟁에서 유리한 위치를 차지할 수 있었을 것이고 또 더 많은 자손을 후대에 남길 수 있었을 것이다. 이제 최소한 인간에게만은 상황이 달라졌다. (······) 이제 원시 시대의 생존 전략이었던 지방 축적 메커니즘은 오히려 당뇨병과 비만증의 원인일 뿐이다.
>
> ──김정호·공병호, 『갈등하는 본능』

자연히, 비만을 억제하는 일은 우리 몸이 오랜 진화의 과정에서 얻은 멋진 전략과 싸우는 일이다. 당연히, 어렵다. 그것은 생식 본능과 일부일처제 사이의 갈등과 성격이 같다. 그래서 비만을 억제하는 일은 우리 몸을 문명적 환경에 적응시키는 일로서 실질적으로나 상징적으로나 큰 중요성을 지닌다.

화자는 살찐 사람들의 어려운 노력을 가볍게 여김으로써 현대사회의 중요한 현상 하나에 대한 이해를 깊게 할 수 있는 기회를 놓쳤다. 그런 실패들이 쌓이면서, 화자의 세상에 대한 반응은 점점 부정적이 되어갈 수밖에 없었을 것이다.

　
나는 지난 몇 년 동안 꾸준히 훈련해온 타인을 감싸 안는 너른 포용력과 불행을 지나치지 못하는 착한 사마리안적인 선행심과 모두에게 키스를 퍼붓는 다양한 융통성의 세계를 한꺼번에 모조리 포기하고 있었다. [……]

나는 인간으로 돌아가고 있었다.

인간으로 돌아온 나는 치킨헤드族 사내애를 향해 가장 보편 인류적인 욕설 한마디를 내뱉었다.

"야이, 죽일 놈아."

— 「음악인 협동조합 1」

　
이렇게 보면, 화자가 다른 사람들과 뜻있는 관계를 맺지 못했다는 사정이 그와 이 세상 사이의 관계를 규정했다고 할 수 있다. 이 세상을 지옥으로 만든 데엔 화자 자신에게도 책임이 있고, 그가 그런 사정을 바꾸지 못한다면, 그는 지옥에 머물 것이다. 엘리엇의 말대로,

　
지옥은 자기 자신이다:

지옥은 혼자다, 그 안의 다른 인물들은
투영들일 따름. 벗어날 곳도
벗어나서 갈 곳도 없다. 자기는 늘 혼자다.

5

그래서 이 작품의 전언은 "이 세상은 지옥이다"라거나 "지옥은 자기다"라거나 둘 다라고 할 수 있다. 이것은 극단적 전언이다.

그러나 그 지옥은 화자에겐 견딜 만한 지옥이다. 그는 이 세상의 질서를 깨뜨리려 애쓰지 않는다. 자신의 삶을 파괴하려 하지도 않는다.

생각해보면, 그런 사정은 그리 이상하지 않다. 이 작품 속의 세상은, 아무리 크게 뒤틀려서 반영되었다 할지라도, 지금 우리 사회의 모습이다. 우리 사회는 적어도 경제 분야에서만은 인류 역사에서 보기 드문 경제 성장을 이루었다. 그리고 마르크스의 통찰대로, 경제는 목숨을 가진 존재들의 삶을 규정한다. 사정이 그러한데, 이 사회에서 지옥이 얼마나 지옥 같을 수 있겠는가?

그리고 이 세상엔 끔찍한 지옥들이 많이 실재한다— 아우슈비츠에서부터 '굴락'과 '킬링필드'와 '인종 청소'를 거쳐 북한에서 펼쳐지는 기괴한 악몽에 이르기까지. 그런 끔찍한 지옥들은 덜 끔찍한 지옥들의 주민들에게 진통제로 작용한다. 자기보다 훨씬 큰 고통을 받는 사람들을 떠올릴 수 있는 한, 사람은 자신의 운명과 부분적으로 화해하게 마련이다.

객관적으로 살피면, 화자는 비교적 유복하다. 그는 살이 너무 쪄서 살을 빼려 애쓴다. 비만은 가볍게 여길 문제는 아니지만, 그것은 일반적으로 지옥에서 나오는 문제가 아니다. 사헬과 북한의 굶주린 어린애들이 아프게 일깨워주는 것처럼. 살이 너무 쪄서 괴로운 사람들이 사는 세상이 진정한 지옥이긴 어렵다. 게다가 그는 자신의 비만과도 그리 불만스럽지 않게 타협한다. 무엇보다도, 그는 지식인이다. 지식의 축적은 비용이 많이 드는 일이므로, 지식인은 최소한의 행운을 누린 사람일 수밖에 없다.

그래서 화자는 진정으로 절망하지 않는다. 지옥 같은 세상에 대해서도, 자신이 지옥일지도 모른다는 사실에 대해서도. 그의 절망엔 어리석은 사람들의 행태들로 또렷이 드러나는 자신의 명석한 판단에 대한 자찬의 울림이 어린다.

존재의 한계를 초월한다는 것은, 젊음의 모든 순간을 절망이라는 한결같은 길을 걷느라 탕진한 나 같은 사람으로선, 대단히 부러운 일이 아닐 수 없는 것이다.

비록 그 세기전의 차원이 만화사 박물관의 한귀퉁이 초라한 벽면에 걸린 알루미늄 프레임 속일지라도.

─ 「Green Green Grass of Home」

자신의 반은 식물이라고 여기는 정신병자를 이렇게 얘기할 수 있는 한, 그가 하는 절망은 아주 과격할 수는 없다. 그리고 그가 사는 세상도 견딜 수 없을 만큼 지독한 곳은 아닐 것이다.

6

이제 제목의 '박물지'에 주목할 때다. 그 말을 우리는 어떻게 받아들여야 할까?

박물지는 박물학에 관한 저술이다. 전통적으로 박물학은 동물, 식물, 그리고 광물과 같은 자연적 존재들의 조사, 묘사, 그리고 분류에 관한 학문이었다. 현대에선 그런 주제에 관해서 기술적이고 전문적인 관점에서 접근하는 대신 대중적이고 애호가적 관점에서 접근하는 연구를 뜻한다.

따라서 우리는 저자가 1990년대 우리 사회를 상당히 체계적으로 살피려 했다고 여길 수 있다(후일담의 성격을 지닌 마지막 단편 「음악인 협동조합 4」만 다른 단편들보다 세 해가량 늦은 2000년을 다룬다). 그리고 열여섯 단편들은, 연작소설의 관행을 벗어나, 보다 체계적인 저작에서처럼, 세 부분으로 묶였다.

어떤 곳에 관한 지식을 체계적으로 소개하는 데서 가장 쉽고 일반적인 길은 지도를 만드는 것이다. 실제로, 이 작품엔 지리적 정보들이 꽤 많이 나온다. 지금까지 살펴본 것들을 종합하면, 우리는 이 작품을 '견딜 만한 지옥의 지도'라고 부를 수 있을 것이다.

7

그러면 그 지도는 어떤 정보들을 얼마나 효율적으로 우리에게 알려주는가?

눈에 먼저 띄는 것은 근년에 우리 사회 환경이 부쩍 '인공적'이 되었다는 사실이다. 문명은 인공적 환경과 거의 동의어다. 그리고 경제 발전은, 특히 도시화는, 보통 사람들의 삶에서 자연을 효과적으로 밀어낸다. 그런 사정을 반영해서, 열여섯 단편들 가운데 자연적 환경을 무대로 삼은 작품은 하나도 없다. 모두 전시관, 상담실, 가정, 거리, 주제 공원theme park, 술집, 병원, 카페, 다방, 가게, 연주회장, 창고와 같은 곳들이 무대다. 훨씬 상징적인 것은 화자가 바다나 산과 같은 자연적 환경을 그리워하거나 찾으려 하지 않는다는 점이다.

자연으로부터의 소외는 물론 나이 든 세대들보다는 젊은 세대들이 더할 것이다. 시골에서 자란 이들은 자연을 훨씬 잘 관찰했고 자연에 관한 지식들을 많이 얻었을 것이다. 그래서 자연에서 멀어진 환경 속에서도 그런 경험들과 지식들이 주는 조망으로 인공적 사물들을 바라볼 수 있을 터이다. 도시에서 자란 젊은이들은 다르다. 그들에겐 인공적 환경이 자연스러울 수밖에 없다. 자연히, 그들의 정신은 대체로 인공적 환경에 의해 다듬어진다.

이 점에서 특히 중요한 것은 정과리가 『헤이, 우리 소풍 간다』와 관련하여 '문화'라고 부른 지적 산물들이다── 텔레비전 프로그램, 만화, 영화, 미술작품, 문학작품, 대중음악, 광고 따위. 그런 지적 산물들은 본질적으로 세계를 예술적으로 해석한 것들이다. 세계를 해석하는 세 가지 양식들── 종교, 예술, 그리고 과학── 가운데 예술적 해석은 가장 반지성적이고 가장 과격하다. 그것은 드러내놓고 지성 대신 감정과 본능에 호소한다. 그리고 실존적 및 사회적 문제들에 대해 아주 과격한 접근과 대책을 내놓는다. 따라서 예술적 해석의 영향력이 상대적으로 늘어나는 추세는 심각한 함언들을 여럿 지녔다. 백민석의 작품들은 이 현상을 살피는 데 좋은 자료를 제공한다.

8

그런 사정에서 나오는 문제들 가운데 아마도 가장 뚜렷하고 중요한 것은 폭력의 범람일 것이다. 현실에선 모두 먹고살기 바쁘다. 그래서 대부분의 사람들은 폭력을 휘두를 일도 드물고 시간도 없다. 게다가 폭력은 피해자의 저항과 공권력의 개입을 부른다. 따라서 불법적인 개인적 폭력과 합법적인 국가적 폭력이 기승을 부리지만, 보통 사람들의 삶에서 폭력에 노출되는 부분은, 전쟁과 같은 특수한 상황이 아니면, 그리 큰 것은 아니다.

예술의 세계에선 사정이 다르다. 폭력은 비폭력보다 훨씬 흥미롭다. 그리고 이 세상의 구조는, 개인들의 심성에서 사회조직에 이르기까지, 폭력의 과정에서 아주 잘 드러난다. 그래서 예술가들은 폭력의 마력에 늘 사로잡히고 폭력을 자주 다룬다. 예술작품들에 폭력의 함량이 많다는 사실은 이 세상에 대한 예술적 해석을 뒤틀리게 한다.

게다가 예술 속의 폭력은 '위생 처리'를 거친 폭력이다. 그 폭력은 그리 끔찍하게 느껴지지 않고, 폭력을 휘두른 사람들이 현실에서 겪을 유쾌하지 못한 일들은, 특히 공권력의 개입에 따르는 괴롭고 지리한 뒤처리 과정은, 거의 다 작품 밖으로 밀려난다. 그래서 작품 속의 폭력은 감상의 대상이 되고 쉽게 수용된다.

이래저래, 성장 과정에서 예술적 해석을 많이 받아들인 새로운 세대들의 작품들엔 폭력이 이전 세대들의 작품들에서보다 훨씬 짙게 배어 있다. 생물들의 몸속에 쌓인 수은이나 다이옥신과 같은 독물들이, 먹이사슬을 거치면서, 점점 함량이 늘어나는 것과 같다.

백민석의 작품들에선 그 점이 이내 눈에 띈다. 『내가 사랑한 캔디』에선 도끼 살인범에 대한 정성스럽고 자세한 묘사가 작품의 중요한 부분을 차지하고, 주인공은 '총잡이'에 관한 소설을 쓰려 애쓰며 실제로 있었던 탈주범들의 행각을 자세하게 분석한다. 『헤이, 우리 소풍 간다』는 아예 폭력이 주제다. 그 작품은 끔찍한 폭력을 상상하는 일로 시작되고, 등장인물들은 모두 폭력의 피해자들이면서 폭력을 휘두른다. 실제로든 상상 속에서든.

『16믿거나말거나박물지』에도 폭력은 짙게 배어 있다, 비록 앞선 작품들보다는 덜하지만. 무엇보다도, 다른 사람들의 처지나 감정에 대해선 아무런 배려를 하지 않고 오직 자신들의 욕망에 따라 행동한다는 점에서, 등장인물들은 본질적으로 폭력적이다.

작품에 폭력이 짙게 배어 있다는 사정과 작품 속 세상이 지옥으로 여겨진다는 사정 사이엔 깊은 관련이 있을 것이다. 지옥의 본질은 아무런 제약을 받지 않고 폭력이 근본적 질서로 작용한다는 점이다. 현실 사회에서 공권력이 궁극적 폭력으로 범죄들을 처벌하듯, 지옥에선 그곳을 움직이는 힘이 그곳의 주민들을 끔찍하게 처벌한다. 현실 사회와 다른 점은, 간헐적으로 폭력에 노출되는 현실 속의 사람들과는 달리, 지옥의 주민들은 이미 유죄 판결을 받아서 폭력에 끊임없이 시달리며 그것으로부터 벗어날 길이 없다는 점이다.

9

그 지도는 또한 우리 사회가 점점 또렷한 모습을 드러내는 '지구 제국'에 이미 편입되었다는 사실을 보여준다. 근년에 전산과 통신의 빠른 발전과 자본주의의 득세는 '지구 제국'의 형성에 큰 운동량을 주었고, 이제 그것의 형성 과정은 다른 모든 것들을 휩쓰는 거센 자력이다. 그래서 그 제국의 유일한 중심부가 된 미국은 모든 분야들에서 점점 긴 그림자를 드리운다.

실제로, 우리 사회는 미국의 엄청난 힘에 끌려서 자신의 준거 틀을 유지하기 어려운 처지다. 이제 우리에게 정말로 중요한 사항들은 거의 모두 미국에서 시작되었거나 이루어진다. 정치나 외교나 경제에서만 그런 것이 아니다. 그런 사정은 오히려 대중문화에서 훨씬 뚜렷하다. 우리 대중매체들은 하루도 빠짐없이 박찬호의 동정을 시시콜콜 보도한다. 직업 야구선수는, 생각해보면, 사회에 그리 중요한 존재는 아니다. 그가 미국에서 활약하다는 사실이 박찬호를 아주 중요한 인물로 만들었다. 이제 우리는 드러내놓고 인정한다, 미국이란 무대는 실은 이 세계의 중심 무대이고 거기서 잘해야 정말로 뜻을 지니게 됐다는 사정을. 도색 잡지의 모델인 이승희를 "민족의 자존심을 높인 사람"이라고 평한 어느 대학생의 얘기는 이 사실을 아프도록 선명하게 보여준다. 국제어로 자리 잡은 영어가 이제 우리의 생존에 중요하다는 것이야 새삼 얘기할 필요도 없다.

그런 사정을 반영해서, 이 작품 속에 언급된 대중문화는 거의 다 미국의 그것이다. 앞에서 얘기한 것처럼, 작품의 성격을 드러내는 단편이 미국 영화에 대한 해설이라는 점은 상징적이다. 배경들까지 그렇다. 화자가 리지 보든Lizzie Borden을 언급하면서 설명을 덧붙일 필요가 없다고 여긴 것은 전형적이다. 부모를 도끼로 죽인 그 미국 여인은 비슷한 범죄를 저지른 사람들을 대표한다, 그녀가 미국 사람들에게 잘 알려진 인물이라는 사실 덕분에. 이제 모든 사람들이 CNN을 통해서 세상 돌아가는 형편을 알고 디즈니 영화를 즐기고 마이클 조던을 우상으로 떠받들지 않는가?

아마도 가장 중요한 함의를 지닌 것은 작품 속에 영어가 많이 쓰였다는 사실일 것이다. 서양 이름들은 흔히 음역이 아니라 그냥 알파벳으로 표기되었다. 심지어 단편의 제목에도 두 차례나 영어가 그대로 쓰였다. 우리 작가들이 우리 언어에 대해 지닌 국수주의적 태도를 생각하면, 그렇게 영어를 쓴 것은 무척 불온하고 전복적이다.

이 작품을 읽으면, 세상의 눈길보다는 자신의 양심을 더 두려워하는 사람만이 지니는 '거센 정직'을 느끼게 된다. 갖가지 제약들이 작가들의 눈길과 손길을 묶는 우리 사회에서 그런 정직은 소중한 성취며 자산이다. 무슨 단점들을 품었더라도, 그가 그린 지도가 정직하게 그려졌다는 점만은 분명하다.

10

그러면 그가 그린 지도엔 무슨 단점들이 있는가?

먼저 눈에 들어오는 것은 다루어진 세상이 넓지 않고 관찰이 깊지 못하다는 점이다. 특히 실망스러운 것은 사회를 움직이는 조직들에 대한 관찰이 거의 없다는 점이다. 정부가 시민들의 삶에 시시콜콜 간섭하는 사회에서, 그래서 '규제 철폐'라는 구호에 시민들이 이미 오래전에 식상한 터에, 공권력의 움직임에 대한 언급이 단 한 번도 없다는 사실은 기이하게 느껴진다. 작품에 나오는 조직은 '믿거나말거나박물지'라는 이름을 가진 기업 집단뿐이다. 그나마 그것의 성격과 움직임에 대한 정보는 거의 없다.

그런 사정의 근본적 원인은 아마도 스물일곱 살 난 소설가인 화자가 지닌 한계일 것이다. 스물일곱 살 난 사람의 눈길이 널리 그리고 깊이 미치기를 기대하기는 어렵다. 스물일곱은 넓고 깊은 경험을 하기엔 너무 젊은 나이여서, 화자가 들려줄 수 있는 얘기엔 근본적 한계가 있을 터이다.

게다가 현대사회에서 소설가라는 직업은 세상을 제대로 조감할 지점을 제공하지 않는다. 소설가는 사회의 운영이나 지식의 생산에서 거의 완전히 배제되고 그가 전하는 얘기들은 거의 다 정확한 정보들이 아니라 거친 풍문들이다. 그리고 그런 소외는 점점 심화된다.

이 작품과 형식과 내용이 비슷한 『소설가 구보씨의 일일』과 함께 살피면, 이 사실이 또렷이 드러난다. 박태원의 작품에서 화자인 소설가는 조선 사회의 어려움이 어디서 나오는지 잘 안다. 1940년대의 조선에서 소설가는 사회를 이끄는 지식인이었다. 실제로, 당시 조선의 대표적 지식인은 이광수였다. 1960년대 한국 사회를 다룬 최인훈의 작품에선 소설가는 이미 사회를 움직이는 사람들에 속하지 않는다. 그러나 그는 세상의 이치를 또렷이 읽어낼 수 있었다. 1990년대에 나온 주인석의 작품에선 소설가는 자신이 세상을 조감할 수 있다고 여기지 않는다. 그의 눈길은 소설의 어두운 앞날로 계속 끌린다. 소설가는 이미 세상과의 교류에 절망하고 자신에게로 눈길을 돌린 것이다.

소설가의 그런 영락 과정은 『16믿거나말거나박물지』에서 한 단계 더 나아간다. 거기서 화자는 자신이 소설가라는 것에 대해 별다른 자부심을 보이지 않는다. 최인훈의 구보씨가 자신을 "남북조시대의 예술노동자"라고 구체적으로 정의한 것과 대조적으로, 그는 자신을 "비극적인 희극작가"라고 모호하게 정의한다.

자기 당대를, 지금 이 생활을 서사시의 소재처럼 바라본다는 일은 실상 안 될 이야기다. 스스로 '실감實感'이라고 생각하는 내용은, 실감임에는 틀림없지만 아주 좁은 시야에 비치는 '사私'의 느낌에 지나지 않을 수도 있다. '사'의 느낌은 아무리 절실하더라도 서사시가 되지는 못한다. 아무리 뛰어나도 그것은 서정의 세계다. 눈먼 개인의 심장의 고독이다. 세상의 지평선이 보이는 '공公'의 세계 속에 있는 개인을 그리자면, 그 사회에 '공'이, 공기가 있어야 한다. 그 '공'은 워싱턴에 모스크바에 있

는 것이라는 것을 배운 세월이 구보씨의 피란 살림이었다. 한 인간이 소
시민이 되는 과정이 그토록 어렵고 현학적인 우로를 거쳐야 한다는 이
시대, 이 고장의 촌스러움. 영탄詠嘆을 하면 그것조차 서사시가 되는 큰
나라의 예술가들을 부러워하면서 나라가 크다는 것과 예술을 바로 할 수
있다는 일 사이에 있는, 있어서는 안 될 관련을 구보씨는 사무치게 알게
되었다.

— 최인훈, 『소설가 구보씨의 일일』

이런 절절한 술회가 자신의 이름도 정체도 밝히지 않는 소설가에게
서 나오기는 어려울 것이다. 그렇다고 해서, 그에게 세상을 바라보는
안목이 없다는 얘기는 아니다.

　펨프의 그 긴 훈시는 아마도, 사람들이 음협音協 무대의 진정한 가치
를 몰라주는 게 음협 탓이 아니라 순전히, 기껏해야 과외나 받고 독서실
에나 다니던 중산층의 아이들이 빈민 계층의 음악을 한답시고 날뛰는 우
리 풍토에 길들여진, 청중들의 분별력 없는 머리에 있다는, 그런 내용이
었을 것이다. 우리 록 신엔, 펑크와 얼터너티브의 탈을 뒤집어쓴 캠퍼스
록밖에 없다는 얘기였을 것이다.

—「음악인 협동조합 1」

대중음악에 관한 이 진술은 언뜻 보기보다 깊은 통찰을 담고 있으니,
그것은 우리 문화의 모습만이 아니라 제국의 변두리가 자신의 준거 틀
을 잃을 때 나오는 일반적 현상을 잘 짚어냈다. 그러나 최인훈의 구보
씨의 얘기에 비기면, 그것의 주제는 얼마나 왜소한가.

소설가는, 그리고 보다 일반적으로 예술가는, 현대사회에서 많이 소외된 존재다. 따라서 소설가를 화자로 삼은 소설은 사회를 조감하는 일에서 한계를 지닐 수밖에 없다. 근년에 우리 사회에서 '소설가 소설'이 많이 나왔다는 사정을 생각하면, 이런 한계는 진지하게 논의될 만한 주제다.

11

그런 결점을 줄이기 위해 작가가 할 수 있는 것들은 많지도 시원스럽지도 않다. 그러나 『16믿거나말거나박물지』의 지도엔 작가가 그리 어렵지 않게 피할 수 있었을 결점이 하나 있다. 바로 판독하기 어렵다는 점이다.

이것은 좀 뜻밖이다. 백민석의 앞선 두 작품들이 읽거나 이해하기 쉬웠던 것은 아니지만, 그는 자신의 작품들을 다가가기 쉽게 만들려고 무던히 애썼다. 『내가 사랑한 캔디』에선 '곁다리……'라는 제목을 단 작가 후기에서 독자들이 궁금하게 여기거나 혼란을 겪을 사항들에 대해서 길게 설명했다. 『헤이, 우리 소풍 간다』에선 이상한 등장인물들이 1980년과 1981년에 텔레비전으로 방영된 만화영화의 주인공들임을 자세히 설명했다. 그런 설명들은 어쩔 수 없이 작품의 깔끔함에 흠집을 낸다는 점을 생각하면, 그는 자기 작품들의 난해성에 대해서 마음을 크게 쓰는 작가라고 볼 수 있다.

이번엔 사정이 사뭇 다르다. 어렵거나 모호하거나 비현실적 상황인데도 이해와 해석의 단서가 전혀 나오지 않는 대목들이 많다. 「Café China」에 나오는 버스 정류장의 안내 표지판은 대표적이다.

59번: 노보로시스크발 시라큐스행 270megameter.

12번: 파푸아뉴기니발 광둥성행 59megameter.

74번: 에든버러발 비텐베르크행 78megameter.

11-1번: 새스커툰발 텐수이행 901megameter.

서울의 버스 정류장에 이런 표지가 선 상황을 상상하긴 쉽지 않다. 출발지와 행선지 사이의 관계나 거리도 아주 비현실적이다. 이런 경우에 가능한 합리적 해석은 그것이 화자의 마음속에서만 존재하는 현상이라고 여기는 것이지만, "'메가미터megameter?' 너는 그렇게 물었다"라는 다음 구절이 이내 그 길을 막아버린다[원고에 있었던 '너는 그렇게 물었다'라는 구절은 저자의 교정으로 책에는 빠져 있다: 편집자 주].

이 작품엔 그렇게 합리적 해석이 어려운 대목들이 많다. 지도를 그리려는 작가가 왜 그렇게 만들었을까? 백민석이 원래 난해함에 대해 마음을 많이 쓰는 작가이므로, 그런 사정이 의도적임은 분명하다.

그런 어려움은 이 작품의 기법과 상당한 관련이 있는 듯하다. 백민석은 작품에 맞게 기법을 고르는 작가다. 중편 「내가 사랑한 캔디」가 같은 이름을 가진 장편의 뼈대가 되었다는 점을 생각하면, 백민석의 작품들 가운데 맨 먼저 모습을 갖춘 작품은 그것이라고 할 수 있다. 그 작품은 전통적 리얼리즘에 바탕을 두었다. 자연히, 해석하기 어려운 부분은 없다.

그러나 다음에 나온 『헤이, 우리 소풍 간다』는 모더니즘에 바탕을 두었다. 모더니즘은 리얼리즘의 근본적 가정들 둘에 대해 물음을 던진다. 하나는 언어가 이 세상과 거기 사는 사람들을 제대로 그릴 수 있다는 가정이다. 다른 하나는 이 세상이 언어를 통해 밝혀질 만한 이야기를 가졌다는, 그래서 근본적 차원의 이야기meta-narrative가 존재한다는 가정이다. 그런 가정들에 대해 회의적인 태도에 바탕을 두었으므로, 『헤이, 우리 소풍 간다』엔 세상과 언어에 대한 불안이 짙게 배어 있다.

『16밀거나말거나박물지』는 포스트모더니즘에 바탕을 두었다. 브라이언 맥헤일Brian McHale의 주장에 따르면, 모더니즘과 포스트모더니즘은 초점에서 구별된다. 모더니즘은 '앎'에——지식의 특질과 한계에, 특히 우리 자신과 남들에 대해 우리가 알거나 알 수 있는 것들에——초점을 맞추지만, 포스트모더니즘은 '있음'에——이 세상과 거기 존재하는 것들의 실재에——초점을 맞춘다.

『헤이, 우리 소풍 간다』엔 앎에 대한 불안이 화자의 의식을 지배한다. 그래서 그는 늘 "알아?" 하고 묻는다, 자신에게 세상에게. 마지막 장인 「저택」이 추리소설의 마지막 장처럼 독자가 궁금하게 여겼을 점들을 자세하게 설명한다는 점도 상징적이다. 추리소설은 모더니즘의 한 극단이다.

그러나 『16밀거나말거나박물지』에선 그런 앎에 대한 불안이 뒷전으로 물러난다, 있음에 대한 관심에 밀려. '캘리포니아 나무개'에서부터 실패한 투명 인간들에 이르기까지, 이 작품엔 실존하기 어려운 존재들이 많이 나오고 그것들에 관한 이야기들은 중요한 자리를 차지한다. 특히 눈길을 끄는 것은 공포 소설과 공포 영화에 대한 언급이 많고 「그분」과 「음악인 협동조합 4」는 실제로 공포 소설의 싹을 품었다는 점이다. 「그분」에선 사람들의 감정과 판단을 조종할 수 있는 능력이나 기구를 가진 존재가 나오고 「음악인 협동조합 4」에선 "아무도 보지 못했으면서도, 누구나 공포를 품고 있는, 그 어떤 것들"이 나온다. 우리가 외계인의 '소유물'이라는 찰스 포트Charles Fort의 명제가 생각나는 대목이다.

이 세상의 근본적 질서에 대한 불안과 실존하기 어려운 존재들에 대한 이야기를 많이 하다 보니, 의도적이든 아니든, 난해함이 작품에 스며들지 않았을까? 제목에 '믿거나말거나'라는 표현이 들어간 것은 작가가 그 사실을 잘 알고 있었고 대책이 없었거나 필요하지 않다고 판단했음을 가리키는 것은 아닐까?

어쨌든, 그런 난해한 대목들은 범례에 나오지 않는 기호들과 같다. 그래서 그것들이 흥미가 없지도 않고 나름으로 역할을 맡았겠지만, 지도의 효용을 낮추는 것도 사실이다.

12

『16믿거나말거나박물지』는 흥미로운 작품이다. 그리고 몇몇 단편들은, 특히 「음악인 협동조합 1」은, 잘 씌어졌고 음산한 해학black humor과 깊이 파고드는 통찰이 눈길을 끈다.

그래도 『헤이, 우리 소풍 간다』를 읽은 사람들은 이 작품을 읽고 난 뒤에 가벼운 실망을 느낄 것이다. 그것은 이 작품의 책임만은 아니다. 백민석은 뛰어난 소설을 첫 작품으로 내놓은 작가가 지는 짐을 졌다. 그런 작가가 작품을 내놓으면, 그것이 괜찮은 작품이라도, 사람들은 어쩔 수 없이 실망을 느끼게 된다. 윌리엄 골딩은 그런 처지에 놓이는 것이 얼마나 큰 불운인가를 일깨워준다. 만일 『파리 대왕The Lord of the Flies』이 다른 작품들 뒤에 나왔다면, 그에 대한 평가는 어떠했을까? 『상속자들The Inheritors』의 명성은 얼마나 커졌을까?

백민석이 그 짐을 벗기는 쉽지 않을 것이다. 『헤이, 우리 소풍 간다』는, 작품이 나온 뒤에야, 비로소 사람들이 그런 작품이 존재할 수 있음을 깨닫게 되는 작품들의 반열에 오른 작품이다. 나는 바란다, 자신의 재능을 일찍 드러낸 이 젊은 작가의 정직함이 그가 진 무거운 짐을 견디도록 만들기를, 시릴 코널리Cyril Connolly의 얘기가 그의 가슴에 절절하게 다가올 나이까지: "우리가 더 많은 책들을 읽을수록, 작가의 진정한 기능은 걸작을 내놓는 것이고 다른 일들은 아무런 중요성도 없다는 것이 더 또렷해진다The more books we read, the clearer it becomes that the true function of a writer is to produce a masterpiece and that no other tasks is of any consequence."

문학이 자신을 두른 울타리는 높고 투과성이 낮다. 그런 울타리는 문학을 가난하게 만들고 사회로부터 소외시킨다. 이런 비판은 물론 모든 다른 지적 영역들에 해당된다. 그래도 문학이 스스로 둘러친 울타리를 낮추고 다른 지적 분야들로부터 자양을 받아들이는 일은 바람직할 것이다.

2010년 여름
복거일

1 "Stories are vital to us because the primary way we process information is through induction. Induction is essentially reasoning by pattern recognition. It is drawing conclusions from a preponderance of evidence. For example, although no one saw the butler do it, the butler's fingerprints were on the knife, the butler was caught leaving the scene, and the butler had a motive; therefore, the butler did it. One cannot logically prove the butler did it; it is logically possible that someone else did it. After all, no one saw the butler do it. But the pattern of evidence leads us to conclude inductively that the butler did it.

We like stories because they feed our inductive thinking machine, they give us material to find patterns in—stories are a way in which we learn. For example, by reading Shakespeare, we can learn all sorts of useful lessons about love and family relationships. (be suspicious if your father suddenly dies and your mother marries your uncle, etc.) The best-selling business books are often stories of successful individuals or companies; everyone wants to read stories about how Jack Welch or Bill Gates 'did it,' hoping to glean patterns of success," Eric D. Beinhocker, *The Origin of Wealth*.

2 "Pattern recognition and storytelling are so integral to our cognition that we

will even find patterns and construct narratives out of perfectly random data.
Sports commentators and fans enjoy coming up with detailed stories for why so-
and-so is suddenly on a hot streak and scoring lots of goals or hitting lots of
home runs. In a famous analysis, Thomas Gilovich, Robert Vallone, and Amos
Tversky looked at this phenomenon and showed that the vast majority of these
so-called hot hands in sports are completely explained by random chance — if
you have enough players in the game, someone is bound to hit a hot streak
sometime. In essence, people just make up stories to explain what they think is
a pattern," 같은 책.

3 "The basic sentences we use introduce some topic(the subject of the sentence)
and then make some comment, or offer some information, about that topic(the
predicate of the sentence). Thus, when we say, "The giraffe bit the zebra," we
introduce the giraffe as the topic, and then we propose or predicate of the giraffe
that it bit the zebra. Accordingly, sentence meanings are often called
propositions: to say that the giraffe bit the zebra is to propose of the giraffe that
it bit the zebra. In effect, a proposition describes a miniature drama in which the
verb is the action and the nouns are the performers, each playing a different
semantic role," Lila Gleitman, "Language," Henry Gleitman(et al.), *Psychology*.

4 "[W]hat is preserved and transmitted in cultural evolution is 'information' — in
a media-neutral, language-neutral sense. Thus the meme is primarily a 'semantic'
classification, not a 'syntactic' classification that might be directly observable in
'brain language' or natural language," Daniel C. Dennett, *Darwin's Dangerous
Idea*.

5 "One of the most striking features of cultural evolution is the ease, reliability,
and confidence with which we can identify commonalities in spite of the vast
differences in underlying media. What do <Romeo and Juliet> and (the film, let's
say, of) <West Side Story> have in common? Not a string of English characters,
not even a sequence of propositions(in English or French or German ··· translation).
What is in common, of course, is not a syntactic property or system of properties
but a semantic property or system of properties: the story, not the text; the
characters and their personalities, not their names and speeches. What we so
readily identify as the same thing in both cases is the predicament that both

William Shakespeare and Arthur Laurents(who wrote the book for <West Side Story>) want us to think about," 같은 책.

6 "Theorists in biology should realize that it is (······) unlikely that they will produce a good theory at their first attempt. It is amateurs who have one big bright idea that they can never abandon. Professionals know that they have to produce theory after theory before they are likely to hit the jackpot."

7 "(T)here is undoubtedly a family connection between these three linguistic families: Indo-European, Altaic and Uralic. They derive from a single language spoken throughout Eurasia maybe 15,000 years ago by hunter-gathering people who had, to judge by the words in common in their descendant tongues, not yet domesticated any animals, except possibly the wolf(dog). (······) Remarkable as it seems, the language spoken in Portugaland Korea are almost certainly descended from the same single tongue." Matt Ridley, *Genome*.

8 "(Beautiful people) are attractive because others have genes that cause them to find beautiful people attractive. People have such genes because those that employed criteria of beauty left more descendants than those that did not. Beauty is not arbitrary. The insights of evolutionary biologists are transforming our view of sexual attraction, for they have begun at last to suggest why we find some features beautiful and others ugly," Matt Ridley, *The Red Queen*.

9 "One of Charles Darwin's more obscure ideas was that animals can act like horse breeders, constantly selecting certain types and so changing the race. This theory, known as sexual selection, was ignored for many years after Darwin's death and has only recently come back into vogue. Its principal insight is that the goal of an animal is not just to survive but to breed. Indeed, where breeding and survival come into conflict, it is breeding that takes precedence; for example, salmonsstarve to death while breeding. And breeding, in sexual species, consists of finding an appropriate partner and persuading it to part with a package of genes. This goal is so central to life that it has influenced the design not only of the body but of the psyche. Simply put, anything that increases reproductive success will spread at the expense of anything that does not—even if it threatens survival," 같은 책.

10 "Sir Ronald Fisher had suggested (in 1930) that females need no better reason for preferring long tails than that other females also prefer long tails. At first such logic sounds suspiciously circular, but that is its beauty. Once most females are choosing to mate with some males rather than others and are using tail length as the criterion [……] then any female who bucks the trend and chooses a short-tailed male will have short-tailed sons. (This presumes that the sons inherit their father's short tail.) All the other females are looking for long-tailed males, so those short-tailed sons will not have much success. At this point, choosing long-tailed males need be no more than an arbitrary fashion: it is still despotic. Each peahen is on a treadmill and dare not jump off lest she condemn her sons to celibacy. The result is that the females' arbitrary preferences have saddled the males of their species with ever more grotesque encumbrances. Even when those encumbrances themselves threaten the life of the male, the process can continue—as long as the threat to his life is smaller than the enhancement of his breeding success." 같은 책.

11 "The male obsession with youth is characteristically human. There is no other animal yet studied that shares this obsession quite as strongly. Male chimpanzees find middle-aged females almost as attractive as young ones as long as they are in season. This is obviously because the human habits of lifelong marriage and long, slow periods of child rearing are also unique. If a man is to devote his life to a wife, he must know that she has a potentially long reproductive life ahead of her. If he were to form occasional short-lived pair bonds throughout his life, it would not matter how young his mates were. We are, in other words, descended from men who chose young women as mates and so left more sons and daughters in the world than other men." 같은 책.

12 "The axolotl, an amphibian living in a Mexican lake, looks just like the larva of a salamander, but it can reproduce, and has chopped off the adult, salamander stage of the life history. It is a sexually mature tadpole. Such neoteny has been suggested as a way in which a lineage can suddenly initiate an entirely new direction of evolution, at a stroke. Apes don't have a discrete larval stage like a tadpole or a caterpillar, but a more gradualistic version of neoteny can be discerned in human evolution. Juvenile chimpanzees resemble humans far more than adult chimpanzees do. Human evolution can be seen as infantilism. We are

apes that became sexually mature while still morphologically juvenile," Richard Dawkins, *A Devil's Chaplain*.

13 "In 1883, Francis Galton discovered that merging the photographs of several women's faces produced a composite that is usually judged to be better looking than any of the individual faces that went into making it. The experiment has been repeated recently with the computer-merged photographs of female undergraduates: The more faces that go into the image, the more beautiful the woman appears. Indeed, the faces of models are eminently forgettable. Despite seeing them on the covers of magazines everyday, we learn to recognize few individuals," Matt Ridley, *The Red Queen*.

14 "In 1994 new studies revealed that a blend of individual faces considered attractive at the outset is rated higher than a blend of all the faces without prior selection. In other words, an average face is attractive but not optimally attractive. Certain dimensions on the face are evidently given more weight in evaluation than others. The analyses then produced a real surprise. When the critical dimensions were identified and exaggerated in artificially modified composites, attractiveness rose still more. Both Caucasian and Japanese female faces had this effect on young British and Japanese subjects of both sexes. The features thought most attractive are relatively high cheek bones, a thin jaw, large eyes relative to the size of the face, and a slightly shorter rather than longer distance between mouth and chin and between nose and chin," Edward O. Wilson, *Consilience*.

15 "An instructive example is female attractiveness in the silver-washed fritillary, a silver-dappled orange butterfly found in woodland clearings from western Europe to Japan. During the breeding season males instinctively recognize females of their own species by their unique color and flight movements. They chase them, but they are not what the males really prefer. Researchers found that they could attract male fritillaries with plastic replicas whose wings are flapped mechanically. To their surprise, they also learned that males turn from real females and fly toward the models that have the biggest, brightest, and most rapidly moving wings. No such fritillary super-female exists in the species' natural environment," 같은 책.

16 "The entire beauty industry can be interpreted as the manufacture of supernormal stimuli. Eyelid shadow and mascara enlarge the eyes, lipstick fills out and brightens the lips, rouge brings a permanent blush to the cheeks, pancake makeup smoothes and reshapes the face toward the innate ideal, fingernail paint adds blood circulation to the hands, and teasing and tinting render the hair full-bodied and youthful. All these touches do more than imitate the natural physiological signs of youth and fecundity. They go beyond the average norma," 같은 책.

17 "Clothing and emblems project vigor and advertise status. Thousands of years before artists painted animals and costumed shamans on the cave walls of Europe, people were fastening beads onto clothing and piercing belts and headbands with carnivorous teeth. Such evidence indicates that the original canvas of the visual arts was the human body itself.

Ellen Dissanayake, An American historian of aesthetics, suggests that the primal role of the arts is and always has been to 'make special' particular features of humans, animals, and the inanimate environment. Such features, as illustrated by feminine beauty, are the ones toward which human attention is already biologically predisposed," 같은 책.

18 "The kind of beauty that we find in physical theories is of a very limited sort. It is, as far as I have been able to capture it in words, the beauty of simplicity and inevitability? the beauty of perfect structure, the beauty of everything fitting together, of nothing being changeable, of logical rigidity. It is a beauty that is spare and classic, the sort we find in the Greek tragedies," Steven Weinberg, *Dreams of a Final Theory*.

19 "Weirdly, although the beauty of physical theories is embodied in rigid mathematical structures based on simple underlying principles, the structures that have this sort of beauty tend to survive even when the underlying principles are found to be wrong. A good example is Dirac's theory of the electron. Dirac in 1928 was trying to rework Schrodinger's version of quantum mechanics in terms of particle waves so that it would be consistent with the special theory of relativity. This effort led Dirac to the conclusions that the electron must have a certain spin, and that the universe is filled with unobservable electrons of negative energy, whose 'absence' at a particular point would be seen in the laboratory as the presence of an electron with the opposite charge, that is, an antiparticle of the electron. His theory gained an enormous prestige from the 1932 discovery in cosmic rays of precisely such an antiparticle of the electron, the particle now called the positron. Dirac's theory was a key ingredient in the version of quantum electrodynamics that was developed and applied with great success in the 1930s and 1940s. But we know today that Dirac's point of view was largely wrong. The proper context for the reconciliation of quantum mechanics and special relativity is not the sort of relativistic version of Schrodinger's wave mechanics that Dirac sought, but the more general formalism known as quantum field theory, presented by Heisenberg and Pauliin 1929. In quantum field theory not only is the photon a bundle of the energy of a field, the electromagnetic field so also the electron and positrons are bundles of the energy of the electron field, and all other elementary particles are bundles of the energy of various other fields. Almost by accident, Dirac's theory of the electron gave the same results as quantum field theory for processes involving only electrons, positrons, and/or photons. But quantum field theory is more general—it can account for processes like nuclear beta decay that could not be understood along the lines of Dirac's theory. There is nothing in quantum field theory that requires particles to have any particular spin. The electron does happen to have the spin that Dirac's theory required, but there are other particles with other spins and those other particles have antiparticles and this has nothing to do with the negative energies about which Dirac speculated. Yet the 'mathematics' of Dirac's theory has survived as an essential part of quantum field theory; it must be taught in every graduate course in advanced quantum mechanics. The formal structure of Dirac's theory has thus survived the death of the principles of relativistic wave mechanics that Dirac followed in being led to his theory." 같은 책.

20 "It is precisely in the application of pure mathematics to physics that the effectiveness of aesthetic judgments is most amazing. It has become a commonplace that mathematicians are driven in their work by the wish to construct formalisms that are conceptually beautiful. The English mathematician G. H. Hardy explained that 'mathematical patterns like those of the painters or the poets must be beautiful. The ideas, like the colors or the words must fit together in a harmonious way. Beauty is the first test. There is no permanent place for ugly

mathematics.' And yet mathematical structures that confessedly are developed by mathematicians because they seek a sort of beauty are often found later to be extraordinarily valuable by the physicist. [……]

It is very strange that mathematicians are led by their sense of mathematical beauty to develop formal structures that physicists only later find useful, even where the mathematician had no such goal in mind. A well-known essay by the physicist Eugene Wigner refers to this phenomenon as 'The Unreasonable Effectiveness of Mathematics.' Physicists generally find the ability of mathematicians to anticipate the mathematics needed in the theories of physicists quite uncanny. It is as if Neil Armstrong in 1969 when he first set foot on the surface of the moon had found in the lunar dust the footsteps of Jules Verne." 같은 책.

21 "The first explanation is that the universe itself acts on us as a random, inefficient, and yet in the long run effective, teaching machine. Just as through an infinite series of accidental events, atoms of carbon and nitrogen and oxygen and hydrogen joined together to form primitive forms of life that later evolved into protozoa and fishes and people, in the same manner our way of looking at the universe has gradually evolved through a natural selection of ideas. Through countless false starts, we have gotten it beaten into us that nature is a certain way, and we have grown to look at that way that nature is as beautiful." 같은 책.

22 어떤 사회에 존재하는 지식의 상당 부분을 어떤 개인이 지닐 수 있는 것은 아니다. 그런 지식은 통합된 체계로 사회의 어떤 곳들에 이용하기 좋은 형태로 존재하는 것이 아니라, 개인들이 따로따로 지녀서 널리 분산된 형태로 존재한다. 책이나 컴퓨터와 같은 지식의 체외 저장 수단이 급속히 늘어났다는 사실이 그런 사정을 크게 바꾸는 것은 아니다. 게다가 지식의 빠른 증가에 따른 지적 분업의 진전은 그런 사정을 끊임없이 악화시킨다.

23 설령 그런 사람들이 있다 하더라도, 그 수는 아주 적을 것이다. 많은 사람들이 마르크스주의 명령경제가 무너지리라고 예언했지만, 누가 그렇게 빨리 무너지리라고 예측했는가? 지금부터 꼭 30년 전인 1980년 4월 중순에 우리 사회의 정치적 상황을 불안하게 바라본 정치가들이나 정치학자들은 많았지만, 그런 불안이 한 달 뒤에 그리도 끔찍한 모습으로 나타날 것을, 예측은 그만두고라도, 예감한 사람들이 몇이나 되었는가?

그러나 정말로 문제가 되는 것은 예측이 어렵다는 사실보다 옳은 예측이 사회에 받아들여지기 어렵다는 사실이다. 변화의 추세 곡선은, 알려진 지식들과 기술들만을 고려하면, 그것들이 지닌 장벽이나 한계에 접근하여 거의 수평을 이룬다. 그러나 발명들은 으레 넘기 어렵다고 여겨진 그런 장벽이나 한계를 단숨에 뛰어넘는다. 그래서 장래에 알려질 것으로 보이는 지식들과 기술들까지 고려하면, 추세 곡선은 흔히 시간의 세제곱에 비례한다.

아쉽게도, 그렇게 가파른 추세 곡선을 따라 예측을 하게 되면, 사람들이 믿을 리 없다. 우리의 상상력은 한껏 날아도, 현재의 추세를 그대로 외삽外揷하게 마련이다. 특히, 아서 클라크Arthur C. Clarke가 말한 대로, 해당 분야의 권위자들이 앞장서서 그런 예측이 틀렸음을 지적하게 마련이다.

24 그런 가정에서 상정된 사회가 일반적 사회거나 문명이 아니라 '우리 사회'라는 사실도 물음의 대상이 된다. 그렇게 범위를 좁혀 인류 사회나 문명을 어떤 민족국가로 대치하는 것은 논의의 성격을 상당히 바꾼다.

모든 지적 활동이 궁극적으로 사회의 복지를 늘린다는 얘기는 대체로 맞지만, 그런 진술이 사회의 뜻을 그렇게 좁힌 경우에도 같은 정도의 타당성을 지니는 것은 아니다. 사회적 책임을 강조하고 사회에 봉사하려는 자연과학자들은 많지만, 사회라는 말의 뜻을 민족국가로 줄였을 때, 그들이 보일 태도를 생각해보는 것은, 문학의 사회적 기능이나 책임을 따질 때, 우리 사회에서 점점 두드러지는 지역주의적 시각에 대한 중화제 노릇을 할 것이다.

25 설령 사회가 문학을 직접적으로 그리고 엄격히 규정한다 하더라도, 사회에 대한 지식이 곧바로 문학에 대한 처방을 내놓는 것은 아니다. 사회가 문학에 영향을 미치는 양태에 대해서 가까운 장래에 쓸 만한 공식이 나타날 것 같지는 않다. 사회라는, 문학도 그 한 부분인, 엄청나게 큰 존재를 깔끔하게 정의된 몇 개의 변수들과 매개변수들로 분해하여 그런 공식 속에 넣는 일은 너무 어려워서 먼 장래에도 시도할 만한 일로 보이지 않는다.

26 그런 태도는 지금 우리 사회에서 노동가치설이 유행한다는 사실과 관계가 있는 듯하다. 비록 노동가치설labor theory of value이, 정확히는 노동량가치설labor-quantity theory of value이, 원시적 이론이어서 주류 경제학에서는 예전에 폐기되었지만, 그것을 논파하기는 그런 사정이 시사하는 것처럼 쉽지는 않다. 그것은 분명히 적지 않은 진실을 담고 있으며, 우리는 일상생활에서 흔히 그것에 따라 판단한다. 더구나 가치에 관한 이론인지라, 그것은 완전히 논파될 수 없다.

그러나 작가들의 자기 비하적 태도에 근거가 없음을 지적하는 데는 그것을 논파할 필요가 없다. 그것이 육체노동을 높이는 이론이 아니라는 점만을 지적하면 된다. 노동가치설은 어떤 사물의 가치를 결정하는 것은 그것의 생산에 들어간 노동이라는 것을 뜻할 따름이다.

노동을 정신노동과 육체노동으로 나누는 일은 생리적으로도 부질없다. 모든 일에는, 아무리 간단하고 반복적인 일이라도, 판단을 필요로 하는 부분이 있게 마련이다. 대뇌도 육체의 한 부분이며 그 둘을 따로 떼어놓는 것은 생리적으로는 우스꽝스럽다.

그리고 사람을 다른 종種들과 갈라놓는 특질이 있다면, 아마도 대뇌의 기능이 무척 크다는 사실일 터이다. 따라서 정신노동으로 지칭되는 일이야말로 가장 인간적인 일이다. 예전에는 가축이 했고 이제는 기계들이 하는 단순하고 반복적인 일들을 아직 사람들이 한다는 것은 개탄할 일이지, '진정한' 사회적 가치의 창출로 볼 일은 아니다. 소나 말이 더 잘하고 점점 기계들이 대신하며 곧 로봇들이 대부분 할 일들에 무슨 큰 인간적 위엄과 가치가 있을 수 있겠는가?

그런 일들이 중요한 상태는 아직 인류 문명이 근육의 힘에 의존하지 않는 기술들을 제대로 발명해내지 못했다는 사정에서 나왔으며, 앞으로 빠르게 개선될 것이다. 더럽고 시끄러운 곳에서 단조롭고 위험한 일을 하는 사람들은 가난하고 불운한 시민들로 동정과 도움을 받아야지, "진정한 사회적 가치의 창출자들"이라는 우상으로 받들어져야 하는 것은 아니다. '물신주의'라는 말이 유행하고 시민들의 합리적 판단을 그것으로 몰아붙이는 우리 사회에서 주로 물질적 재화들을 생산하는 육체노동과 육체노동자들을 그렇게 우상들로 만든 것이야말로 진정한 물신주의다.

27 과학과 문학은 모형을 만드는 방식에서 큰 차이가 난다. 과학은 세상을 계량할 수 있는 요소들을 통해 단순화한다. 문학작품들은 현실을 일상생활에서 느껴지는 것보다 오히려 확대하여 개인들의 움직임을 드러낸다. 그리고 그것들에서 쓰이는 기호들은 엄밀히 정의되지 않으며 다의적일수록 좋은 작품으로 평가된다.

모형의 전형인 지도로 유추하면, 이 점이 또렷해진다. 과학적 지식은 단순화의 정도가 클수록, 즉 축척이 클수록 내용이 늘어난다. 누가 현실과 1:1의 축척을 가진 지도를 찾는가? 그러나 문학적 지식은 단순화된 인물들을 통해서 얻어지지 않는다. 오히려 사람들이 일상적으로 의식하지 않는 것들을 꼼꼼히 드러내고 확대한다. 거친 비유를 쓰면, 과학이 1/1,000,000 지도를 만들려고 애쓴다면, 문학은 100/1 지도를 만들려고 애쓰는 셈이다.

그런 사정은 문학이 주로 본능, 욕망, 또는 잠재의식과 같은 말들로 일컬어지는 '드러나지 않은 지식'들이 움직이는 모습을 그린다는 사실에서 작지 않은 부분이 나온다. 그리고 문학은 그런 일에서 아직까지 인류가 생각해낸 어떤 도구보다 뛰어나다. 본능, 욕망, 또는 잠재의식이라는 지명을 가진, 오래되고 어둡고 음습하고 위험한 대륙을 탐험하여 그 지도를 만드는 일에서 문학보다 나은 수단이 어디 있는가?

소포클레스의 비극들이 세월을 뛰어넘어 현대적 모습으로 다가오고 포크너의 소설들이 사회적 거리를 뛰어넘는 보편성을 지닌 것은 그래서다. 반면에, 어떤 사회가 맞은 사회적 문제를 총량적으로 다룬 작품들은, 그리고 어떤 작품에서 그런 부분은, 빠르게 바랜다. 문학은 그런 면에서는 사회과학이나 역사학과 경쟁할 수 없다. (1970년대와 1980년대의 우리 문학처럼, 사회과학이나 역사학이 할 일들의 적지 않은 부분을 문학이 떠맡게 된 경우에도, 그런 임무는 부수적이다.)

28 지금 '운동'이라고 불리는 일은, 과학 교육, 과학적 성과의 대중화, 또는 기술이 과학에 대해 지닌 관계와 아주 비슷한 관계를 문학에 대해 지닌다. 따라서 그것은 문학과 깊고 유기적인 관계를 가졌지만, 엄밀히 따지면 문학 안에 자리 잡은 것은 아니다. 물론 작가는 '운동'에 참여할 수 있고 흔히 참여한다, 과학자가 흔히 기술자이듯이. 그리고 어디서 하나가 끝나고 다른 것이 시작되는지 가르기도 실제로는 무척 어렵다. 그러나 '운동'을 포함하도록 문학의 뜻을 늘리는 것은, 기술을 포함하도록 과학의 뜻을 늘리는 일처럼, 정당화되기 어렵다.

29 자유주의를 구성 원리로 삼은 민주 사회에 나타난 전제 정권을 무너뜨리고 민주적 질서를 회복하는 일은 물론 그런 권위주의적 개혁이 아니다. 그리고 1987년의 '6월 혁명'에서 드러난 것처럼, 그런 자유주의적 개혁들과 권위주의적 개혁들을 가를 수 있는 기준들은 분명히 존재한다.

30 본능, 조건 반사, 욕망 또는 잠재의식이라고 불리는 것들은 생명체들이 긴 진화의 과정에서 환경에 적응하면서 배운 지식들이다. 30억 년이 넘는 세월 동안 쌓인 것들이라서, 그것들은 엄청나다. 인류의 분화는, 아무리 길게 잡아도, 1천만 년을 넘을 수 없다는 사실과 복제하는 분자replicating molecule들에서 원생동물까지의 변화는 생명의 역사에서 가장 크고 중요한 변화였고 원생동물에서 인류까지의 변화에 걸린 시간만큼 걸렸다는 사실을 생각해야, 그것들의 크기와 복잡성을 상상할 수 있다. 그리고 그것들이 주로 우리의 가치를 결정하지만, 그것들에 대해서 우리가 아는 것은 거의 없다. 편도선으로 남아 있는 바다에 관한 우리의 육체적 지식에 상응하는 정신적 지식이 무엇인지 우리가 제대로 가려낼 날이 과연 올까? 미국 인류학자 로렌 아이슬리Loren Eiseley의 말대로, 우리는 모두 자신 속에 '유령의 대륙'을 품고 있다.

그러나 그것들은 분명히 정보처리 체계며, 그 사실로 해서, 지식이다. 뜨겁거나 뭉클하게 느껴지는 것을 만지게 되면, 우리는 생각할 새도 없이 질겁해서 손을 뗀다. 그런 조건 반사는 자극이라는 외부로부터의 입력을, 계산 과정을 거쳐 쓸모 있는 정보로 변형시킨 정보처리 체계다. 그것은 아마도 우리의 비교적 가까운 선조인 포유류

형 파충류가 아득한 선조인 원생동물이나 양서류에게서 물려받아 다듬어낸 것이리라는 생각은 우리로 하여금 자신의 정체를 성찰하게 만든다.

우리가 제대로 알지 못하는 '드러나지 않은 지식'들은 그것들만이 아니다. 문명은 끊임없이 '드러난 지식'들을 일상생활에서 개인들이 몰라도 되는, 그래서 무의식적으로 조작하는 '드러나지 않은 지식'으로 만든다. 화이트헤드Alfred North Whitehead가 지적한 대로, 그것이 문명의 조건이다: "문명은 우리가 생각하지 않고 할 수 있는 중요한 조작들의 수를 늘리는 것에 의해 나아간다. 생각의 조작들은 전투에서의 기병대의 돌격과 같다──그것들은 수에서 엄격하게 제한되었고, 지치지 않은 말들을 필요로 하므로, 결정적 순간에만 쓰여야 한다Civilization advances by extending the number of important operations which we can perform without thinking about them. Operations of thought are like cavalry charges in a battle──they are strictly limited in number, they require fresh horses, and must only be made at decisive moments."

31 드러난 지식에만 의존하므로, 권위주의적 개혁을 시도하는 사람들은 으레 물질적·육체적인 것들을 낮추고 정신적 가치들을 높이며 금욕주의적 행태를 이상으로 삼는다. 그들은 언제나 드러나지 않은 지식을 두려워하며 그것을 없애거나 '위생적' 모습으로 바꾸려 애쓴다. 그런 목적에 흔히 이용되는 기술은 드러나지 않은 지식의 특질들을 의인화하여 격리시키는 것이다. 유대주의의 사탄과 마르크스주의의 자본가는 대표적 예들이다.

32 주로 드러나지 않은 지식을 다루며 뜻을 지닌 특질들의 총량 대신 그것들이 개인적 행위들을 통해 나오는 모습을 그린다는 점에서, 문학은 독특한 문제들을 안는다.

먼저, 문학은 자신은 드러난 지식이면서도 드러나지 않은 지식의 중요성을 강조하고 드러난 지식의 한계를 보여주는 경향을 지닌다. 아울러, 그것은 개인들의 움직임들을 구체적으로 드러내고 개인들의 특수성을 중시하지만, 지식으로서 그것이 지닌 다른 속성은 그런 개성 속에서 전형을 찾도록 만든다. 그래서 그것은 겹으로 정신분열적이다.

구호는 그렇지 않다. 그것은 한쪽만 껴안는다. 어느 사회에서나 문학의 이름을 지닌 구호는 드러나지 않은 지식을 버리고 드러난 지식을 강조하며 개성을 경멸하고 전형을, 그것도 상투적인 전형을, 추구한다. 개혁 운동에서 문학이 그리도 회의적이며 비효과적이고 구호가 그리도 행동적이며 효과적인 까닭을 거기에서 찾을 수 있다. 비록 둘이 겹치는 부분이 있고 때로는 많이 겹치기도 하지만, 그 둘이 조화될 수 있다고 보기는 어렵다.

33 물론 앞의 얘기는 이내 반론을 부를 것이다: "설령 그렇다 하더라도, 이 세상에 없애야 할 악이 그렇게도 많은데, 어떻게 뒷전으로 물러나겠는가? 어떻게 눈에 잘 띄지 않는 개인들의 노력에 맡기고 기다릴 수 있겠는가?" 그런 반론에 대해 자유주의자들이 내세울 수 있는 주장들은 여럿이다. 그러나 나는 여기서는 덜 언급되는 점 하나만을 지적하고자 한다.

궁극적으로, 두 견해들 사이의 차이는 시평time-horizon의 차이다. 개인들의 창조적 활동을 사회 발전의 원동력으로 보는 자유주의자들이 가리킬 수 있는 것은 권위주의적 개혁을 시도하는 사람들이 세상을 너무 단기적으로, 따라서 정태적으로, 본다는 사실이다. 시평을 조금만 길게 잡아도, 사회는 끊임없이 바뀌며 그렇게 바뀌는 것은 다른 사람들에게 자신들의 견해를 강요하는 개혁가들 덕분이 아니라 모든 시민들의 눈에 잘 띄지 않는 활동들 덕분이라는 사실이 이내 드러난다. (이 점은 '6월 혁명'에 의해 한 번 더 증명되었다. 누가 가리킬 수 있는가, 언제, 누구에 의해, 어떻게 그 거대한 민중 운동의 기초가 놓였는지를?)

그리고 모든 평가의 궁극적 기준인 사람의 천성도 진화를 통해 다듬어졌으며 지금도 끊임없이 바뀌고 있다. 아주 길게 바라보면, 모든 종들은 진화해서 다른 종들로 바뀌거나 쇠퇴하여 사라진다. 그런 상황에서 가장 합리적인 전략은 모든 사람들이 자신들이 처한 특수한 환경에 맞추어 자유롭게 실험할 수 있도록 하는 것이다. 그렇게도 복잡하고 비인격적이며 이해하기 어려운 현대사회에서 자유주의자로 남을 수 있는 능력은 다른 사람들을, 그것도 지금 살고 있는 사람들만이 아니라 아직 태어나지도 않은 사람들을, 믿을 수 있는 능력이다. 어디 있는가, 수백 세대가 이루지 못했던 이 상향을 우리 세대나 다음의 몇 세대들이 단숨에 이룰 수 있다고 여길 근거는?

34 여기서 문학의 모형을 만드는 데 실제적 도움이 될 수 있는 몇 가지 제언을 덧붙일 수 있을 것 같다.

① 먼저 강조되어야 할 것은 문학사회학은 과학이며 과학적 방법론이 쓰여야 한다는 사실이다.

② 모형은 필연적으로 계량화를 포함한다. 그것은 계량 모형만이 아니라 질적 진술을 포함한 모형에도 들어간다. 무엇이 중요하고 중요하지 않은지는 비교라는 과정을 거쳐야 하고 비교는 두 사물 사이의 관련 있는 특질의 크기를 재는 일이므로, 모든 문학 이론들은 실제로는 계량화를 포함한다. 제대로 드러나지 않은 계량화를 드러내는 일은 모형을 보다 사실적으로 만드는 데 긴요하다.

③ 계량화에 적합한 총량들을 찾는 일이 따라야 한다. 문학의 모형에 쓰일 중심적 총량은 가치일 것이다. 가치의 정의가 '사람들의 행동에 지향성을 주는 무엇'이므로,

가치는 사람들의 욕망과 행태를 그리는 문학의 본질적 요소다. 따라서 가치는 어떤 식으로든지 모형에 들어가야 하는데, 가치는 아주 어려운 문제들을 포함하는 철학적 진흙탕이다.

이 점과 관련하여, 경제학의 역사는 쓸모가 큰 단서를 줄 수 있다. 경제학자들은 가치의 문제에 대해 고대 그리스 시대부터 거의 2천 년 동안 매달렸었다. 물론 그들은 그 문제를 푸는 데 실패했다. 그 문제는 경제학의 성과만으로 풀릴 것이 아니며, 철학이나 심리학도 가까운 장래에는 만족스러운 해답을 내놓을 수 없을 것이다. 그러나 경제학자들은 가치의 상대적 측면을, 즉 효용을, 중점적으로 다룸으로써 그 진흙탕을 돌아가는 데 성공했다.

대부분의 사람들은 예술작품의 가치가 소비자들이 그것에서 얻는 효용으로부터 상당히 독립되었다고 여기는 듯하다. 어떤 작가도 독자들의 수요에 기계적으로 반응하지는 않는다. 모든 수요를 똑같이 취급하지도 않으니, 비평가들과 같은 '고급 독자'들의 판단을 대중의 그것보다 높이 여긴다. 심지어 현재 독자들의 판단보다 아직 태어나지도 않은 독자들의 예상된 판단을 훨씬 높인다.

그런 태도는 물론 권위주의적이다. 그러나 그 점이 지적된 뒤에도, 예술작품들의 가치에 관한 논의의 초점을 가치의 절대적 측면에서 상대적 측면으로 옮기는 것에 선뜻 동의할 사람들은 드물 것이다. 예술작품들과 다른 재화들 사이에 존재하는 그런 차이에, 그리고 그것이 드러내는 가치의 기준과 평가에, 주목하는 것은 문학의 지식으로서의 특질을 이해하는 데 도움이 될 것이다.

④ 그렇게 쓰일 수 있는 총량들 가운데 또 하나는 정보다. 모든 사회 활동들은 정보의 흐름이라는 측면을 지니며 관련된 사람들에게 정보를 싼값으로 빠르게 전파해야 할 필요가 모든 사회 기구들의 구조를 결정하는 요소임을 생각하면, 그리고 문학의 지식으로서의 속성을 생각하면, 당연한 일이다.

정보의 관점에서 문학 현상을 설명하는 것은 당장 성과를 거둘 것 같다. '저자'의 출현을 설명하는 일이 그런 예다. 저자를 밝히는 것은 어떤 작품에 따르는 권리들과 책임들이 귀속될 사람에 관한 정보를 관련된 사람들이—독자들, 사서들, 정부나 교회의 감시 기구에 종사하는 사람들, 세리들, 법관들이—가장 효과적으로 얻을 수 있는 관행이다. 따라서 우리는 정보 비용의 관점에서 저자라는 관행은, 작품이 책의 형태를 갖추게 되면, 이내 나오리라고 예측할 수 있다. 겉장에 이름을 적는 것은 비용을 거의 들이지 않고 아주 효과적으로 그 책에 대한 권리들과 책임들의 소재를 밝히는 길이다.

반면에, 여러 문학사회학 교과서들이 제시하는 것처럼 저자의 출현을 개인주의의 대두로 설명하는 것은 그리 효과적이지 못하다. 그런 설명은 개인주의가 뚜렷이 나타나지 않았던 사회들에서도, 책이 나타나면, 아니 글자만 나타나면, 저자라는 관행은 나타나고 개인주의의 성쇠에 그것이 거의 영향을 받지 않는다는 사실을 설명하지 못한다.

물론 설명력의 부족이 그런 설명의 근본적 문제는 아니다. 근본적 문제는 그것이 일반적인 뜻에서의 설명은 아니라는 점이다. 어떤 사회에서 개인주의가 나타났다는 진술은 대개 그것의 특질을 띤 현상들 여럿이 거의 동시에 나타났다는 사실에 바탕을 둔다. 그런 현상들 가운데 하나는 저자라는 관행의 출현이었을 것이다. 따라서 개인주의의 대두로 저자의 출현을 설명하는 것은 순환적 설명이다. 순환적 설명이 쓸모없는 것은 아니지만, 그것은 과학적 설명이 아니다.

정보 비용이라는 개념을 이용한 설명은 과학적이다. 그것은 정보 비용이 중요하지 않았던 초기 조건(사랑방에서 이야기꾼들이 한 얘기에 관한 권리들과 책임들의 소재는 모든 마을 사람들이 다 안다)에서 '개인들은 언제나 합리적으로 행동한다'라는 일반적 법칙을 원용하여 '개인들은 정보를 얻는 비용을 되도록 줄인다. 그리고 저자는 정보 비용을 줄이는 길이다'라는 명제로 최종 조건(책과 인쇄술의 발달로 이야기꾼과 독자들 사이의 공간적·시간적 괴리가 커졌다. 따라서 갑자기 커진 정보 비용을 줄이는 길이 필요해졌다. 그래서 저자가 나타났다)을 도출한다.

정보 비용은 '독자의 탄생' '저자의 쇠퇴' '인쇄 매체의 상대적 퇴조' 그리고 '베스트셀러'와 같은 현상들을 간단하고 깔끔하게 설명할 수 있다. 게다가 이진 숫자binary digit, bit라는 기본적 단위를 가진, 총량 분석이 가능한 도구여서, 그것은 모형을 만드는 데 적합하다. 사회적 가치를 가장 충실하게 반영한다고 여겨지며 경제학의 기본적 총량으로 쓰이는 효용이 아직까지는 기본적 단위를 찾지 못했다는 사실을 생각하면, 이 사실은 깊은 뜻을 지닌다.

⑤ 그런 모형에는 정보의 되먹임feedback 장치가 꼭 들어가야 한다. 동질성을 유지하는 모든 체계들은 되먹임으로 자신들을 그런 체계로 유지한다. 지금까지 만들어진 문학 모형들을 살피면, 되먹임에 대한 인식이 부족하다는 느낌을 받는다. 둘러보면, 독자들의 소비가 작가들의 생산에 아주 큰 영향을 미친다는 증거들은 곳곳에 있다: 상업적으로 성공한 작품들의 많은 아류 작품들, 비평가들의 큰 영향력, 정부나 교회의 검열, 영상 매체로의 변환 가능성 따위. "독자들의 소비가 작가들의 생산에 어떤 형태로 되먹여지는가?"라는 물음은 그것 자체로 중요하고 다른 문제들에 대해 시사하는 바도 많다.

⑥ 과학적 방법론과 양립하기 힘든 가치 판단을 되도록 줄여야 한다. "타락한 사회

에서 진정한 가치를 추구한다"든가 "지배 이데올로기가 가짜 욕망을 만들어낸다"라는 얘기들은 깊은 통찰이 담겼지만, 과학으로서의 문학사회학에서는 설 땅이 없다.

'타락'이라는 말은 도덕적 가치 기준에 따른 평가다. 그런 기준을 누가 제시하고 평가는 누가 하는가? 그런 목적에 쓰일 만한 기준과 평가 방법이 있을까? 보다 근본적으로, 개인에 대해서 뜻을 지닌 도덕적 특질을 문명과 같은 단위에 대해서 쓸 수 있는가? "진정한 가치"는 무엇을 뜻하는가? 과연 그 말이 객관적 뜻을 지닐 수 있을까?

'가짜 욕망'과 '진짜 욕망'을 나누는 일도 마찬가지다. 그렇게 나누는 기준과 그 기준을 적용하는 방법이, 권위주의적인 것들을 빼놓으면, 과연 있는가? 욕망이 심리 현상이므로, 그것에 대해서는 당사자가 가장 잘 안다고 보아야 하는데, 과연 자신의 욕망을, 그것이 객관적으로는 아무리 비합리적으로 보일지라도, '가짜'라고 느낄 사람이 있는가? 당사자가 가리지 않고 실제로는 누구도 가릴 수 없는 것들을 누가 가려보겠다고 나설 수 있는가? 그것이 광고가 유발한 것이라고 해서, 가짜 욕망이라고 단정할 수 있는가?

가짜 욕망을 만들어내는 기구로 흔히 광고가 꼽히지만, 그것의 본질적 기능을 가볍게 여길 수 있는 것은 아니다. 광고는 본질적으로 소비자들에게 정보를 제공하는 일이며 중요한 사회적 기능을 수행한다. 그래서 광고를 없애는 일은 시장에서 기득권을 지닌 기업들을 옹호하는 일로서 모든 혁신들에 대해 적대적이다. 어떤 욕망이 채워질 수 있다는 사실을 알기 전에는, 아무도 그 욕망을 품지 않는다. 돌도끼를 쓰던 원시인들이 쇠도끼에 대한 욕망을 가졌을 리 없다. 광고가 소비자들에 대해 지닌 힘은 자주 강조되고 과장되지만, 심지어 기업들은 광고를 통해서 소비자들의 의사와는 상관없이 무슨 제품이든지 팔 수 있다는 주장까지 나오지만, 현실은 그렇게 간단하지 않다. 서양 사회들에서 '기술적 성공'으로 평가된 제품들 가운데 시장 조사를 통과해서 만들어지는 것들은 10~20퍼센트뿐이다. 그리고 일단 생산된 것들 가운데 3분의 1 내지 2분의 1은 1년 안에 실패작으로 폐기된다.

아무리 애를 써도, 우리는 인간 중심주의에서 벗어날 수 없다. 우리의 지식이 부분적이라는 사실만으로도 그것은 편향성을 지닌다. 그러나 앞에서 든 것들과 같은 가치 판단들을 우리는 그리 어렵지 않게 가려낼 수 있다. 비록 깊은 통찰을 담았더라도, 그것들은 가치중립적 분석을 통한 객관성을 중요한 가치로 삼는 과학 안에서는 설 자리가 없다.

35 "A liberal is someone who attaches special value to personal freedom. He desires to reduce the number of man-made obstacles to the exercise of actual or potential choice. The concept of 'freedom' involved is what Sir Isaiah Berlin has called 'negative freedom.' A man is said to be free to the extent that no other human being interferes with his activity. Freedom is not the same thing as equality, self-government, prosperity, stability or any other desirable state of affairs," Samuel Brittan, *A Restatement of Economic Liberalism*.

36 "There is no need to derive all public policy from any one central goal. There is a plurality of goals which most of us, including liberals, seek to satisfy. These goals may sometimes be complimentary, but at other times are competitive with each other. A liberal attaches a specially great importance to freedom compared with other goals, but he need not give it total priority and ignore other goals. Absolute freedom is not even a possible objective, as one man's freedom must be limited to the extent that it interferes with the freedom of another, and there may have to be a choice between different types of freedom," 같은 책.

37 "The common features of all collectivist systems may be described, in a phrase ever dear to socialists of all schools, as the deliberate organization of the labours of society for a definite social goal. [······] The various kinds of collectivism, communism, fascism, etc., differ between themselves in the nature of the goal towards which they want to direct the efforts of society. But they all differ from liberalism and individualism in wanting to organize the whole of society and all its resources for this unitary end, and in refusing to recognise autonomous spheres in which the ends of the individuals are supreme," Friedrich A. Hayek, *The Road to Serfdom*.

38 "To treat the universal tendency of collectivist policy to become nationalistic as due entirely to the necessity for securing unhesitating support would be to neglect another and no less important factor. It may indeed be questioned whether anybody can realistically conceive of a collective programme other than in the service of a limited group, whether collectivism can exist in any other form than that of some kind of particularism, be it nationalism, racialism, or classism," 같은 책.

39 "Nationalism is always an effort in a direction opposite to that of the principle which creates nations. The former is exclusive in tendency, the latter inclusive. In periods of consolidation, nationalism has a positive value, and is a lofty standard. But in Europe everything is more than consolidated, and nationalism is nothing but a mania, a pretext to escape from the necessity of inventing

262

something new, some great enterprise. Its primitive methods of action and the type of men it exalts reveal abundantly that it is the opposite of a historical creation." Ortega y Gasset, *La rebelion de las masas*, 'Unwin Books'의 역자 비 공개 영역본.

40 "When Machiavelli advises the Prince to carry out the Machiavellian scheme of action, he invests those actions with no sort of morality or beauty. For him morality remains what it is for every one else, and does not cease to remain so because he observes (not without melancholy) that it is incompatible with politics. 'The Prince,' says Machiavelli, 'must have an understanding always ready to do good, but he must be able to enter into evil when he is forced to do so' thereby showing that for him evil, even if it aids politics, still remains evil. The modern realists are the moralists of realism. For them, the act which makes the State strong is invested with a moral character by the fact that it does so, and this whatever the act may be. The evil which serves politics ceases to be evil and becomes good." Julien Benda, Richard Aldington(trans.), *La Trahison des Clercs*.

41 "Genuine vital integrity does not consist in satisfaction, in attainment, in arrival. As Cervantes said long since: 'The road is always better than the inn.' When a period has satisfied its desires, its ideal, this means that it desires nothing more; that the wells of desire have been dried up. That is to say, our famous plenitude is in reality a coming to an end. There are centuries which die of self-satisfaction through not knowing how to renew their desires, just as the happy drone dies after the nuptial flight." Ortega y Gasset, *La rebelion de las masas*.

42 "(C)ensorship became a matter of deadly seriousness under the dual tyrannies of the Nazis in Germany and the Communists in Russia. In championing 'true German art,' the Nazis arranged an exhibition of 'Entartete Kunst' (Degenerate Art) in Munichin 1937 which ridiculed 'degenerate Bolshevik and Jewish art.'

Artists whose works were proscribed included George Grosz, Wassily Kandinsky, Marc Chagall and Ernst Ludwig Kirchner. Stalin's censors were just as savage. Their preferred style was 'Socialist Realism' — figurative works accessible to the working man — and the Soviet artist was required to commit himself to 'censorship and self-criticism'; to become his 'own state censor.' Seditious literature, especially the Bible and other religious works, was anathema to the Soviet Communists.

China's crackdown on artistic expression since Tiananmen Square is reminiscent of the worst excesses of Stalinism. China's greatest film directors have become non-people. Their works simply failed to appear at the 1992 international film festival in Hong Kong," "Censorship through the Ages," *The Economist*, 1993. 12. 26.

43 "The fact that we scientists do not know how to state in a way that philosophers would approve what it is that we are doing in searching for scientific explanations does not mean that we are not doing something worthwhile. We could use help from professional philosophers in understanding what it is that we are doing, but with or without their help we shall keep at it," Steven Weinberg, *Dreams of a Final Theory*.

44 "The creation of a Manchu state was accomplished by Nurchaci(1559~1626) over a period of thirty years. The entire population under his control was enrolled in four military units, each identified by a coloured banner. Eventually the number of Manchu 'banners' was increased to eight, and eight Mongol and eight Chinese banners were established as well. This shift from tribal toward bureaucratic organization was aided by the creation of a script for writing in Manchu(based on the Mongolian alphabet); translations of the Ming law code and other basic Chinese books into this script further added the adoption of administrative practices modelled on Chinese experience," Patricia Buckley Ebrey, *The Cambridge Illustrated History of China*.

45 "How is a sign language affected by left-hemisphere brain damage? The general finding is that, in these cases, the deaf individuals show sign-language deficits that correspond closely to the spoken-language deficits observed in hearing persons. Thus, it appears that the left-hemisphere lesions that produce the aphasias of spoken language affect some mental function that is not specific to the ear-mouth channel. Instead, these lesions seem to disrupt human language itself, no matter what its form. Apparently, then, language depends on some cerebral machinery that is pretty much the same whether the language is produced by tongue and mouth or by hands and fingers," Henry Gleitman(et al.), *Psychology*.

46 The consensus now seems to be that chimps and gorillas can learn single signs or symbols, and use short sentences of them appropriately — mostly to request things. Yet they do not use grammar of any kind and remain oblivious to all the subtleties of sentences that young children seem to take to without effort. Whereas young children just seem to absorb the words they hear and turn them into language, chimps have to be coerced, and rewarded to learn just a few paltry signs. Whatever they may be thinking on the inside (and we should not underestimate them), they just do not 'get' the idea of true language. There is no comparison. It is as though the chimps have to learn the words by the long slow route of ordinary learning — trial and error, and reward and punishment — whereas we just seem to absorb it. The human language capacity is unique." 같은 책.

47 "The most widely accepted theory about the birth of Sumerian writing was developed by Pierre Amiet and documented by Denise Schmandt-Besserat. It begins with little clay tokens that show up in the eighth millennium B.C., as agriculture is coming to the Fertile Crescent. The tokens stand for particular crops. A cone and a sphere, for example, represented grain in two standard quantities, the 'ban' and the 'bariga,' roughly a modern-day liter and bushel, respectively. The tokens seem to have been used for accounting, perhaps recording how much a particular family had given to the granary, or how much it owed." Robert Wright, *Nonzero*.

48 "The shift from these three-dimensional symbols to two-dimensional, written symbols illustrates just how plodding cultural evolution can seem when observed up close, on a time scale of decades rather than millennia. Sometimes records were kept by storing tokens in large clay envelopes about the size of a tennis ball. Five clay cones might be sealed inside an envelope to record a debt or payment of five bans of grain. As a convenience, the tokens were pressed against the soft surface of the envelope before being enclosed. That way a person could 'read' the contents of an envelope without having to break it open. Two circles and a wedge would mean the envelope contained two spheres and a cone. Apparently it was some time before a key insight dawned: the two-dimensional imprint on the outside of the envelope had rendered the three-dimensional contents superfluous. The envelopes could now become tablets.

This was the beginning of Sumerian cuneiform. The system evolved for millennia, growing more abstract and powerful. Thus the tokens for a little grain and a lot of grain—the cone and sphere—became, in two-dimensional form, general numerical symbols: a wedge meant one, and a circle meant ten. These signs could now be placed next to the symbol for an object to indicate its quantity. Eventually, the symbols for objects—and for people, and actions, and so on—came to stand for sounds, steering western civilization toward the modern phonetic alphabet." 같은 책.

49 "Humans speak some six thousand mutually unintelligible languages. Nonetheless, the grammatical programs in their mind differ far less than the actual speech coming out of their mouths. We have known for a long time that all human languages can convey the same kinds of ideas. The Bible has been translated into hundreds of non-Western languages, and during World War II the U. S. Marine Corps conveyed secret messages across the Pacific by having Navajo Indians translate them to and from their native language. The fact that any language can be used to convey any proposition, from theological parables to military directives, suggests that all languages are cut from the same cloth. Chomsky proposed that the generative grammars of individual languages are variations on a single pattern, which he called Universal Grammar," Steven Pinker, *The Blank Slate: The Modern Denial of Human Nature*.

50 " Recent neuroscientific findings show that infants are ready for language learning at birth or almost immediately thereafter. One group of investigators recorded changes in the blood flow in two-day-old babies' brains in the presence of linguistic stimulation. Half of the time the babies were hearing recordings of normal human speech, and the other half of the timethey were hearing that speech played backward. Blood flow in the babies' left hemisphere increased for the normal speech but not for the backward speech. Because the left hemisphere of the brain is the major site for linguistic activity in humans, this evidence suggests that the special responsiveness to language-like signals is already happening close to the moment of birth," Lila Gleitman, "Language," Henry Gleitman(et al.), *Psychology*.

51 "Indeed by two months old, not only do infants make these discriminations, now they become patriotic and listen longer when their own native language is being spoken. What is it about the native language that is attracting these infants? It cannot be the meanings of words, because they as yet do not know any word meanings. Evidently the first feature that babies are picking up about their native tongue has to do with its particular melody, specifically, the characteristic rhythms of speech in that language. Remarkably then, only a few days past birth we see infants already hard at work, preparing the ground for language learning by selectively listening for the sweet music of the mother tongue," 같은 책.

52 "Initially, infants respond to just about all sound distinctions made in any language, and so Japanese babies can detect the distinction between 'la' versus 'ra' as easily as American babies, despite the fact that this contrast is not phonemic in Japanese (and not readily discerned by adult Japanese speakers). However, these perceptual abilities erode if they are not exercised, and so infants lose the ability to make distinctions that are not used in their language community. Thus, Japanese infants gradually stop distinguishing between 'la' and 'ra.' Symmetrically, American infants soon cease distinguishing between two different 'k' sounds that are perceptually distinct to Arabic speakers," 같은 글.

53 "(Chandler's definition) captures two points that have been critical to how managers have defined strategy ever since. First, strategy is inherently forward looking. To develop a strategy, one must make a determination about where one wants to be in the future. Second, strategy is about creating a plan for getting to the desired future state and committing to a course of action defined by that plan," Eric D. Beinhocker, *The Origin of Wealth*.

54 "A grass-movement is now spreading, demanding that English be taught in state schools — where 85percent of children go — beginning in first grade, not fourth grade. 'What's new is where this movement is coming from,' said the Indian commentator Krishna Prasad. "It's coming from the farmers and the Dalits, the lowest groups in society." Even the poor have been to the cities enough to know that English is now the key to a tech-sector job, and they want their kids to have those opportunities," Thomas Friedman, *International Herald Tribune*, 2005. 6. 4~5.

55 "I recall certain moments, let us call them icebergs in paradise, when after having had my fill of her—after fabulous, insane exertions that left me limp and azure-barred—I would gather her in my arms with, at last, a mute moan of human tenderness (her skin glistening in the neon light coming from the paved court through the slits in the blind, her soot-black lashes matted, her gray eyes more vacant than ever—for all the world a little patient in the confusion of a drug after a major operation)—and the tenderness would deepen to shame and despair, and I would lull and rock my lone light Lolita in my marble arms, and moan in her warm hair, and caress her at random and mutely ask her blessing, and at the peak of this human agonized selfless tenderness (with my soul actually hanging around her naked body and ready to repent), all at once, ironically, horribly, lust would swell again—and "oh, no," Lolita would say with a sigh to heaven, and the next moment the tenderness and the azure—all would be shattered."